嘹亮的批评

夏楚群·著

·南京·

自　序

今年上半年,因为准备专题课和相关讲座,频繁接触现代文学史,无意间读到胡适的几句诗,"几枝无用笔,半打有心人。毕竟天难补,滔滔四十春",瞬间被击中,工整地抄录下来,感慨良久。旧诗出自钱理群的《周作人传》,胡适之前,鲁迅赠诗则云:我有一言应记取,文章得失不由天。这句,更令人彷徨于无地。

文章与不惑,原本无关。但不惑之年,翻阅一篇篇散落的文章,心内难免五味杂陈。文字无法打败时间,只能留下旧时光里跌跌撞撞的身影。在与专业的半生纠缠中,切切实实地看到,文学成就过一些人,也耽误过一些人,它并不许诺一个黄金世界给我们。困窘的时刻,惊觉人在语言中,就像人在时间中那样,根本不得自由。

所以,检点十多年来写下的文字,有生涩的,有流畅的,有板正的,有灵动的,有无心之语,当然也不乏故作惊人之语。作为一个天分有限的读书人,自知学海无涯,前路难行。是故,冥思苦想时多,茅塞顿开时少。其间辛苦,学人皆知。起结集之意时,为书名辗转反侧。"嘹亮的批评",虽不免有拉大旗作虎皮之嫌,但这个偏正式词组生动、爽利、有姿态,又有弹性。这些特质,正是个人一直孜孜以求的。

全书大略分为五辑。

第一辑文论阐释,几篇文章均为习作。犹记得导师布置《小说修辞学》与《小说修辞研究》阅读任务时的严肃,以及自己当时的茫然。庆幸的是,在最想读书的年纪,遇到了一群文(文学)理(理论)兼修的师友。耳濡目染之下,渐渐入门。

第二辑思潮探源,可以看作硕士阶段的学习总结。爬罗剔抉,找选题的难度大过写文章。辨析新历史小说之"名",审视新历史小说之"新",体察新历史小说之"真",小心假设,小心求证,始知何为畏途。

第三辑经典解读与第四辑文学现场,写作时间大略涵盖硕、博阶段。印象中初读张翎甚为惊艳,中篇《余震》的评论一气呵成。这种遇合的畅快,后来在品评石一枫小说时再次出现。然而,如前所言,多数文章是惨淡经营的。经典重读与主题辨析都需要真知灼见,如果前人已经论述完备,再次批评意义何在?如果新人新作无人关心,批评的缺位又如何掩饰?

第五辑徽派批评关注安徽本土作家的创作,他们是师长,是同门,是文学皖军的中坚。许辉老师的小说,朴讷与先锋兼具,《碑》最初是在考研真题中见到的,渊源不可谓不深;季宇老师写淮军、写新安家族,史料充足,文气充沛。所以,批评的对象,更是学习的对象。

拉拉杂杂十几万字,四下漫漶。所见者多,所得者少。疑惑随批评倍增,语词嘹亮,文学沉默。

是为序。

目 录

第一辑　文论阐释　　　　　　　　　　　　　　　　　001

　小说理论的两种修辞向度
　　——布斯《小说修辞学》与李建军《小说修辞研究》比较论 / 002

　解释：历史地进行
　　——以《叔叔的故事》反观解释学美学的意义 / 013

　试论古代文论的现代性转换 / 020

第二辑　思潮探源 　　　　　　　　　　　　　　　　　028

　新历史小说之"名" / 031

　新历史小说之"新" / 045

　新历史小说之"真" / 064

　新历史精神之延续 / 077

第三辑　经典解读 　　　　　　　　　　　　　　　　　084

　《罪与文学》中的非典型文本
　　——《红楼梦》《狂人日记》"忏悔说"辨析 / 085

　论《寒夜》的经典意义 / 096

　临界境遇下的忏悔与救赎
　　——重读《古船》/ 104

　在历史叙述与现实书写的罅隙之间
　　——莫言小说论 / 117

聚焦灵魂的冲突
　　——莫言话剧创作论 / 136

第四辑　文学现场　　152

尴尬的转向
　　——回望"新写实小说" / 153

推开人性的最后一扇窗
　　——张翎中篇小说《余震》解读 / 163

告别"青春后遗症"
　　——石一枫近作论 / 172

《心灵外史》："信"与"思"的盘桓 / 186

第五辑　徽派批评　　192

曲终人不散，江上数峰青
　　——解读许辉短篇小说《碑》 / 193

论《新安家族》的雅与俗 / 200

淮军兴衰启示录
　　——读季宇纪实小说《淮军四十年》 / 207

叙述的智慧
　　——评刘鹏艳小说《合欢》 / 211

代后记　　216

寒冬夜行人 / 217

第一辑 文论阐释

小说理论的两种修辞向度
——布斯《小说修辞学》与李建军《小说修辞研究》比较论

英美新批评派中坚代表韦勒克、沃伦在其经典著作《文学理论》中指出,"无论从质上看还是从量上看,关于小说的文学理论和批评都在关于诗的文学理论和批评之下"[1]。而用修辞学理论来研究小说这种文体,更是近年才出现的独特视角,所以,当文学博士李建军的《小说修辞研究》出现在学界时,引起普遍良好的反响也在情理之中:有论者将其理论称为"及物的文艺学"[2];有论者认为它是"为自己的时代伟大的文学",是复活那"纯洁""美好""高贵"的文学信仰的力作[3],更有甚者,认为著者以"李氏修正定律"超越了布斯[4]。

诸多评论中,有中肯的欣赏,亦不乏溢美之词。李建军反对在形式主义、存在主义、结构/解构主义思潮影响下的现代小说创作,认为小说作为一种最贴近读者的大众文体,意味着首先要与读者建立亲切的交流关系,即小说活动本身应当是及物的,而不仅仅是自我独立的封闭文本。由此,他批判消解中心、主体立场不明、主题缺失的技术化、游戏化写作,提出作家在整个文学活动中的道德承担意识,认为作家应以创造对读者乃至社会产生积极影响的"伟大的文学"为己任。

---

[1] 韦勒克、沃伦:《文学理论》,刘象愚等译,江苏教育出版社,2005年版,第247页。
[2] 王彬彬:《读李建军〈小说修辞研究〉》,《文学评论》,2005年第1期。
[3] 李万武:《复活文学信仰的可能性——评李建军的长篇博士论文〈小说修辞研究〉》,《文艺理论与批评》,2005年第1期。
[4] 丁帆:《超越布斯》,《中华读书报》,2004年4月21日。

然而,在论及李建军是否以"李氏修正定律"超越了布斯时,最明智的做法,还是对这两本颇具影响力的小说修辞论著,作一番细致分析和深度打量。

一

"修辞"一词源起于古希腊,有演讲技巧之意。在亚里士多德看来,修辞学是演讲者、戏剧及史诗作者为感染、打动、说服听众或读者而采取的积极影响手段,施话者通过种种技巧的运用,最终达到对受众产生道德净化和人格提升的效果。亚氏与其师柏拉图尤其注重从道德、伦理方面强调修辞主体的"见识、美德和好意"等因素的重要性——在人类早期的文化结构中,美与善是一体的,"美即是因为善故能使人感到欣悦的那种善"①。因而艺术效果与道德力量有着不可分割的关系。亚氏的这种古典修辞学精神渗透进了布斯、李建军的论著中,又在二人的理论阐述进程中表现出迥异的向度。

先来看布斯的《小说修辞学》。

布斯吸收了新亚里士多德派、布洛的心理学说、英美新批评、当代小说技巧研究理论等资源,从而建构起自己的学说体系,其理论从对小说②发展的动态考察开始:早期的小说家向读者敞开,从自己所塑造的人物中间站出来直接发表议论,告诉读者哪些价值起作用,哪些价值不起作用。从《荷马史诗》《约伯记》《十日谈》到莎士比亚的剧作,皆是如此。然而西方小说发展到现代,因为受到法国自然主义作家福楼拜重要创作理念——艺术家不应在作品中露面,就像上帝不在自然中

---

① 鲍桑葵:《美学史》,张今译,广西师范大学出版社,2001年版,第56页。
② 在《小说修辞学》及《小说修辞研究》中,著者使用的都是广义的概念,并非严格从文体上划分的小说,而是将含有叙事话语即讲故事的文本指认为小说。

露面一样——的影响,小说家詹姆斯、理论家卢伯克提倡一种"客观的""戏剧化""非人格化"的创作方法,讲求用显示替代讲述。作家以向读者展示所发生的事来代替关于所发生的事的叙述,刻意让小说呈现出"图画"和"戏剧"般的形态。布斯感慨,作者自我隐退,放弃了介入的特权,让人物自己去决定命运。显然,现代小说家主体地位在下降。然而,将显示与讲述对立起来,进行一种所谓中立、公正、无视读者的客观现实主义写作,可能吗?对此,布斯做了精彩的推断:如果企图把作者从小说领域中驱逐出去,可以去掉什么?首先去掉的是作者对读者的直接致辞、相关议论;再逐一去掉人物的内心活动、对话、带比喻性的语言、事件安排顺序,可剩下的依然是作者的选择!作者永远不能选择消失不见,因为"文学语言远非仅仅用来指称或说明什么,它还有表现情意的一面,可以传达说话者和作者的语调和态度。它不仅陈述和表达所要说的意思,而且要影响读者的态度,要劝说读者并最终改变读者的想法"①。从广义上说,小说活动本身即是修辞性的,所以显示与讲述无法决然对立。"作者所显示的每一件事物都将为讲述服务",介入和判断根本不可避免,只不过现代小说家普遍采用了隐蔽的方式介入小说。据此,布斯提出了"隐含作者"的概念。如果说早期小说中作者直接现身发表议论,那么作者"隐退"之后,隐含作者就成了作者的"第二自我",更多的时候由他发出判断的声音。

  接下来,布斯创造性地将瑞士心理学家布洛关于"审美距离"的概念引入了小说修辞领域,以考察作者、隐含作者、叙述者及小说人物间的关系。距离控制体现在叙述者与隐含作者、叙述者与人物、叙述者与读者、隐含作者与读者、隐含作者与其他人物之间价值的、道德的、认知的、审美的乃至身体距离上的同一或对立。布斯认为,成功的小说家可以通过高明的距离控制技巧,协调主体间的修辞关系,最终让

---

① 韦勒克、沃伦:《文学理论》,刘象愚等译,江苏教育出版社,2005年版,第12页。

读者在小说中受到可靠判断的影响,从而实现作家写作的目的。简•奥斯汀对爱玛的同情与判断控制、马克•吐温对哈克的反讽式距离控制,在著者看来都取得了良好的效果。然而,到了采用非人格化叙述方式的作家那里,他们却肆意混淆隐含作者与叙述者、叙述者与读者的距离,导致其作品如同一个个混乱的迷宫,让读者不知所云又无所适从。

所以,非人格化叙述是布斯要批判的。现代小说家并不能做到自己标榜的那样,只显示不介入,而是以隐蔽的方式,使用作为显示的讲述,以戏剧化的叙述者(旁观者或叙述代言人)身份进行可靠的和不可靠的、受限制的(固定视点)和不受限制的(全知视点)讲述。"许多小说把叙述者完全戏剧化,把他们变成与其所讲述的人物同样生动的人物",以戏剧化的叙述者进行讲述,同样可以像《香迪传》那样取得良好的效果,前提是有一个可靠的叙述者引导读者。在非人格化的叙述中,小说家则往往利用不可靠叙述者,故意混淆艺术与真实、道德与精神的关系,以反讽修辞作为自我保护手段,使得叙述者的观念在小说中不断变化,"在这一段中是一种人,在另一段中又是一种人",导致叙述者与人物的距离无从分辨,可靠议论所能起到的效用,如塑造信念、升华事件的意义、概括作品意义、评论作品本身、控制读者情绪,等等,统统被颠覆了。在现代小说家伍尔芙、萨特、加缪、福克纳等那里,"作者和读者可以相遇,就像伏尔泰和上帝那样,但是他们不能说话"。因为,"作者保持沉默,通过这种方式让他的人物自己设计自己的命运,或讲述他们的故事"。人物取代作者占据中心地位,作家据此享有判断的自由权!舍弃了可靠的叙述者、逻辑清晰的论断之后,纳博科夫、劳伦斯小说修辞的效果,可能会使读者陷入道德判断上的混乱;乔伊斯、罗伯-格里耶的小说也能让读者绝望地与作品作战,这显然是违背古典修辞学精神的。面对此类现代小说,布斯质疑,作家赞扬的东西是否还有限度?进而宣称,作者有义务尽可能地澄清其道德立场,以此明确显示了向亚氏理论回归的倾向。

  布斯批判那些"为自己写作"和"为他的同类人而写作"的作家,认为:"他(作者)可以戏剧化,也可以直接评论,但有一只眼睛总是盯着读者的。""读者需要知道,在价值领域中,他应站在哪里,即需要知道作者要他站在哪里。"作者有义务为读者塑造信念,引导读者解读小说,甚至极端化地提出"作者创造他的读者"。有意思的是,布斯的"作者控制论"被接受美学和读者反应批评派吸收和发展后,又走向了另一个极端——读者对于文本的意义被无限放大,成了"读者决定一切"。有关叙事角度、叙述者类型等的理论,则在当代叙述学理论家那里得以发扬光大。

二

  从全书体例上看,李建军的《小说修辞研究》以布斯的《小说修辞学》为理论框架。他从后者略显笼统、杂芜的理论表述中梳理出小说修辞主体关系、小说修辞技巧、小说修辞效果三个部分,作为其理论主体。在总体继承的基础上,又有许多颇富新意的阐发。尽管如此,两位著者的理论旨归还是不尽相同的。在李建军看来,自己研究小说修辞的目的,一方面是为了揭示 19 世纪小说的价值,并表达对古典文学的敬意;一方面是为了验证现代主义及其"先锋"文学的失败,为当代文学走出反修辞、反交流的困境提供帮助。以 19 世纪经典作品(尤其是俄罗斯文学)中呈现的伟大道德力量反观现代主义文学,进而对后者提出激烈批判。这种对照与否定精神贯穿在李建军的整部著作中,体现出鲜明的道德主义立场。布斯则声明,写作《小说修辞学》的时候,并非对宣传或教导的说教感兴趣,"我的论题是非说教小说的技巧"。的确,如前文所述,布斯在细致、深入分析大量西方小说文本的基础上,探讨了从早期直接专断叙述到现代小说家为实现艺术"纯洁性"而追求戏剧化、非人格化叙述的过程中,作者介入方式的转变(从"说教"式到"非说教"式)及不同修辞技巧给读者阅读效果带来的影响。所以在布斯与李氏之间,理论起点上就是有分歧的:前者重技巧处理,后者重道德立场。

与布斯时而反诘、时而调侃、时而浅白、时而晦涩的语调相对,李建军的《小说修辞研究》文风严肃,理论性、学术性较强。在高度肯定布斯的《小说修辞学》之余,李建军提出,其理论尚有如下欠缺:对人物和情节的忽视、对民族文化等支援性因素的忽略、历史感与时代感及对语境因素的考察欠缺,向新批评派理论的妥协,等等。于是,决定对布斯理论不足之处作逐一修正——这也许是"李氏修正定律"得名的原因吧。如果说"小说修辞""隐含读者""显示""讲述""叙述类型"等一系列概念在布斯那里尚且界定不明的话,那么,在《小说修辞研究》中,你可以找到明确的定义。

李建军在布斯的理论框架下,在大量搜集整理修辞学、叙事学、美学、哲学、中国古典文论等理论资料的基础上,广泛研读中外古今小说之后,再从自己的阅读经验出发,吸收融汇各方观点,对小说修辞理论进行系统整合。在小说修辞主体关系中,分章节考察了作者、隐含作者、人物、读者之间的关系。李建军不同意布斯将"隐含作者"看作"作者的第二自我",认为这样会切断二者之间的现实联系。布斯认为,我们关心的不是菲尔丁,而是以菲尔丁的名义说话的叙述者。事实上,在布斯的论述中,隐含作者大体活动在文本与真实作者的中间地带。这在李建军看来,是布斯向新批评派理论的妥协。李氏认为,隐含作者应当是真实作者在小说中表现出来的自我形象的一部分,并非介于真实作者与文本之间的身份暧昧者;小说家创作小说的目的,并不仅仅是为了让读者喜欢他讲的故事,或接受他所写的人物,更是为了让读者接受他这个人,意即隐含作者与作者具有同一性。

这种对应关系无疑显得武断了些,诚如韦勒克所言,作家的生活与作品的关系,不是一种简单的因果关系。毋庸置疑,作者和隐含作者息息相关,但不能简单等同,二者之间甚至可以是矛盾的。否则,如何解释巴尔扎克在对贵族阶级的同情和对新兴资产阶级的赞赏观念间的摇摆?里蒙-凯南说:"一个作者在他的作品中表现的思想、信念、感情和他在真实生活中所抱有的思想、信念、感情,可以不一样,甚至可以相反;他也可以在不同的作品中表现不同的思想、信念和感情。"——听起来倒是更贴近布斯的说法。

李建军接受过良好的文艺理论训练,扎实的修辞学、叙事学理论功底,让他得以自如地对小说修辞技巧——作出精微阐述。在论证如何运用整体通观原则灵活进行视点变换、如何通过场景描绘与概括叙述实现距离控制、如何通过修辞格(主要是反讽和象征)来表达主题的过程中,他不仅廓清了诸多概念,并条分缕析地阐明了我国古典小说的成功经验:中国小说历来就有以叙述为主的讲—听式叙述传统,从不避忌作者的介入;在对"讲述"与"展示"的考察上,他梳理了自柏拉图、亚里士多德到福楼拜、乔治·桑,再到詹姆斯、卢伯克、布斯、热奈特、卢卡契、瓦特、罗兰·巴特及罗伯-格里耶多位理论家及小说家的观点之后,发出这样的感叹:现代小说家过分强调描写和展示的倾向,不仅使相当多的作品显得沉闷、乏味、死板,更关键的是,给读者的阅读带来极大的困难和障碍。面对这种情势,重新强调"讲述修辞"的价值,强调作者适当介入作品的重要性,就显得很有必要了。小说在本质上是讲述性的,试图以戏剧化展示手法达到所谓"戏剧"或"图画"般的效果,最终只会以牺牲读者为代价,让读小说变成了服苦役。

在强调介入这一点上,李建军与布斯是高度一致的。但在布斯看来,"显示"与"讲述"都是作者介入作品的方式,都以控制读者的反应为目的,而李建军只认为"讲述"才是介入。二人的分歧也许在于语言自身的特点上——布斯认为,比喻性是语言的特质,语词选择之间自然而然地会体现出小说家的主观判断。

无论是宏观修辞技巧（包括视点控制与距离控制），还是微观修辞技巧（包括反讽与象征），最终都服务于小说修辞效果。李氏认为，"小说家利用小说艺术的各种技巧手段，对读者发生的积极作用，即通过说服读者接受作品所塑的人物，认同作者在作品中宣达的价值观，从而最终在作者和读者之间达成精神上的契合和交流"。大体上还是亚氏的理论，只是以"交流"替换了"影响"。在处理好作者、读者、技巧及其他外部因素的关系后，小说修辞应实现：可读效果（向普通读者敞开，有充满活力的人物及充满魔力的故事）、主题效果（意味着丰饶的思想和重大的主题）以及道德效果。在他看来，作者对小说中人物道德行为的态度和评价，与读者的反应是相关的——这仿佛让人听到布斯"作者控制论"的回声。李氏宣称，"道德立场和道德判断是小说价值结构中一个具有重要意义的构成部分""根本不存在与道德无关的'创作实践'"！——至此，确切地说，道德成了李氏小说修辞学说中至高的维度。

如前文所述，这种鲜明的道德主义立场，始终如一地贯穿在李氏理论体系中，包括论述最精彩的修辞技巧部分，你都能看到一个理论家兼道德家的身影。李建军对小说的发展变化也作了考察，但与布斯的动态视点不同，他采用的是静态的、二元对立的视角，对20世纪以来的现代主义文学，包括中国的先锋小说持总体否定的态度。在他看来，20世纪的小说存在着严重的道德和精神混乱现象。如果说在布斯那里，现代小说家因着修辞技巧的高超同样可以写出成功的作品的话，那么李氏则认定，一个道德立场不明的小说家不可能写出伟大的作品——道德与修辞紧紧捆绑在一起，成为衡量小说优劣高下的另一根"不动的标杆"[①]！

[①] 福楼拜是展示技巧的最早阐发者，也是在这一修辞效果上成就最大的小说家，提倡通过客观性的描写营造生动、真实的"幻觉"，卢伯克认为他以自己的艺术技巧为批评家提供了一根不动的标杆。

三

　　无可否认,李建军的道德/伦理批评方法契合了中国传统文论精神。自孔孟始,文人的主体品格就被提到一个至高的位置,"知人论世"的社会外部批评有着深远而悠长的历史。直到近代,艺术与道德的关系依然处于胶着状态。然而,在经历了一个多世纪西方文化的深刻影响和强烈冲击之后,中国小说已渐渐从传统范式中走出,在文学精神及写作技巧上都发生了一定程度的裂变。此外,20世纪学科之间互融互渗也是一个不容忽视的事实,心理学、语言学、哲学等对文学及文论的影响已为学界深刻认识。所以,在全球化语境下,更多的文论家选择从文化学角度对文学做整体考察,也许如此,才不至于在去蔽之时又制造出新的遮蔽。由此可见,李氏学说偏取道德视角判断小说的优劣高下难免显得局促和狭隘①。一时代有一时代之文学,不能因为托尔斯泰式的说教性质小说之伟大,便断言唯独俄罗斯文学精神才是中国作家的终极归宿,更何况对中国小说家来说,还存在着宗教(信仰)缺失的问题。在某种程度上,俄罗斯文学的纯正与伟大更多的是源自宗教的力量——试想,索妮娅与玛丝洛娃如果不是虔敬的基督徒,仅以她们身上的道德力量,就足以影响拉斯柯尔尼科夫和聂赫留朵夫,最终升华小说的主题吗?

　　由于缺乏对20世纪文学语境的深入考察(虽然在李建军看来这只是布斯理论的缺陷),而仅从道德立场出发,简单地将传统小说与现代小说划定为二元对立模式,只强调创作观念上的断裂,看不到任何精神意义的传承,这极大地影响了李建军对20世纪现代小说的公允

---

① 在李建军的《时代及其文学的敌人》中,著者对中外众多现代小说的"德行"作了详细考量。

评判。对传统文学他充满敬意,对现代小说及先锋小说,则表现出了过多的质疑和否定。也许他紧张的是卡夫卡、余华等作家小说中的冷漠、血腥会让读者产生道德判断上的混乱,但现代读者并非只是文本的被动接受者,消极读者之外还有积极读者,难道读者在读到格里高利变成甲虫后的糟糕处境时会无动于衷?难道读者在读到山峰与山岗兄弟野蛮厮杀时会回避理性与文明?只要读者感受到了"恐惧"或生发"怜悯"之心,那么我们说,以反人性、反道德的立场来追求人性和道德,同样不失为一种积极的修辞策略。顺便提及的是,就连曾激进地倡导过"没有世界观,就没有作品可言"的卢卡契,若干年之后不也真诚地接受了卡夫卡的现代主义小说,而认为他是个深刻的现实主义者吗?所以在这一点上,或许需要听取更中肯的声音。"某种意义上,我们谈论世纪末中国文学的成就回避了马原、苏童、余华、格非、洪峰、叶兆言、北村、吕新、孙甘露、林白、陈染等作家的长篇小说将是无法令人信服的。这些作家的作品以其艺术上的先锋性和特殊的叙述方式革命性地改变了我们习以为常的长篇小说文本形态和长篇小说的创作观念……新潮长篇小说的'技术含量'大大提高并远远超过了其'生活含量'……我个人觉得,这种技术对于中国文学来说是完全必要的,中国文学早就应补上'技术化'这一课了。"[①]

因此,我们认为,在技巧与道德之间并非要做某种超越式的修正,非此即彼地树立一根又一根的标杆无异于故步自封、画地为牢。每一种文体的变化发展有其自身演进的规律,同时,小说家的创作又建立在已有文本的基础上。我们已清楚地看到,较之传统小说家,现代小说家能更为熟练地运用各种小说修辞技巧,创作出越来越有思想价值和审美价值的现代小说。所以,不应以"技巧威胁论"或"道德缺失论"来抑制现代小说家的创作热情,为其锁定某个固定的创作类型作为榜

[①] 吴义勤:《告别虚伪的形式》,山东文艺出版社,2004年版,第35页。

样。"试想,如果回归到18、19世纪菲尔丁和托尔斯泰的时代,小说还怎么创新;尤其是小说还怎么面对经过现代性甚或后现代性洗礼的读者呢?"①

　　一部伟大小说的价值固然与技巧相关,与道德相关,更与审美心理及当下的社会生活等许许多多因素相关,所以,在新世纪文学面临价值重建之时,有识之士认为,我们"不是要重新为文学寻找一个'真理'……我们的文学价值从来都是'过实'而不是'过虚',我们要重建我们对文学的理想与信仰,我们不是提倡'为文学而文学',也不是否定文学的'承担',我们要让中国文学与终极、精神、形而上、永恒、审美等似乎抽象的事物发生直接的关系,我们要让文学获得抵御任何环境压迫的能力,我们要让文学具有无限的生命力与无限的可能性,并永远在文学的轨道上前进"②。——也许,这样的提议对当代小说更富有建设性。

---

① 王洪岳:《警惕另一种矫情和媚俗——兼评李建军〈小说修辞研究〉》,《当代文坛》,2006年第1期。
② 吴义勤:《告别虚伪的形式》,山东文艺出版社,2004年版,第31-32页。

解释:历史地进行
——以《叔叔的故事》反观解释学美学的意义

解释学(Hermeneutics),又称诠释学、阐释学等,这一词源自希腊语έρμήνενω,意即"了解"。所以,解释学也常被看作"解释的艺术"或"解释的学说",广义上它指的是对意义的理解和解释的理论或哲学。法国著名哲学家、当代最重要的解释学家之一保罗·利科将解释学定义为"关于与本文相关联的解释的理论"。其发展大致经历了三个阶段:局部解释学、一般解释学、哲学解释学。局部解释学主要是对《圣经》等古代经典文献的解释;一般解释学是对本文的理解和解释的一般方法论研究,其目的在于建立以连贯一致的理解哲学为基础的一般而普遍的方法论;哲学解释学泛指对理解和解释的现象的各个层次和各种情况的研究,它不再是一种方法论,而是对方法论、对理解中意识形态的作用以及对不同形式的解释的范围和假定等的哲学反思。

在解释学发展过程中,曾涌现出众多杰出的思想家和哲学家,从18世纪的施莱尔马赫到19世纪的狄尔泰再到20世纪的海德格尔、伽达默尔、保罗·利科等。在相关研究领域里,他们分别从不同角度对这一学说进行过精妙阐发。施莱尔马赫与狄尔泰可以说是解释学的前辈人物,前者以现代神学家的精神重新诠释了基督教信仰和现代哲学,发展了一般解释学,后者则因其注重体验的"历史解释学"立场而被尊为"解释学之父"。曾师承胡塞尔现象学思想体系的海德格尔承认意义的历史性,并把理解看成人的生存方式,他是从一般解释学过渡到哲学解释学的重要人物。解释的根据在于理解,伽达默尔接着把这个点加以发挥,最终形成了哲学解释学和解释学美学,在1960年出版的《真理与方法》中,他全面介绍了解释学。

伽达默尔将美学看作哲学解释学的一部分,认为艺术揭示我们的存在,艺术和美是一种基本的存在方式,我们同艺术品打交道,就像我们同自己打交道一样。此处他明显接受了其师海德格尔的艺术作品观,将艺术作品的存在方式看作是真理发生的方式或意义显现的方式,而不是仅将作品看作是摆在那里以供科学认知的对象。艺术具有真理性,只有在艺术中,我们才能真正理解我们自身。伽达默尔认为,正是海德格尔开创了事实性的即事实上的、自我发现的人的此在的解释学①,沿着这一思路,伽达默尔将"此在"看作"理解的在动","理解在作品的此在中体验到其意义的高深与无穷"。创作、欣赏都是理解的过程,通过理解而达到存在。"所有的理解都是解释",而理解与语言相联系。伽达默尔曾说过,"能被理解的存在是语言",人是在语言中拥有世界的,因此"语言不只是存在之家园,也是人的家园"②。紧接着伽达默尔又向前一步,对解释学进行了本体论的转向,提出了独具特色的"效果历史"的思想。他指出,"真正的历史对象根本就不是对象,而是自己和他者的统一体,或一种关系,在这种关系中同时存在着历史的实在和历史理解的实在。一种名副其实的诠释学必须在理解本身中显示历史的实在性。因此我就把所需要的这样一种东西称之为'效果历史'。理解按其本性乃是一种效果历史事件"③。也就是说,人类对过去的、现存的事物的理解不是永恒的、凝固的、一成不变的,而是处于不断变化之中的。一部作品的意义在不同时代会具有不同的

---

① [德]伽达默尔、杜特:《解释学 美学 实践哲学:伽达默尔与杜特对谈录》,金惠敏译,商务印书馆,2005年版,第5页。
② 同上,第34页。
③ [德]伽达默尔:《真理与方法》(上),洪汉鼎译,上海译文出版社,1992年版,第384-385页。

效应,这效应是在历史中发生变化的。作品文本不存在一个"唯一正确的释义",它的原意通过后来理解者的理解,处于不断的历史生成的过程中。因为理解者个体所持有的偏见是不可避免的,个人对作品文本的理解总是要受到人所处的相对短暂的历史情境的制约,而理解者对作品文本的接受总是不能不受到这种效果历史的强烈影响。然而,"伽达默尔并不担心我们那些隐含着的文化上的既成观念或'成见'会对过去文学作品的接受造成不利影响,因为这些'成见'来自传统本身,而文学作品又是传统的一个组成部分。偏见是积极因素而不是消极因素……"①。如是观之,传统和成见都不是需要克服的因素,而是理解的必要条件。故而,这种被历史情境所制约和限定的理解和解释只能是不完全的,有待不断充实的、具有很大开放性的。理解不是一次性的行为,而是一个永远不能穷尽的历史过程。理解者由其自身的前见,形成了一个视域或思想世界,历史流传物也形成了一个历史视域或意义世界,这两个视域的交互作用并融合为一个大的视域整体,就称之为视域融合,文本理解的实质就是不同视域的融合,"理解其实总是这样一些被误认为是独立自在的视域融合过程"②。在历史意识中,对其对象之历史性的洞视与对其身于历史中的缠结的盲视是同时并存的,而哲学解释学的任务对伽达默尔来说,就是"指出理解本身所包含的历史的现实性"。

从上面的分析我们看到,自狄尔泰以降,解释学美学对历史意识的重视和强调,确实在某种程度上扼制了以现象学方法进行艺术探讨的主观性。任何解释都不可能脱离主体的体验以及客观的历史语境,

---

① [英]特雷·伊格尔顿:《二十世纪西方文学理论》,伍晓明译,北京大学出版社,2007年版,第63页。
② [德]伽达默尔:《真理与方法》(上),洪汉鼎译,上海译文出版社,1992年版,第593页。

历史才是过去、现在和未来之间活的对话。解释，即是历史地进行解释。下面，我们就通过一部中国当代小说的简要分析，来反观解释学美学的实践意义。

《叔叔的故事》是王安忆创作于20世纪90年代初的优秀作品，在这部中篇里，作家为我们讲述了一个简单而又意味深长的故事。讲述者"我"是个知青作家，讲述对象"叔叔"是个"右派"小说家。叔叔"与我并无血缘关系，甚至连朋友都谈不上……因为他是属我父兄那一辈的人。像他这类人，年长的可做我们的父亲，年幼的可做我们的兄长，为了叙述的方便，我就称他为叔叔"①。叔叔年轻时因写过一篇寓言化的文章被打成"右派"，他写的是一头驴子从过不惯集体生活、自私自利而变得热爱集体、大公无私的过程，欲以此反映从个体农民到公社社员的精神成长。耐人寻味的是，小说的叙述中，叔叔也好，"我"也好，总是一再推翻之前讲述的内容。比如说，对于那篇让叔叔打成"右派"的文章，叔叔最初称以自己的经验来批判极"左"路线是多么有害，他的文章热心、真诚地赞颂了合作化运动；后来转而说文章是为了嘲讽当年政治运动的荒诞不经；再后来则宣称文章对当时的世事具有先知意味的讽刺。三次的解释，重心各不相同，我们看到了历史情境变化对同一事件讲述者叔叔的作用力，因为讲述历史的年代比历史讲述的年代更为重要。而这样一来，对"我"所理解的历史中的人物形象难免会发生影响，于是，"我选择第一次叙述中的那一个真诚的纯朴的青年，作为叔叔的原型；我选择第二次叙述中的那一个他具有宏观能力且带宿命意味的世界观，作为叔叔的思想；我再选择第三次叙述中的那篇才华洋溢的文章，作为情节发生的动机，这便奠定了叔叔是一个文学家的天才命运的基石"。就这样，叔叔成了"这世界上最后一名认真的知识分子"。对于叔叔是理想主义者的最初预设来自许多"右

---

① 王安忆：《叔叔的故事》，中国电影出版社，2004年版，第5页。

派"回忆录里获得的印象,在那些语句里,叔叔被打成"右派"后去了青海。在大雪茫茫的旅途上,一个教授模样的老人给他讲了一则俄罗斯童话:鹰宁愿喝鲜血只活三十年,也不愿像乌鸦那样吃死尸活三百年。叔叔在那个童话中享受了鹰的骄傲,他要以这个童话注解自己的人生。可是,讲述者发现,当年叔叔并没有去青海,而是被遣还回乡,在苏北一个小镇的学校里当校工。接下来,我们看到,叔叔与妻子的婚姻故事也并非"一个朴素的自然人与一个文化的社会人的情爱关系;又有一个自由民与一个流放犯的情爱关系,就像旧俄时代十二月党人和妻子的故事;还有一个根深蒂固的家庭与一个漂泊的外乡人的情爱关系"。实际上,他们之间是一个落难文人与一个粗俗女人的婚姻故事。叔叔功成名就后抛弃妻子,远离家乡,妄图切断现在的生活和自己过去的苦难史、屈辱史之间的联系——因为事实上,他并没有像一只骄傲的鹰那样生活,而是像乌鸦一样苟活了许多岁月。然而,域外访问时的一次失态以及儿子大宝的意外到来,让他发现自己根本无法摆脱过往历史的阴影。叔叔感到被现实逼迫的紧张,无可抑止地在德国女孩面前暴露了他内在的丑陋、粗鄙、刻毒和肮脏。其后,叔叔真实地从儿子身上看到了他人生所有的卑贱、下流、猥琐和屈辱。"叔叔的故事的结尾是:叔叔再不会快乐了!"

由于小说采用的是"后设+复调叙事"的叙事策略,即在按预知结果推想原因和过程的模式构建全篇的同时,穿插"我"和"叔叔"以及"我"代"叔叔"在不同时期各自讲述的多声部"复调",使得作品并非按常规的线性展开,而是呈现出一定程度的混乱——从上文对小说内容的描述,我们的确也可以发现许多相互抵触的信息。可以说,所有这些不同乃至矛盾的叙述,来自阐释者的不同。经历了"文革"苦难的叔叔否极泰来后,枉图让自己的过去成为一张白纸,在写作中重新确立身份,而小说也为他开辟了一个新的世界。"在这个世界里,叔叔可以重新创造他的人生。这个世界里,时间和空间都可听凭人的意志重塑,一切经验都可以修正,可将美丽的崇高的保存下来,而将丑陋的卑琐的统统消灭,可使毁灭了的得到新生。这个世界安慰着叔叔,它使叔叔获得一种可能,那就是做一个新的人。"①叔叔用文字和语言为自己虚构了理想主义者的身份,在写作中造就了自己的神圣和崇高,他生活在虚幻的小说世界中,过着掩耳盗铃般的生活。"我"曾是叔叔的崇拜者,因为"他的苦难经历深深吸引了像我们这样的青年"。而当叔叔的警句"原先我以为自己是快乐的孩子,如今却发现不是"与我的思想"我一直以为自己是快乐的孩子,却忽然明白其实不是"接上火之后,"我"开始了对叔叔过往历史的反思和追问:"当我们被上代的经验哺育长大后再操起批判的武器,来做一次伟大的背叛,就像猫和老虎的中国童话。"②这种背叛是通过"我"重新对叔叔的人生作出理解和解释来进行的,"我"带着这一代人固有的、合法的偏见,一再地设问和怀疑,穿越叔叔自我诠释的视域,试图重返历史现场,找寻叔叔的历史印迹与叔叔的故事和现实传统之间的联系,最后,"我"终于超出历史的排序发现了新的东西,"从那封闭着我们的蒙昧中回归到自己",继而给出了关于叔叔的故事的相反解释和理解,成功地解构了"叔叔"通过在语言文字中自我讲述确立起来的形象。

在《叔叔的故事》中,王安忆本着严肃的写作立场,通过叙述者"我"层层拆解了叔叔的理想主义者身份,在一代知识分子形象轰然倒塌后提出重建信仰的主题。同时,作家也让我们清楚地看到,"我"这一代人对叔叔一代人的审视和诠释的视角是离不开当下的历史语境的。在叔叔自我解释与"我"的频繁拆解所带来的反差中,我们最终发现,像叔叔这类"右派"知识分子是如何以"积极认真的态度,过一种虚无的生活"的。小说的深刻性也正来自这种反思和批判中包含的历

---

①王安忆:《叔叔的故事》,中国电影出版社,2004年版,第32页。
②同上,第3页。

史意识。

众所周知,20世纪西方美学发生了两次深刻的转向——非理性转向、语言学转向和两次批评的转移——从作家转移到文本,再从文本转移到读者,在这两次转型过程中,解释学美学体现出了非比寻常的意义。这一学说发展到伽达默尔时,已将艺术、历史与语言如何互动演绎得异常清晰。而"历史地理解"经由伊瑟尔、姚斯的再阐发,开创接受美学这一新的领域后,读者的意义才史无前例地凸现出来。由此,我们可以说,解释学美学是20世纪西方美学转向不可或缺的一环。同时,这一美学思想对于理解中国当代文学也有极其重要的作用,因为新时期以来,当代文学就不断地接受西方思潮的影响,各种哲学、美学、文学思想频繁地影响着当代文学创作和文学批评,从上文对小说《叔叔的故事》的解释与对解释的拆解分析过程中,我们也能够领略到解释学美学的实践意义。

试论古代文论的现代性转换

中国当代文论是一个颇为复杂的构成：从时间之维审视，它是传统与现代的结合；从地域区分而言，它同时包含西方理论和本土话语；而从理论结构来看，立场各异的观点更是比比皆是……这种杂语化现象不同程度地存在于当代不少文论读本中，包括由童庆炳先生主编、影响广泛的《文学理论教程》。细加考量，会发现这一现状产生的原因来自文论书写传统，因为可供当代文论书写者选用的理论传统本身就具有多重性：既有中国古代文论①传统，又有"五四"新文化运动后的文论传统（以苏俄文论为主要理论资源），加之西方文论传统，共有三种理论渊源。以三种理论资源为不同的坐标参照系，可以衍生出大量互相交织、形态纷呈的文论作品。虽然当代文论资源丰富，理论著作亦浩如烟海，但总体而言，中国当代文论建设仍处在进行时中，尚未形成严整有序的理论形态。对当代文论的全面梳理并非本文可以胜任的，一个值得思考的问题仅在于，为何在中国文论的当代话语系统中随处都不难发现对西方文论资源的借用，而中国传统文论资源的丰富内涵却未得到足够体现？因此，本文力图探究的是：在全球化语境下，中国当代文论如何在他者的强大影响下获得本土特质，从而实现价值重建与风范再铸。

---

① 本文约定，传统文论与古代文论为同义语。

一、当代文论建设面临的困境

新时期以来,中国社会发生了巨大的变革,经济体制从计划经济体制向社会主义市场经济转型,社会形态从传统农业社会向现代化社会和后工业社会转型,由此带来的人民群众生活方式和生活内容的深刻变化,反映在文学作品中也不同于过往的时代。有学者在论及当代文艺的切身处境时曾意味深长地指出:"在文学走向杂语和杂体的过程中,中心意识形态话语失去了权威性,民族语言失去了神圣性,审美话语不再雄踞于其他语言之上,艺术也不再有固定的法则,等级制语言关系在走向解体,生活与艺术既有的联结和界限在断裂。一切都在由中心走向边缘。"[1]处身于此种文化背景中的当代文艺理论,亦不可避免地发生一系列转向:研究主体开始由意识形态演变为形式结构进而到观念解构,研究对象从单纯的文学性、审美性演进到(大)文化性、社会性。哲学、美学、文化学、社会学、文学批评、文学理论等不同学科的互融互渗,使得当前的文论写作呈现出不同于以往的言说品格——那种非独断的、非个体中心化的特征极为鲜明。

以上情势,与中国当代文艺理论身处的全球化语境息息相关。新时期以来,大量西方文艺作品、文艺论著被源源不断地输入国内,从作家创作到文论建设,可以说都处于西方思想(潮)的深刻影响之下。当代作家余华曾坦言:"我们这一代作家开始写作时,受影响最大的应该是翻译小说,古典文学影响不大,现代文学则更小。"推及文论领域,荫蔽之风更甚。因而有偏激者称,中国没有文艺理论,通行的概念和范畴,没有几个不是洋化了的,20世纪的文艺理论不过是西方文论罢了。诚然,20世纪西方学者在文论领域成就卓越,委实不可小觑,学界也曾

---

[1] 祁述裕:《市场经济下的中国文学艺术》,北京大学出版社,1998年版,第188页。

公认20世纪为西方文论的世纪。因此,在过去的20多年里,即从20世纪80年代开始,西方文论主潮便轮番进入中国当代文论的书写中。在作家、作品、读者与社会四个维度上,法国传记批评、精神分析与后精神分析、原型批评、俄国形式主义、英美新批评、结构主义、解构主义、现象学文论、解释学文论、接受美学、西方马克思主义批判理论、后现代、后殖民、新历史、女权主义、文化研究、文化人类学、文化生态学等等都在文论界占据一席之地,学界不仅有多种译著出版,同时也产生了相当规模的研究著作和论文。先哲有言,"过犹不及",因理论缺失而导致的异域理论直线乃至长线输入,造成了一个颇令学人尴尬的局面:长久以来,在中国当代文论界,处于学术前沿的往往不是本土原创性理论,而是西方新近盛行起何种主张,便译介何种理论,举凡弗洛伊德、荣格、拉康、什克洛夫斯基、韦勒克、沃伦、罗兰·巴特、巴赫金、德里达、胡塞尔、伽达默尔、姚斯、马尔库塞、福柯、杰姆逊、哈贝马斯、赛义德等西方学者的身影随处可见,充塞于各种译著与专论之中,几乎湮灭了传统文论原本就极微细的声音。

当然,他山之石,可以攻玉。频频引进西方文论资源一方面表明了中国文论界革新与超越的愿望,但在另一方面也暴露出中国当代文论书写者自身的文化弱势心态与言说焦虑。20世纪80年代初,国门大开,随着经济改革的风生水起,文化专制的坚冰开始裂破——学界引发了第二次大规模外国作品译介热(第一次是"五四"时期)。当时,不少文学理论工作者在反思的同时,深感我国文学理论的落后,"文学理论落后于文学创造,这在各国的文学史上,都不少见,但像我国近半个世纪来的落后状态,实属罕见"[①]。因此,在又一次的西学东渐之进程中,学者们面对大量西方文论典范,欣喜若狂,继而不假思索地统统

---

① 蒋孔阳先生语,转引自钱中文:《钱中文文集》,上海辞书出版社,2005年版,第259页。

"拿来",丝毫未考虑到可能产生的消极因素和负面影响。可以说,是自身的匮乏导致了资源引进时的盲目和之后的"消化不良"。因为20世纪文学理论复杂多样,学派纷呈,分立于人本主义和科学主义两条主线之列,并由此形成迥然不同的文学理论。更为关键的是,中西方文化背景的差异是一道永远也无法填满的鸿沟,再新颖再坚实的西方文论体系都不可能成为解读中国文学的万能钥匙。忽略了本土文化问题,避而不谈全球化与本土文化的内在冲突,一味追"新"逐"后",理论跟风,话语模仿,在看似热闹的众声喧哗里遮蔽了自身亟待解决的问题,无疑是不明智的。

是故,我们认为,只有在承认差异的前提下,发现差异价值,才能导向正途。因此,首先理应破除心理上的误区,耐下性子总结本土经验而不是一概"拿来"。一种文化只有回归到民族本位,才不至于患上"失语症"。由此而论,当代文论建设者至少要有勇气面对双重压力:一方面维系起本土文化命脉,传承传统文化精粹;另一方面重新接受一整套西化知识体系,在迥异的思维方法、叙述习惯之间找到合乎当代品格的言说风范。正视当代文论所经历的种种曲折,坚持本土文化立场,在吸纳他方文化先进成分的过程中发挥本土资源优势,使中国文论改变单纯受动方的位置,增强本土的、当前的问题意识,增添理论的原创度,在民族意识和全球视野中构建与西方文论的平等对话关系,才不失为长远之计。虽然现有的庞大文论体系和纷繁的各派学说已经建构起一个漫无际涯的公共知识场,然而并没有哪种权威话语能够独占唯一的合法地位。既有理论框架无法阐释并穷尽纷杂的文学现象,文论写作主体也不再可能寻求到唯一的"真知",而是力图创造从多种角度认识世界的可能性。在各方碰撞和交往中不断吐故纳新,实现传统文论的现代性转化实为当务之急。

二、中国传统文论的现代转化问题

"当代文论建设到底如何进行？在我看来，我们还得在原有的文化、文学理论传统的基础上进行。"①意识到全球化语境下中国文论的民族文化身份诉求之后，当代文论的书写势必转向传统文论领域寻找再生资源。当然，我们首先要了然于心的是，中国古代文论的价值与意义是否还依然熠熠生辉，那些蕴含着无数情思的妙悟是否仍具有理论的合法性。令人欣慰的是，答案是肯定的。中国传统文论中那种开朗宽阔的包容心态、有无相生的辩证思维和流转如意的审美境界都是当代文论建设不可多得的宝贵品质。然而，对比当下，我们看到的却是传统文论的边缘化处境：一方面它是当代文论创生的资源之一，亟待开发；另一方面它在当代文论书写中只是被零星引用，尚未内化为有机的组成。作个不恰切的比喻，宛若一个纨绔子弟拥有祖上广漠田产，却不思经营终日求乞般讨生活。这样的情形着实令人哑然，发人深思。

因而，如何有效地实现传统文论的现代性转化成了学界无法绕开的一个问题。

那种试图仅仅依靠传统文论的既有概念和范畴来构建当代文论框架的想法已不切实际了，在全球化语境下，只有秉持双向的开放心态，向中国传统和西方新知同时敞开，才不致失于偏颇。从某种意义上说，中国古代文论与西方文论恰恰呈现互补的状态，那么何妨不融会东方智者的禅心妙悟与西方哲士的新锐视角，在古老的概念范畴中注入现代新义，汲取异域有效理论内涵，扬弃艰涩的语言外壳，实现中西合璧、优势互补？在这一点上，曾有学者提出通过中西互补来把"评

---

① 钱中文：《钱中文文集》，上海辞书出版社，2005年版，第395页。

点妙悟"式的古典形态转换成"理论批评"的现代形态,也有学者提出诗学模式转换,即"由传统认识论诗学向语言论诗学转换"。凡此种种,不一而足。

然而,只有在对古代文论范畴进行原意阐释、语义澄清之后,才能为其注入新意,所以原典校勘、版本考证的工作是必不可少的一环。对文论典籍的创造性诠释是传统文论转换的重要步骤和基础性工作。在现代诠释的文本新解中,至为重要的是用现代眼光筛选与现代知识有关的阐释,即在现代意识的统摄下重新估定古文论中有价值的部分,加以现代化阐释,达到与当代文论的沟通互证。在传统的训诂、考证的实证性研究之外,避免平行比较的牵强比附,既不固守中国传统文论的本位,也不把西方新学说当作理论出发点。不惟古,不惟洋,在经由现代眼光打量之后,发掘二者的相通之处,以期实现平等的对话和交流。在对话、交流中,显示双方各自理论品格的高低上下,继而确定各自在总体理论格局中所处的层次与地位。

无须赘言,我们要做的不仅是让中国传统文论资源成为新的知识积累,让其在获得现代阐释之后介入当代文论的书写背景,更重要的是要使古代文论成为有效的精神资源,浸染文论写作者的精神气质。钱中文先生就认为,文学理论的创新,应该面向人的精神建设。中国传统文论中所体现出的生命热情、智性表述和知性体验理应在当代文论书写中被激活和苏生。依照奥地利著名心理学家荣格的理论,每个民族的文化深层结构里,都蕴藏着一种集体无意识,这种集体无意识是来自个人经验以外的,通过遗传、继承,以原型的方式成为第二精神系统的部分。可以断定的是,某些独特的文化记忆,只能是属于一个民族的。张少康先生指出:"在中国古代文论中贯穿始终的最突出思想就是:建立在'仁政'和'民本'思想上的、追求实现先进社会理想的奋斗精神,在受压抑而理想得不到实现时的抗争精神,也就是'为民请命''怨愤著书'和'不平则鸣'的精神,它体现了我们中华民族坚毅不屈、顽强斗争的性格和先进分子的高风亮节、铮铮铁骨。"①——所有这些都是西方文论所不能提供的,它们是我们伟大民族的精神瑰宝,构成了我们这个民族区别于他者的标识符和屹立于世界文化之林的深厚基石。

另外,中国古文论话语系统属于文人修辞,清丽晓畅,不仅具有理论思维层面上的意义,本身也蕴含丰富的言外之意,味外之旨。一些代表性著作如《诗品》《沧浪诗话》《人间词话》等在艺术性和审美价值上,几可等同于文论作品本身,鱼跃鸢飞,羚羊挂角,诗意禅心,可意会而不可言传。

将传统文论进行现代转换的另一种重要表现形式是将之作为完整自足的体系呈现出来。在古代文论的整体构成中,除了少量文论专著有着相对完整谨严的逻辑性架构之外,绝大部分都散落在诗话、词话、序跋、信札、书论评点当中,如脱线的珠玉,零落各处。事实上,中国文学理论在千余年发展中形成了一个具有民族传统的、代表东方美学特色又与西方极不相同的潜在的理论体系,只可惜在"五四"以来的八十多年里被中断了。当然,传统文论的体系化是一项艰巨而复杂的任务,需要当代文论书写者展开积极思考和反复论证,限于主题和篇幅,这里不作展开讨论。

三、结　语

无论是对西方文论还是对中国传统文论的考察,都是为了中国当代文论建设能够实现健康、良性的发展,而最终的目标,借用当代一位文论研究者的话来说,即是"增加文学理论作为诗意论述的此岸关怀

---

① 转引自杨俊蕾:《中国当代文论话语转型研究》,中国人民大学出版社,2003年版,第93页。

功能,在对传统的体验回味中续接精神价值的内在联结。重建意义生成与价值关怀的文论模式,使中国文论在坚持学科独立的基础上,密切关注创作动态,同时担负社会功能,以合乎时代期待的理论叙事,将精神的力量注入文化的发展和个体的自我完善之中,成为历史进展的积极推动者"①。

---

① 杨俊蕾:《中国当代文论话语转型研究》,中国人民大学出版社,2003年版,第145页。

第二辑 思潮探源

新时期以来,异域文艺思想的大面积涌入,开阔了当代学人的眼界,一轮又一轮新的美学原则在崛起,猛烈地冲击着当代中国作家,诱使其进行思想上、创作上的变革。与此同时,作家主体意识的逐渐觉醒和强大,让当代文学的关注焦点经由社会政治层面走向了历史文化深处。在20世纪末社会政治经济良性发展带来的日益宽松的创作环境中,作家们终于有机会思索与揣度被过往时代忽视的边缘话语,以及历史发展道路的种种可能性。

于是,1985年前后,在诗歌、小说、散文等领域,不约而同地出现了一股强大而持久的、带有崭新历史观念与历史倾向的创作思潮。一时间,"退回历史"寻找写作资源成为作家们竞相追逐的时尚,其中尤以"新历史小说"写作为甚。作家们纷纷向历史的空隙逃遁,通过个人化的历史言说传达其现实诉求。从《红高粱》《灵旗》到《故乡天下黄花》《我的帝王生涯》;从《白鹿原》《长恨歌》到《中国故事》《红拂夜奔》,再从《马桥词典》《尘埃落定》以至新世纪的《中国一九五七》《人面桃花》,经过廿余年的发展,新历史小说虽几经流变,却依然风貌摇曳、佳作迭出。莫言、乔良、刘震云、苏童、王小波、格非、毕飞宇、李冯等众多当代优秀作家反思历史,质疑历史,想象历史,解构历史,游戏历史,再重构历史,渐次形成了一条绵延悠长的思想演进线路。

  毋庸置疑,在现代语境中致力于历史探索的人文知识分子的新历史书写,已然构成当代文学最重要的景观之一。曾有评论将新历史小说看作九十年代前后"最值得文学史记忆的文学现象"[①]。对一种创作思潮而言,这种评价无疑是极高的褒奖。然而,肯定之余,我们也不无遗憾地看到,目前对新历史小说的研究力度尚且不够,研究成果零散不一,歧见纷呈,既缺乏系统的研究理路做支撑,又未能进行有效的对话和交流。一个现实而无奈的情状就是:围绕新历史小说命名打转的研究文章在二十多年来居然始终占据着相当的分量;一些评论家对新历史小说的文本解读或蜻蜓点水,浅尝辄止,或人云亦云,盲目跟风。凡此种种,都对今日的新历史小说再研究提出了新要求。

---

① 参见颜敏:《破碎与重构》,《创作评谭》,1997年第3期。

新历史小说之"名"

一、概念及其合法性危机

　　1986年,莫言的成名作《红高粱》在《人民文学》第三期发表;半年后,《解放军文艺》刊发了先锋军旅作家乔良的《灵旗》。两部不同于以往历史写作的中篇小说甫一问世,旋即以令人耳目一新的气息吸引了研究者的注意。人们惊奇地发现,从那些看似不经意的边缘处出发,经由虚构的中介,历史与小说竟可以如此完美地融合。随后,叶兆言的《状元境》(1987)、格非的《迷舟》(1987)、苏童的《罂粟之家》(1988)、周梅森的《国殇》(1988)、苏童的《妻妾成群》(1989)、方方的《祖父在父亲心中》(1990)、刘震云的《故乡天下黄花》(1991)、李晓的《叔叔阿姨大舅和我》(1992)等小说陆续问世,使得这种写作风潮大有渐成气候之势。面对以上包含"异端"历史写作倾向的作品,评论界最初欲加归纳又似乎无从把握。一方面,由于没有可供借鉴的批评范例和模式,论者难免陷入"失语"的尴尬境地;而另一方面,对新颖写作动向的研究热情,又让评论家们急于拥有新潮流的命名权,以便对其加以宏观统摄。于是,针对这些历史小说写作实践,论者们见仁见智,先后提出了数种概念:"新历史小说"①、"现

---

① 李星:《新历史神话:民族价值观念的倾斜——对几部新历史小说的别一解》,《当代文坛》,1988年第5期。

代新历史小说"①、"后历史主义"小说②、"新历史题材小说"③、"新历史主义文学"④……众多不同称谓齐齐指向同一种写作风潮,难免引发此后各种含混不清、内涵不一的概念在评论文章中交互使用,甚至同一论文中混用两个或两个以上所指不同的概念的状况。众声喧哗之下,公正的时间不失为最好的检验器,二十余年的批评实践证明,"新历史小说"是众多命名中最广为大众接受的一个。

然而,悖论式的情景依然存在:尽管近年的文学评论与研究中,"新历史小说"是被广泛运用的概念,众多小说被冠以"新历史"之名——以莫言、乔良为肇始,中经先锋派作家的集体突围,以及新写实乃至晚生代小说家的频繁书写,新历史小说可谓硕果累累——而有关新历史小说的定义、作品范围、发展阶段、艺术特征却众说纷纭,迄无定论。最初的命名者只提出了"新历史小说"⑤这个术语,并未对概念作具体解释和相关说明。洪治纲是最早界定这一概念的批评家,他认为,新历史小说叙述的都是些"作者及其同时代人没有经历过的故事",小说"超越了传统历史小说的某些既成规范,显示出许多新型的审美意图和价值取向"⑥。但,这样大而化之的定义是让人无法把握的。1992年,陈思和在《文汇报》上发表了《略谈"新历史小说"》一文,文章认为"新历史小说由新写实小说派生而来,不过是涉猎的领域不同,新写实题材限于现实时空,而新历史,则将时空推移到历史

---

① 吴秀明、周天晓:《〈张学良将军〉与现代新历史小说》,《当代作家评论》,1989年第3期。
② 陈晓明:《历史颓败的寓言——当代小说中的"后历史主义"意向》,《钟山》,1991年第3期。
③ 钟本康:《新历史题材小说的先锋性及其走向》,《小说评论》,1993年第5期。
④ 吴戈:《新历史主义的崛起与承诺》,《当代作家评论》,1994年第6期。
⑤ 参见李星:《新历史神话:民族价值观念的倾斜——对几部新历史小说的别一解》,《当代文坛》,1988年第5期。
⑥ 洪治纲:《论新历史小说》,《浙江师大学报》(社科版),1991年第4期。

领域,但它们在创作方法上有相似之处。'新历史'又不同于一般意义上的历史,它限定的范围是清末民初到四〇年代末,通常被称作'民国时期',但它又有别于表现这一历史时期中重大革命事件的题材。因此,界定当代新历史小说的概念,大致是包括了民国时期的非党史题材",而新历史小说"功不可没的成就在于打破以往现代历史题材的创作离不开党史教材的藩篱"。之后,在其主编的《中国当代文学史教程》中,陈思和又进一步强调:"'新历史小说'与新写实小说是同根异枝而生,只是把所描写的时空领域推移到历史之中。就具体的创作情况来看,新历史小说所选取的题材范围大致限制在民国时期,并且避免了在此期间的重大革命事件,所以,界定新历史小说的概念,主要是指其包括了民国时期的非党史题材。其创作方法与新写实小说基本倾向是相一致的。新历史小说在处理历史题材时,有意识地拒绝政治权力观念对历史的图解,尽可能地突现出民间历史的本来面目。"

陈思和对新历史小说的解释和界定在学界影响甚广,其论述曾被无数研究者引用或引申。但我们必须指出,这种设定题材与时限的"暂且提法"①明显无法涵纳姿态各异的作品,同时还模糊了两种写作潮流,将新历史小说看作新写实小说的派生品。事实上,在批评实践中,我们往往把有明确时间标记为非民国时期的《故乡相处流传》(刘震云)、《衣冠似雪》(何大草)、《重瞳》(潘军)等作品认作"新历史小说",也把明显涉及党史题材的《灵旗》(乔良)、《白鹿原》(陈忠实)、《英雄无语》(项小米)等也看成典型的"新历史小说"。所以,反对者不无道理地提出:"'新历史小说'之'新'恐怕主要不在于题材上的'民国时

---

① 陈思和在《略谈"新历史小说"》中将新历史小说看作是"对近年来旧题材小说创作现象的一种暂且的提法"。参见《略谈"新历史小说"》,《文汇报》,1992年9月2日第6版。

期'和'非党史'这样的限制,而在于作家在新的哲学观念和历史意识支配下,对历史进行重新叙述和再度编码时,所获得的新的文本特征及相应的历史意识。"①另外,"新历史小说由新写实小说派生"之说也非常值得商榷:"新历史小说"的滥觞之作问世于1986年,命名于1988年;但一般情况下,人们将方方的《风景》(《当代作家》1987年第5期)、刘震云的《塔铺》(《人民文学》1987年第7期)以及池莉的《烦恼人生》(《上海文学》1987年第8期)的联袂登场看作"新写实小说"诞生的标志,且"新写实小说"得名于1989年②——无论作品还是命名的出现都比新历史小说晚了近一年。故而,"派生说"有欠斟酌,"我们尚找不到新历史小说由新写实小说派生而来的有力证据"③。

  1993年,王彪在其选评的《新历史小说选》导论中对新历史小说作出了这样的概括:"1986年后,中国文坛出现了一批写往昔年代的,以家族颓败故事为主要内容的小说,表现了强烈的追寻历史的意识。但这些小说与传统的历史小说不同,它往往不以还原历史的本来面目为目的,历史背景与事件完全虚化了,也很难找出某位历史人物的真实踪迹。""这些小说在往事叙说中又始终贯注了历史意识与历史精神,它是以一种新的切入历史的角度走向另一层面上的历史真实的,它用现代的历史方式艺术地把握着历史。所以,从这个角度看,我们称这些小说为'新历史小说'。"王彪特别强调了"新历史小说"的历史意识和历史精神,却又悄然将"什么是新历史小

---

① 孙先科:《"新历史小说"的叙事特征及其意识倾向》,《文艺争鸣》,1999年第1期。
② 最早关注新写实潮流的评论家是雷达,他认为这种思潮的出现是对现实主义的回归,是一种"新现实主义小说"。王干则认为它是一种"后现实主义"。陈骏涛称其为"现代现实主义"。最早将其命名为"新写实小说"的则是张韧。参见张韧:《生存本相的勘探与失落》,《文艺报》,1989年5月27日。
③ 许志英、丁帆主编:《中国新时期小说主潮》(下),人民文学出版社,2002年版,第1088页。

说"置换成"新历史小说是什么",问题依然存在。此后,颜敏、张清华等学者分别从比较学意义上对新历史小说的"新质"和"特质"加以阐发,并对相关作品进行了梳理分期和特征归纳。而当触及概念的定义时,论者皆出言谨慎,颜敏认为,"试图给新历史小说下一个确切的定义是一件勉为其难的事。因为它作为一种创作趋向,本身处于不定的状态,不同的文化语境下显现出不同的形貌……而且,无论他们是主动逼近历史,还是被迫遁入历史,除了在离弃权力话语的否定意义上不约而同之外,没有一个统摄群伦的中心意向,这是一种纯粹个人记忆的历史叙事"①。而在张清华眼中,"'新历史小说'完全是一个相对性的概念,它应是对当前出现的大量回到民间视角的历史小说的一个总称"②。诸如此类语焉不详的定义,使得新历史小说恍如历史本身一般迷雾重重。最终,洪子诚在《中国当代文学史》中认定,"'新历史小说'是陈晓明、陈思和等批评家提出的概念,用来概括自莫言的《红高粱》、格非的《大年》等以来的某些表现'历史'的小说。但对这一概念并没有明确的界定,在文学界也没有获得广泛认可"③。意即,"新历史小说"的概念不具备理论上的合法性。正因此,在众多文学史读本中,新历史小说才要么被归于新写实旗下,要么被划入先锋派阵营,要么被一笔带过或压根不提。

概念上的合法性危机,不可避免地导致"否认说"与"终结说"的出现。

对新历史小说种种不精准的诠释,使得这个定义的内涵和外延在忽而紧缩、忽而扩张的解读中充满了变数。很多时候,不同评论家自说自话,各唱各调,"嘈嘈切切错杂弹"。这对一种新生的文学潮流而

---

① 颜敏:《破碎与重构》,《创作评谭》,1997年第3期。
② 张清华:《中国当代先锋文学思潮论》,江苏文艺出版社,1997年版,第190页。
③ 洪子诚:《中国当代文学史》,北京大学出版社,1999年版,第394页。

言,实属大忌。同一概念不同理解的差异处,恰恰为持异议的论者提供了反驳的口实。譬如,刘圣宇曾就命名存在的问题提出过两点质疑:(一)没有充分考虑文学史上"历史小说"的特定内涵;(二)仅依据故事发生时间的相近而把艺术追求甚少相同的作品笼统地称为"新历史小说",是不够严谨的,所以"'新历史小说'的命名是唐突的",将"文学取向有重大歧异的作品笼统地归在一起,是'新历史小说'命名和研究中存在的最大误区"①。刘中项也撰文批评"新历史小说根本就不具备历史小说的任何特点与审美价值……新历史小说的提法是不科学的",他还尖锐地指出:"如果将不具备某种性质的小说,冠上一个'新'字就可以称作某种小说,那小说的分类也就会变得毫无意义。"②持"终结说"的评论家则在对新历史小说进行粗线条的阶段划分后——有的认为新历史小说经历了启蒙历史主义、新历史主义、游戏历史主义三个逻辑阶段③;有的按作家群体变化,将1986年、1987年、1989年、1992年的新历史小说分为四个阶段④;有评论指出新历史小说受外部环境影响,先后有另类言说、重构历史和游戏历史三个不同分期⑤——论者们基本上都强调,新历史小说在经历了1989至1992年的辉煌时期后,逐渐由中兴走向式微乃至末路,再难有大的作为。

评论界对新历史小说命名之初缺乏严谨的定义和清晰的界说,造成了概念上的含混和命名上的不一,常让后起评论家在论述捉襟见肘之际立场游移,无法自圆其说,导致部分研究失却深层次丰富与发展的张力。新历史小说也几被视为僵化、固态的聚合物,相关研究一度

---

① 刘圣宇:《历史与小说写作》,《艺术广角》,1998年第2期。
② 刘中项:《新历史小说创作的严重迷误》,《文艺报》,2001年10月20日。
③ 参见张清华:《十年新历史主义文学思潮回顾》,《钟山》,1998年第4期。
④ 参见颜敏:《破碎与重构》,《创作评谭》,1997年第3期。
⑤ 参见曲阜师范大学周欣荣硕士论文:《从突围到迷途——新历史小说流变》,2004年4月。

出现笔者极不情愿看到的尴尬局面。某种程度上,新历史小说的命运与新写实小说颇有几分相似:当年"新写实"命名的合理性也遭受过批驳,陈思和本人即曾在《钟山》杂志上发文质疑过这个概念存在的合理性;李洁非也不无调侃地称,"至今我们仍然不知道是不是真的有什么'新写实主义',尽管围绕着这个有救命稻草之嫌的名称已经发表了几十上百篇论文,而其中大多数文章好像并没有谈出什么与'旧'写实主义不同的见解"①。就连被归入此派的作家叶兆言也不满地认为,新写实是被批评家制造出来的,希望作家们站稳立场,不要被一些热闹的景象迷惑。争议归争议,时至今日,"新写实"之名的流通已成定论,新写实小说亦在文学史上取得了与其创作实绩相当的位置。而对于新历史小说来说,试图"名正言顺"地获得在当代文学进程中应有的历史地位,要走的路似乎还很长。

与命名上的歧见纷呈一样,新历史小说作者阵营也有多种不同的划分。寻根派、新写实、先锋派及晚生代的许多重要作家经常被指认为新历史小说写作者中的重要一员,比如张炜、刘震云、苏童、毕飞宇等,这本属实情,无可厚非。问题在于,某些时候,此评论家笔下的新历史小说写作者,在彼评论家笔下极可能会被毫不留情地开除出境。更有甚者,出于部分评论家的需要,新历史小说阵营的一些作家会被断定与新历史小说并无任何关联,而其他创作思潮下作家的作品则被宣称体现了一种全新的历史观念……

公允地说,新历史小说本土领域的概念交叉或作家作品上的交叉,某些时候倒也情有可原,毕竟新历史小说是产生在寻根派对民族之根、历史之根追寻的基础上,其中坚作家也多属于曾经的先锋派(如苏童、叶兆言、格非等)和新写实派(如刘震云、方方、刘恒等)。一定意义上,正是寻根文学对民俗、世俗历史的强调,先锋小说的文

---

① 李洁非:《十年烟云过眼——小说潮流亲历录》,《当代作家评论》,1993年第1期。

本戏拟对意义的消解,新写实小说对日常生活的关注,共同推衍出了1986至1992年间新历史小说的品貌。然而时至1993年,一种名为"新历史主义"的欧美理论思潮被大规模引入学界后,再次引发了新一轮的概念混乱。彼时,面临失语的评论家仿佛抓住了根救命的稻草,不假思索地将新历史小说阐释为新历史主义思潮影响下的创作,继而轻松地以新历史主义批评方法来清理相关作品。一些论者不分青红皂白,直接将"新历史小说"与"新历史主义"理论主张一一对应阐释。似是而非的张冠李戴不胜枚举,现拈取一二,以为例证:"'新历史主义'这一概念来自西方,所以这两年文坛出现的'新历史'小说,是一次有观念在先的创作实践"[1],"新历史小说中这类作品对待历史的态度在中国文化中是一种全新的东西,它在中国历史上从来没有过,其最终的源泉只能是来自西方的新历史主义"[2]。何以中国历史上从未有过的东西就必定源起于西方? 当然,也有论者考虑到内外动因:"一方面中国思想自身正向着扩大化、深入化发展;一方面新历史主义为文学创作开辟了新的大道,推动了思想反思的深入进行。"[3]该类型小说创作的繁荣则是由于"在某种新历史主义理论的支持下而日益炫人眼目"[4]。

　　那么,研究者们口中言之凿凿的"新历史主义"究竟又是什么呢? 它与新历史小说到底有何关联?——这是亟待解开的疑惑。

---

[1] 苏晓:《新历史主义:小说的又一种写法》,《文学报》,1994年7月21日。
[2] 张卫中:《历史小说的界限与新历史小说的归属——兼论新历史小说命名的逻辑依据》,《理论与创作》,2005年第3期。
[3] 王红:《回应与反响:新历史小说多重叙事方式探析》,《当代文坛》,2006年第5期。
[4] 舒也:《新历史小说:从突围到迷遁》,《文艺研究》,1997年第6期。

二、在"主义"与小说之间

可以肯定的是,新历史小说的产生是在主流意识形态淡化,文学主体意识逐渐增强的前提下出现的,它与1982年由美国教授斯蒂芬·葛林伯雷命名的"新历史主义"(New Historicism)思潮并无直接关联。后者不仅是一种理论批评方法,还代指一个多分支的批评流派。有意思的是,"新历史主义"与"新历史小说"一样,亦无精确的概念界定,大多时候被看成是"一个没有确切指涉的措词"。首倡者认为它只是一种实践活动,主要是文学研究的方法之一。在葛林伯雷看来,"所谓'新历史主义'乃是一种受到人类学'厚描'说的启发,并把这样一种描述历史文本的方法与某种旨在探寻其自身可能意义的文学理论杂交混合后而形成的一种阅读历史——文学文本的策略"①。该派主张对同一历史时期的文学及非文学的文本进行平行解读,并试图探索"文学文本周围的社会存在和文学本文中的社会存在"②。美国新历史主义批评热点集中在文艺复兴时期的英国文学上,莎士比亚戏剧是其批评实践最为活跃的领域。通过相关研究,新历史主义批评派意在实现对俄形式主义、英美新批评及结/解构主义的反动,在"语境"之外重新引入历史的维度。他们一方面反对后现代主义削平、消解历史深度的主张,另一方面也不同意以丹纳为代表的旧历史主义将文学看成是对历史事实超然冷漠的复现。学者们着力探讨文学与历史之间的相互关涉,通过建立文本与历史的有机联系,从文化研究的视域对历史进行整体审视。相关研究者持语言论的历史观,重视分析文化中

---

① 盛宁:《新历史主义·后现代主义·历史真实》,《文艺理论与批评》,1997年第1期。
② 转引自张京媛主编:《新历史主义与文学批评》前言,北京大学出版社,1993年版,第5页。

的语言叙述或表述(representation),认为历史和文学属同一符号系统,"历史的语言虚构形式同文学上的语言虚构有许多相同的地方,它们与科学领域的叙述不同"①。总体上,新历史主义强调历史的具体性、多样性、异质性和非连续性,对启蒙运动以来的历史整体性、未来乌托邦、历史决定论、历史命运说等论调都作出不同程度的否定,这也构成了新历史主义的标志性特征。

新历史主义理论的主要观点有:(一)将历史理解为一种"权力关系"。新历史主义的"权力"概念取自福柯的《性经验史》,意指渗透在社会、文化、政治关系中的控制和抵抗力量。研究者认为历史的无限丰富皆与权力关系相连,并且受权力关系的制约。所以,他们通常以研究文本与权力的关联方式来显示其文学观点。(二)将历史分解为"历史性"和"文本性"。该派代表人物蒙特洛斯曾给新历史主义做过一个对称式界定——"文本的历史性和历史的文本性"。"文本的历史性"意味着:所有文本都是特定历史时期的产物;对文本的所有解读活动,都具有社会历史性,受具体历史语境制约;所有文本不仅"表述"历史,其自身也是一个历史文化事件,参与了历史建构,同样构成历史的重要组成部分。而所谓"历史的文本性"既指人类只有通过历史文本才能了解历史本身,又指在一定历史时期,历史文本会转化为历史依据,并再次充当历史阐释的中介。文本的历史性与历史的文本性表明文学与历史相互塑造,共同参与到文化形成的动态交换之中。(三)将历史看作"小写的历史""对话的历史""即兴的历史"。历史的丰富性多隐藏在容易被历史遗忘的某些角落,故而应把大历史(History)分解为"小历史"(histories);历史并不是完成形态的,而是个开放的、对话的过程,历史的未完成影响人们对历史的认知,反过

---

① [美]海登·怀特:《作为文学虚构的历史本文》,张京媛主编:《新历史主义与文学批评》,北京大学出版社,1993年版,第161页。

来,对历史的认知及对历史意义反复阐释,也会赋予历史新的内容;当历史关注的焦点转向人迹罕至的历史边缘,选择题材的方式和批评主题相联系时,将导致任意并置的即兴式写作。(四)方法论的具体转换。1. 从"艺术"转向"表述"。新历史主义认为历史是"表述的历史",历史研究即研究历史如何被表述。2. 从对历史现象的研究转向对人类主体的历史调查。历史应探讨历史主体与"权力"之间的关系,以及这种复杂关系对人的塑造。3. 从历史显在主题转向隐而不彰的主题开掘。诚如海登·怀特归纳的那样,新历史主义"尤其表现出对历史记载中的零散插曲、轶闻轶事、偶然事件、异乎寻常的外来事物、卑微甚或简直是不可思议的情形等许多方面的特别的兴趣"①。4. 从意识形态批判转向话语分析。新历史主义不再强调对历史话语内在意义的深度探索,而是着重"话语形成"的分析,关注这种话语与其他话语/权力之间的关系。

从以上对新历史主义理论的粗线条勾勒中,我们大致可以看出,该学派思想主要受惠于福柯的话语/权力理论,并从其他多种西方现代文论流派中汲取过营养。在理论表述上,新历史主义糅合了(新)马克思主义、文化人类学、解构历史学、新解释学及巴赫金的历史诗学等理论批评话语,既体现了明显的批判、消解、颠覆式的先锋精神,也显示出后现代语境下"理论拼贴"的痕迹。正因为这样,新历史主义批评派才得以紧随相关理论的发展做动态更新。一直以来,新历史主义都因其理论资源的驳杂性、学派边界的模糊性及批评范围的跨学科性引人注目。某种意义上,葛林伯雷使用的"文化诗学"(the poetics of culture)一词或许更适合形容该派的所作所为。"文化诗学"指向人类学,是新历史主义许多论断的依附之处。事实上,学者们多以文化人

---

① [美]海登·怀特:《作为文学虚构的历史本文》,张京媛主编:《新历史主义与文学批评》,北京大学出版社,1993年版,第106页。

类学的方式把整个文化当作研究的对象,而不仅仅局限于研究文化中某些我们认为是文学的部分。①

国内最初介绍新历史主义批评的文章,散见于王逢振所著的《今日西方文学批评理论》②,最早评介新历史主义批评全貌的是杨正润的论文《文学研究的重新历史化——从新历史主义看当代西方文艺学的重大变革》③,以专著形式正式引入新历史主义理论的当属张京媛的《新历史主义与文学批评》。当代评论界对新历史小说的普遍关注大约始于1992年,尤其是陈思和关于新历史小说的评论文章发表之后。新历史主义理论的适时出现,对相关批评的确起到了推波助澜的作用。然而,有些评论家似乎在对新历史主义批评并不十分了解的情况下,仅凭"新历史"三个字便将这种理论自然地移植过来,置新历史小说的创作于新历史主义理论背景下。如此一来,导致"新历史小说"概念尚未廓清之际,"新历史主义小说"的说法后来居上,与"新历史小说"混为一谈,频频出现在诸多评论文章中。尽管宽容的学者对此并不介意,认为"'新历史小说'与'新历史主义小说'是对同类作品的两种不同的称呼,用谁全凭个人感觉"④;而不堪混乱、深感愤然的批评家则毫不留情地指责:"西方新历史主义文化理论的登堂入室,汉语命名的偶然巧合,掩盖了二者的水土差异,(新历史小说——笔者注)最终成为浮躁的批评者沾沾自喜地拈来弄去的标签。"⑤

---

① 参见张京媛主编:《新历史主义与文学批评·前言》,北京大学出版社,1993年版,第1页。
② 王逢振:《今日西方文学批评理论》,漓江出版社,1988年版。
③ 杨正润:《文学研究的重新历史化——从新历史主义看当代西方文艺学的重大变革》(上、下),《文艺报》,1989年3月4日、12日。
④ 曹文轩:《20世纪末中国文学现象研究》,北京大学出版社,2002年版,第76页。
⑤ 宋晓萍:《把玩旧瓶的游戏——"新历史小说"之我见》,《华中师范大学学报》(哲学社会科学版),1995年第4期。

无论在西方还是中国,新历史主义最初都是一种文学研究、文学批评方法,而不是一种舶来的创作理念。那种认为新历史小说是在新历史主义理论直接影响下产生,进而将称其为"新历史主义小说"的推断是毫无道理的,既不符合新历史主义批评的实际,也不符合中国新历史小说创作的实际。从背景上看,新历史小说是在中国本土文化中孕育成熟以及文学自身发展积淀的基础上产生的,而新历史主义是在西方后工业社会的后现代语境下以叛逆的形象出现的;从时间上看,中国新历史小说创作在新历史主义理论引入之前已出现,而且创作势头很足,当新历史主义思潮译介入国内学界时,新历史小说写作已涌现出较为成熟的作品。所以新历史小说并不是什么"西方理论观念在先",而是本土创作实绩在先的小说创作潮流。一个易被忽略的简单事实仅在于,"真正面对'新历史主义理论主张'的人,是那些企图对创作现象作出阐释的批评家们,而不是小说写作者",因此,"以'新历史主义小说'来改称'新历史小说',即使不是出于误解,也无助于真正认识当代中国的文学现实,相反,它更可能的是搅混到'新历史主义'的理论或实践的复杂背景中去"①。

另外,那种虽辩证地看到"新历史主义小说与美国新历史主义批评并没有直接和实际的联系","新历史主义的历史方法在中国不是其'原生'理论的移植",但又同时使用"新历史主义小说"和"新历史小说"两个概念,或将"新历史主义小说"看成是"十年来新历史小说趋向中的一个高潮性的表现形态"(特指1989—1992年这段时间的新历史小说),或将"新历史小说"与"新历史主义小说"看作"边缘"与"中心"关系的观点②,亦不足取。总之,新历史小说并非由上文分析的新历史

---

① 石恢:《"新历史小说"与"新历史主义小说"》,《小说评论》,2000年第2期。
② 参见颜敏:《破碎与重构》,《创作评谭》1997年第3期;张清华:《中国当代先锋文学思潮论》,江苏文艺出版社,1997年版,第189页。

理论指导而写作的小说,"新历史主义小说"不过是某些评论家一厢情愿的命名,不应采用;同时,也不应将"新历史主义小说"视为新历史小说的某一阶段,这种重合与缠绕式的分期无疑只能徒添混乱。总之,本文否认"新历史小说"以外的种种说法,单取"新历史小说"作为唯一命名。

一代有一代之文学。中国文学每每立足于自身的文化传统、文学经验和时代语境进行创新。20世纪80年代以来,社会的巨大变化带来的知识背景的变化,才是新历史小说产生的直接原因,作家对现实、历史的焦虑及双重反思是新历史小说产生的"助力器"。尤其是1980年代末,启蒙话语严重受阻,出于多重考虑,历史成为广大作家写作的重要资源,这也是当代作家直面现实"失语"之后的权宜之计。当然,必须承认的是,新历史小说的写作受到了西方现代主义/后现代主义文艺思潮的影响,在历史观念解读和文本深层结构上与新历史主义的局部理论确有相通之处,后者在心理上也与当代作家对历史文化大视野的期待相应和。尤其是晚生代小说家们的新历史小说创作,明显有与"新历史主义"不谋而合的历史精神。此外,评论界对新历史小说的"新历史主义"式批评也在不同程度上推动了创作的发展,加之学院派作家对相关理论的主动涉猎,也让新历史小说在历史叙述技巧层面表现不俗。以上种种复杂情状,要求我们在考察新历史小说时,既不能忽视当代中国本土问题挤压下的自身逻辑,又要紧扣世纪末文学语境,认真探析本土化经验写作与西方理论碰撞后产生的驳杂文本现象背后的本质。

新历史小说之"新"

关于新历史小说这个如今说来已不言自明的概念,我们认为,是相对于传统历史小说尤其是革命历史题材小说而言的。对历史小说贯以"新"字形容,意味着它与反映王朝治乱、江山兴衰的传统历史小说迥然不同,与政治意图鲜明的"十七年时期"历史题材小说写作也大异其趣——它们关注的多是重大历史事件、历史人物和历史问题,侧重于表现外部历史行为,在对主流历史的宏大叙事中凸显官方意识形态,共同追求的是一种整体性的史诗效果。与传统历史小说和革命历史小说相比,新历史小说传达出了全新的美学原则,其"新"主要体现在两个方面:一是新的历史观念和历史意识,二是新的叙述话语和叙述方式。新历史小说"极力摆脱传统的历史观念,对于历史教科书投以种种怀疑的目光,因而也就完全改变了传统历史小说的创作观念和创作方法"[1]。这类作品,"就其表层特征而言,所写内容主要是为传统的历史小说创作所忽略、所遗漏、所回避的现代历史生活;就其深层特征而言,主要是在探求历史进程和人物命运中摈弃某些传统的历史观念,重新思索历史",作家们运用现代小说技法,"将以往貌似客观的历史改为主观形态的历史,将线性的完整的历史改为断裂的、非逻辑性的历史"[2]。

---

[1] 雍文华:《"新历史小说"的历史观念》,《文艺报》,1993年2月20日。
[2] 许志英、丁帆:《中国新时期小说主潮》,人民文学出版社,2002年版,第1124页。

一、从正史之遗到红色经典

中国是个历史文化悠久的国家,一个源远流长的传统就是:文史不分家,许多史学著作同时也是文学作品。以国别体史书《战国策》为例,它记载了苏秦连横说秦、蔺相如完璧归赵、荆轲刺秦王、触龙说太后等事件。在各国历史叙述的字里行间,我们亦能领略到史书的艺术魅力。而诸如《史记》中鸿门宴上项庄舞剑、意在沛公,《汉书》里北海之畔苏武牧羊,一心念汉等片断,都将历史事件讲述得生动鲜活,历史人物也被塑造得栩栩如生。历代史官在直抒良史之正笔时,或多或少会融入个人在历史境遇中的切身感悟,汗牛充栋的著述不仅具有史学意义,不经意间也透露着些许人生况味。鲁迅便高度赞誉《史记》乃"史家之绝唱,无韵之《离骚》"。历史叙事的高度发达,对中国小说的影响不可小觑,正是历史与神话传说一起,共同构成了古代小说的重要源头。

一直以来,历史书写出于为统治阶级服务的需要,史官多将笔墨放在政权、国家、制度、战争、政变等重大历史事件上,这些被称为"正史"的历史记录与官方意识形态紧密相连,并自觉受其左右。传统的历史小说绝不单纯是个并列式词组,因为它们多取材于官方正史或"集正史所遗",古代小说家们的创作主要是为了补"国史之阙"。主题思想上也常常沿用正史对历史的解读,自觉贴合主流意识形态——《三国演义》的中的"尊刘贬曹"即是例证。

通过广阔的时空构架重现政治风云,在波澜壮阔的历史画卷中评说治乱兴废,是传统历史小说的惯常走向。与这种历史叙述相对应的是传统的历史观念。历史观是人们对社会历史的根本观念、总的看法。文学创作中作家的历史观念是指作家力图从整个历史进程中把握生活的流变,从而体现在文本之中的历史感。传统观念认为历史是可知的,历史具有真实性、客观性、必然性,文学创作应依照历史的本来面貌进行创作;受"信史""崇史"理念影响,传统历史小说家一般认为"历史小说应该是历史科学和小说艺术的结合",他们通常遵循"在历史真实基础上进行合理的艺术虚构"的原则,以历史真实作为最高美学追求。为求最大限度地达到历史真实,作家在创作之先一般都要参阅大量历史文献资料,并对这些史料做一定的考证,然后再以丰富的艺术想象力塑造历史人物。《李自成》(姚雪垠)、《少年天子》(凌力)、《曾国藩》(唐浩明)等优秀历史小说的创作,无不经历了这样一个过程。对史料的参阅和考证为历史真实提供了基本保障,作品中主要事件及主要人物都于史有据,所反映的文化心理、社会风尚、生活细节也多能够体现出历史发展阶段。概言之,传统历史小说至少包含三方面要素:一是基本的历史人物和史实,二是在此基础上的艺术加工,三是正面表现历史的主流精神,重现历史进程中的大动荡、大转折、大变革,实现对时代特征的全方位把握,以及对人物命运的理解。诸因素的成功合力便形成了"史诗化"的宏伟叙事。而对于不同时代有"野心"的作家来说,这种宏大叙事都是一种自觉追求。

当代小说写作从一开始就为历史预留出大块篇幅。从筚路蓝缕的革命之路到开天辟地的建国大业,一个民族浴火重生。可以想见,有多少光荣的历史在等待新中国小说家尽情书写。十七年文学中,那些曾红极一时的小说,几乎都是历史题材:《风云初记》(孙犁,1951)、《保卫延安》(杜鹏程,1954)、《铁道游击队》(知侠,1954)、《小城春秋》(高云览,1956)、《红日》(吴强,1957)、《红旗谱》(梁斌,1957)、《林海雪原》(曲波,1957)、《青春之歌》(杨沫,1958)、《野火春风斗古城》(李英儒,1958)、《烈火金刚》(刘流,1958)、《敌后武工队》(冯志,1958)、《苦菜花》(冯德英,1958)、《三家巷》(欧阳山,1959)、《创业史》(柳青,1960)、《红岩》(罗广斌、杨益言,1961)……这些被称为"革命历史小说"的作品富含浓郁的浪漫气质,历史叙述的字里行间充溢着革命豪情。大体上,它们依然遵循传统的写作路数,作品多取材于中共党史,在参阅相关历史文献后,对人物形象进行艺术处理,而政治意识形态性却更加鲜明突出。一些小说极力补正史之阙,形象化地传达了我党的政治路线、思想路线和战斗精神。如《红日》就是通过对解放战争期间山东战场涟水、莱芜、孟良崮等战役的真实演绎,阐明中国共产党领导的革命军队经历了无数艰难曲折,最终战胜国民党王牌部队74师,赢得战斗的胜利;《保卫延安》作为第一部正面描写解放战争的小说,再现了人民解放军和陕甘宁边区群众如何在党中央、毛主席的英明领导和指挥下,经过艰苦卓绝的斗争,最终战胜国民党十倍于我的兵力,取得了辉煌战绩。

在真实革命历史事件或历史人物的规限下,革命历史小说家在创作时往往忽略小说虚构叙事的美学意义,多从历史唯物主义思想,尤其是我党对历史事件性质的论断出发,传达"历史真实"。他们竞相歌颂中国共产党对革命事业的指导性作用:《红旗谱》通过朱老忠的形象诠释了只有在党的领导下,人民群众才能战胜阶级敌人,取得斗争的胜利;《青春之歌》以林道静的经历启示我们,小资产阶级知识分子只有接受党的改造,才能找到光明的出路;《创业史》要向读者回答的则是,"中国农村为什么会发生社会主义革命和这次革命是怎样进行的。回答要通过一个村庄的各个阶级人物在合作化运动中的行动、思想和心理的变化过程表现出来。这个主题思想和这个题材范围的统一,构成了这部小说的具体内容"①。柳青的一番表述让人不难发现,尽管革命历史小说家激情满怀,但主要写作目的还是以文学的形式对中共革命史作政治注解,或对主流意识形态作概念化演绎。作家们自信地断言,他们的作品暗示(或预示)了历史的本质,体现了历史发展的必然

---

①柳青:《提出几个问题来讨论》,《延河》(西安),1963年第8期。

趋势;所塑造的主要人物如周大勇、朱老忠、周炳、梁生宝等都是近乎完美的英雄形象。通过历史宏伟叙事的如椽大笔,作家们书写党领导的革命战争、阶级斗争与群众工作,着力挖掘过往历史包含的政治内容。有论者曾对此类小说做过恰切界定:"'革命历史小说'是我对中国1950至1970年代生产的一大批作品的'文学史'命名。这些作品在既定意识形态的规限内讲述既定的历史题材,以达成既定的意识形态目的:它们承担了将刚刚过去的'革命历史'经典化的功能,讲述革命的起源神话、英雄传奇和终极承诺,以此维系当代国人的大希望与大恐惧,证明当代现实的合理性,通过全国范围内的讲述与阅读实践,建构国人在这革命所建立的新秩序中的主体意识。这些作品的印数极大,而且通常都被迅速改编为电影、话剧、舞剧、歌曲、戏曲、连环图画,乃至进入中小学语文课本。人物形象、情节、对白台词无不家喻户晓,深入日常语言之中。对'革命历史'的虚构叙述俨然形成了一套弥漫性奠基性的'话语',亟欲令任何溢出的或另类的叙述方式变得非法或不可能。"[1]

创作思想上的规定性导致这一时期的作品基本上呈整齐划一之势,几乎千人一面,千部一腔。而那些受到既定意识形态规限的红色经典,其特征主要是取主流意识形态视角,进行泛政治话语写作。革命历史小说家持守历史唯物史观,认为过往的全部历史,除了原始社会时期,都是阶级斗争的历史。在进步与反动、善与恶、革命与反革命之间存在着非此即彼的二元对立。这些作品的历史结论与主流意识形态保持着一一对应的图解关系。尤其是发展到"文革"时期,出于各种政治运动的需要,革命历史小说以"三突出"原则和"高大全"的英雄模式,将红色历史叙事推至极端。

史无前例的革命胜利深刻影响了作家叙述历史的观念,战争文化

---

[1] 黄子平:《"灰阑"中的叙述》,上海文艺出版社,2001年版,前言第2页。

心理影响下的非常态写作,造就了官方政治意识对历史观念的全盘统摄,而小说艺术应有的审美性和生命力却大大减弱了。当文学变成政治的附庸,被当作主流意识形态的注脚时,文学自身的独立性业已岌岌可危。或许正基于此,黄子平才感叹,文本秩序与社会秩序的建立、维护与颠覆,同样是本世纪中国历史最令人眩惑的奇观。所以,新历史小说的横空出世,要得益于1980年代逐渐宽松、自由的人文环境。正是在那个文学的黄金年代,当代作家第一次真正拥有了解读历史的自主权。

二、新的历史观念和历史意识

1. 边缘化的历史观念

莫言在与王尧的对谈中指出:"我感觉到在过去的百年,包括现在还有许多作家的小说创作,有一个非常特别的东西,往往用写'正史'的方式来解释来叙述历史,现在看来大多数作为小说来讲几乎是失败的。用'野史'的方式来写小说却是另外一番景象。"①的确,许多革命历史小说细读起来已经不太像小说了,那些公共记忆——党派交替、政权斗争、革命道路……其实不需要小说,一本历史教科书便能清楚解释。而诚如米兰·昆德拉所言,小说原本应发现惟有它才可以发现的东西。从文学的角度来看,《红高粱》与《灵旗》的意义首先在于,它们均以审美的方式亲近历史,进而打开了另一片想象与言说空间,让历史以全新的面貌和形态呈现出来。《红高粱》首度将历史推向边缘的民间,以家族野史实现了对正史的背离。本着"为我的家族树碑立传"的决心,莫言跳出了传统历史小说的窠臼,通过主观化的个人讲

---

① 莫言、王尧:《从〈红高粱〉到〈檀香刑〉》,《当代作家评论》,2002年第1期。

述,成功地将小说从意识形态的控制中解放出来。小说虽也涉及抗日、民族大义等层面,但"我爷爷""我奶奶"带有传奇色彩的生活经历,高粱地、酒坊里野性十足的爱恨情仇,与艰苦卓绝的八年全面抗战毫不相干。"我爷爷"身兼土匪头子与抗日英雄双重身份——这对于二元对立式的革命历史小说而言,简直不可想象。更何况土匪余占鳌所有的斗争抵抗行为完全是自发的,他的意识里没有高尚的民族大义,也没有什么政治上的自觉,他带领的抗日队伍更多的是为生存而战,为家乡而战。与《李自成》《义和拳》等描写农民起义的当代小说明显不同,《红高粱》中是民间情义而非党派、政治、阶级思想支撑着高密乡的农民在历史情境中的关键抉择。这部才思飞扬的小说彻底走出了旧历史小说图解革命的思路,自然原始的野性暴力经过莫言的审美化书写后,政治教化被冲到了边缘,边缘的民间却走向了中心。小说中的抗日英雄不再脸谱化,化外之民的家族野史充满了鲜活的生命力。所以,王尧认为,"从文学史的角度来讲,我觉得'红高粱家族'是终止了'红色经典'那样的一种写作"。

同样,《灵旗》中的历史也从边缘处经由青果老爹这个饱经沧桑的民间老人介入,跟"我爷爷"相比,青果老爹的身份更为多重:农民、赌徒、民团团丁、红军、逃兵……与混沌不清的身份相当的还有他的思想,艰难的红军长征、悲壮的湘江血战、复杂的土改肃反,中共党史上无比重大的历史事件,在青果老爹眼中,不过是他与九翠一生情感纠葛的底子。他无法理清沧桑人世的善恶忠邪、是非曲直,但他知道自己身上沾染的历史血腥永远也洗不掉。与青果老爹视线交织的还有重走长征路时陷入沉思的军旅作家乔良。无论小说主人公还是作家,对主流意识形态都是疏离的,"湘江一战,损失过半",历史上只记录了数据与结局的事件,其实另有一番血腥、惨烈的历史景象。长征初期,红军败役湘江后,境况堪忧:

……白军杀戒大开,狂犬般搜杀流散红军。砍头如砍柴,饮血如饮水。一时间,蒋军杀红军,湘军杀红军,桂军杀红军,狐假虎威的民团杀红军,连一些普通百姓也杀红军,尸曝山野,血涨江流。离开红都瑞金时尚有八万余众的红军,是役后仅存三万。

与党史上粗枝大叶的抽象数字相比,小说对历史的言说是何等触目惊心!"革命的被杀于反革命的。反革命的被杀于革命的。不革命的或当作革命的而被杀于反革命的,或当作反革命的而被杀于革命的,或并不当作什么而被杀于革命的或反革命的。"历史的大是大非、敌我的大对峙,竟以这种犬牙交错、混沌一团的复杂形态出现。血腥的杀戮暗示我们,历史上的一切并非想象的那么简单,人民也不只是个纯粹的政治概念。新历史小说淡化了历史的政治功利色彩,提醒我们在历史的边缘寻找真相。

新历史小说一改旧有历史小说秉承的政治视角,用崭新的历史意识去解读历史。作家们多从人性、文化等角度去观照历史,力图把历史描写成一部心灵史或文化史,而不是简单的政治/阶级斗争史:《相会在K市》(李晓)通过"我"对从上海奔赴抗日前线的知识分子刘东死亡之谜的调查和寻访,构筑了一个因偶然而导致的革命悲剧;《白鹿原》以古原上两个家族数辈的恩怨纠葛牵出百年政治风云,对历史做了文化的而非政治的、宗法的而非阶级的解读;《长恨歌》用流落民间的"上海小姐"王琦瑶承载一座城市半个世纪的变迁,让历史体己地消融在百姓的日常生活中……概而言之,新历史小说从边缘化的历史视角发掘那些被遮蔽了的存在,将家族史、个人史作为小说的重头戏,以野史、稗史替换了正史,世俗化的历史颇具民间品格。而那些昭示历史发展的重大事件,以及那些揭示历史深刻变化的本质性东西,只不过是作家眼中的布景或道具。过往历史小说习惯于从时代潮流走向把握个人的命运沉浮,并想方设法让个人话语融入主流话语中,新历史小说却强调对"少数话语"的关注,关心处于弱势的"少数"如何能发出独立、反抗的声音。于是,我们看到,此前小说中处于边缘的土匪、地主、商人、倡优、姬妾等小人物走向历史中心,颠覆了传统历史小说中伟人或英雄主宰历史的观念。家族往事、秘史、轶闻、传说纷纷从历史帷幕的裂隙处源源不断地涌出,迅速占据了历史前台,寓言式地表达了作家对世界及自我的理解,为人们提供了别样的价值标准与审美境界。

从反映宏伟历史事件的"大历史"到着重表现普通人历史遭遇的"小历史";从侧重表现外部历史行为到侧重揭示个体的心灵与命运,新历史小说写作者们用心打量历史,感悟历史。他们并不全盘否认主流意识形态对历史的解释,而是摒弃了这种解释的唯一性,选取了一个个普通个体而不是某种意识形态代言人的身份和角度来写作。在此意义上,我们可以将新历史小说看作是对"中国民间社会原初记忆的修复……意在改变对封建传统简单化的价值判断。对中国文化的内在性进行认真清理,而且这实际上是在传统经典和意识形态的边缘对历史的重写"①。

2. 对话式的历史意识

新历史小说坚持民间的、个人化历史书写,以边缘人物和题材为描写重心,在20世纪80年代末至90年代初向我们集中展示过一幕幕充满异数的历史景象:《一九三四年的逃亡》(苏童)中的灾年瘟疫,《妻妾成群》(苏童)中恐怖的"死人井",《苍河白日梦》(刘恒)中的偷窥与自虐,《一九三七年的爱情》(叶兆言)里堂吉诃德式的金陵遗情,《温故一九四二》(刘震云)中的国统区河南的饥民生死,《银城故事》(李

---

① 董之林:《叩问历史 面向未来——当代历史小说创作研讨会述要》,《文学评论》,1995年第5期。

锐)中银城"杀来杀去"的动荡不宁,《故乡天下黄花》(刘震云)中的绵延不止的权势争夺,《古船》(张炜)中残酷的运动炮制的精神枷锁,《祖父在父亲心中》(方方)中弥漫在父亲心中的政治屈辱,《在细雨中呼喊》(余华)中投射在孩子身上的"文革"阴影……小说家们似乎都刻意避免与历史正面的短兵相接,在他们极为冷静的叙述语调里,所有历史均以生活化、日常化的面孔出现。旧有历史小说对主流意识形态亦步亦趋,所描绘的历史往往是充满规律的、有序的、有意义的历史;而新历史小说出于对这种历史叙事的本能反感,毫不留情地进行轮番拆解与颠覆。消除了简单的二元对立模式和历史必然上升论调,新历史小说写作者并不回避历史过程中的偶然性因素,相反,正是通过对历史必然性的打破,才顺理成章地产生了鲜明的与历史对话的意识。

　　历史是什么?英国史学家卡尔认为,历史就是现在与过去的对话。"在这种对话中的历史,不再是往昔岁月的客体真实,也不仅仅是现代意识对历史的重新关照与铸造,历史成了现在与过去的对话间,不断涌动而出的一种活的时间过程。"(王彪语)经由历史的通道,我们并不能顺利抵达历史的尽头;历史也并非铁板一块,它必须接受现代眼光的打量和参悟。那些惊天动地的历史变换对往昔和今日有怎样不同的意味?我们对历史承载的意义估量得是否太过于乐观?历史曾造成的精神创伤性事件是否还在重演?这些必要的思考即使索寻不到完美的答案,至少也能在边缘话语涌现的时刻浮出水面。通过历史与当下的对话,新历史小说对暴力革命的历史进化观提出了质疑和挑战:历史绝非自觉遵循着理性之途不断向前发展,在此进程中充满了不可预知的非理性、非逻辑性因素,《灵旗》中的青果老爹与《边缘》(格非)中"我"对命运(或者说对历史)的惶惑正缘于此。而在《旧址》《故乡天下黄花》《白鹿原》等新历史小说中,我们同样发现,历史的演进并非线性发展而是螺旋式上升的——甚至只有螺旋(历史循环),没有上升。

以新历史小说作为文坛突破口的晚生代作家毕飞宇,早期不少作品都体现了对话历史的强烈意识,如《充满瓷器的时代》《是谁在深夜说话》《雨天的棉花糖》《孤岛》等,尤其是短篇小说《是谁在深夜说话》。在这部作品里,毕飞宇塑造了一个南京城下执拗的怀古者形象,他经常在夜间漫步旧城墙下"怀念明代",试图对话过往的绚烂历史。他邂逅的那个颇具秦淮名妓风韵的小云,也被臆想成可以"概括整个明代"的古典美人。同样出现在深夜的还有赶修明城墙的建筑队,他们为收集散失的旧城砖大举拆迁,力图把城墙修复得比明代"还完整"。当令怀古者向往的历史遗迹被修缮如初后,他却惊讶地发现:"砖头们排列得合榫合缝、逻辑严密,甚至比明代还要完整,砖头怎么反而多出来了?"被人为恢复的历史竟然出了盈余,只能表明历史是不可修复的。通过现实与历史两组线索的对接,毕飞宇对历史条理化般稳固的观念提出质疑。历史自有不可违背的客观规律,亦不乏不可捉摸的人为因素。小说中"我"望着那些历史遗留的石头时,"它们在月光下像一群狐狸,充满了不确定性"。——现在与过去之间对话的展开,很大程度上,就是为了追索充满不确定性的历史。

与历史对话需要充分的条件。试想,如果没有新时期之初《剪辑错了的故事》(茹志鹃)、《内奸》(方之)、《芙蓉镇》(古华)等作品对风云诡谲的历史的反思,将颠倒的历史再颠倒过来;如果缺少阿城、郑义、韩少功等寻根派青年对历史之根并不成熟的挖掘,向时空深处的细枝末节频作拷问;如果不是社会转型期文化环境的自由度与日俱增,让作家的主体意志得到空前张扬:对话都只能是一种奢望。当制约知识分子思考和探索的重大而统一的时代主题已无法拢住民族的精神走向,启蒙式的政治教化也在不自觉中让位于作家的人文审视。作家们借着对话的契机,重新面对历史的复杂性,试着更忠实于历史的可能性境遇。史学家沃尔什说过,"历史之光并不投射在客观的事件上,而是投射在写历史的人身上,历史照亮的不是过去,而是现在"。

逝去的历史对今天而言意味着什么,是每一位进行历史写作的小说家不得不思考的问题。当一个刚刚从梦魇中惊醒的民族,将目光投向过往并不见得明朗或公正的历史时,或感慨,或感伤,或郁愤,或嘲讽,或游离,都是可以理解的。"当一个局外人观看历史学的时候,最打动他的事情之一就是他发现对于同一个题目有着各种各样分歧的说法。不仅真的是每一代人都发现有必要重写前人已经写过的各种历史;而且在任何给定的时间和地点,都可以对同样的一组事件得出互不相同的,而且显然是互不兼容的各种说法,其中每一种都自称是给出了如果不是全盘真相的话,至少也是目前所得到的尽可能之多的真相。"[①]这段对历史学饶有兴味的表述几可看成新历史小说写作者的创作初衷。更何况他们原非局外人,历史对新时期小说家的影响即便不那么直接,至少也曾在其精神上投射过意味深长的魅影。所以,新历史小说写作者才那样警觉地谛听历史在当代的回响,并形成了从边缘处参与历史、对话历史的意识。

三、新的叙述话语和叙述方式

1. 叙述话语:个人化叙述

新历史小说不仅具有崭新的历史意识,在叙述方面,也是一味求新的。一个有目共睹的事实是,新历史小说常以"追忆逝水年华"的方式切入历史,让故事在边缘化人物的自由回忆中展开。作家们面对的不再是固化了的公共记忆,历史记忆的个人化首先带来历史经验的个人化,由此造成了历史理解的空前丰富。这一点与红色经典小说形成

[①][英]沃尔什:《历史哲学——导论》,何兆武、张文杰译,社会科学文献出版社,1991年版,第97页。

了鲜明对照:尽管革命历史小说家大多是历史事件的参与者,在写作时他们却往往放弃自己的个人体验,转而采用第三人称叙事笔调,汇入主流话语关于革命历史的统一叙述中,以此弥合艺术虚构与历史真实之间的裂痕。比如,《红日》中的战役是吴强在山东战场上亲身经历的;保卫延安是杜鹏程革命生涯里参加过的最重要的战斗;《林海雪原》则根据曲波深入虎口成功剿匪的经历写成。当他们追忆过往历史时,都力避第一人称叙述,让叙事主体自然隐退,叙述者以历史代言人的身份出现,以示客观、中立。还有像罗广斌、杨益言这样的作家,本人即是"中美合作所"集中营的幸存者,在创作《红岩》时,也自觉置身历史之外,反借他人(江姐、华子良等)的英雄故事进入历史,来营造真实的艺术效果。总之,在革命历史小说家严谨的创作理念中,第一人称"我"必须销声匿迹,历史要按照正史化的逻辑规律自行上演,这也被看作是实现历史真实的先决条件。

与革命历史小说家不同,新历史小说的作者并不是历史在场者,他们讲述的多是想象和虚拟的历史,而且他们有意让读者明白无误地看到,虚构参与了历史的生产过程。新历史小说写作者对所谓的客观再现不屑一顾,无论是苏童的《一九三四年的逃亡》、叶兆言的《枣树的故事》,还是王安忆的《纪实与虚构》,叙述者"我"都大摇大摆地露面,并拥有超出个人时间和空间的视野。作家们在小说中频频使用"我想""我猜想""我设想"等字眼来强调历史的虚构性,让叙述者堂而皇之地穿行于历史档案和历史时空之中。谈歌在《绝士》中还多次以本名现身插话,发表对历史人物和历史事件的看法。这种元叙述的写法使得历史不再是集体经验中的大写历史,其虚构也不受史实材料的束缚,作家们大多"只取一点因由,随意点染,铺排成篇",他们不约而同地宣称:"小说家并不负责再现历史也不可能再现历史,所谓的历史事件只不过是小说家把历史寓言化和预言化的材料。历史学家是根据历史事件来思想,小说家是用思想来选择和改造历史事件,如果没有这样的历史事件,他就会虚构出这样的历史事件。"(莫言)"我用我的方法拾起已成碎片的历史,缝补缀合,这是一种很好的小说创作方法。"(苏童)"我们的叙述不会给世界和时间表带来任何增损。我们的叙述只为自己。"(李锐)

如此一来,历史便不再是牵制莫言们创作的表情肃穆的权贵,莫言们也不再自甘义务地充当历史的忠实记录员。在获得了从未有过的叙事权力之后,新历史小说写作者成功地让历史为己所用。他们一反传统历史小说与革命历史小说对历史的恭敬之态,常将客观冷静的叙述手法与极度主观的内容相融合。作家们从历史的边边角角出发,毫不遮掩地暴露叙述者的存在和主观见解的渗入:《故乡相处流传》中"我"与曹操、袁绍、朱元璋、慈禧等一起自由出入于三国、明初、清末和1960年间,还时不时发出"历史从来都是简单的,是我们自己把它闹复杂了"之类的喟叹;《温故一九四二》中追问历史为何历来与细民百姓无缘,指控"历史总是被筛选和被遗忘的"、"历史只漫步在富丽堂皇的大厅";《国殇》中借主人公之口感慨,"历史真是个说不清的东西,历史的进程是在黑暗的密室中被大人物们决定的"。新历史小说写作者们对历史的怀疑和调侃,打破了一元话语一统天下的局面,启悟我们思考历史的复杂与简单、必然与偶然,光明背后的黑暗,以及崇高底端的阴谋。

新历史小说个人化的叙述立场,把集体讲述还原成个人记忆,有意绕过叠加在历史上的种种意识形态。于是,那些有着较强政治意义的事件就成了"我爷爷""我奶奶"的故事(《红高粱》),"叔叔""阿姨"和"大舅"的故事(李晓《叔叔阿姨大舅和我》),或者"我小舅"的故事(廉声《妩媚归途》)。以《叔叔阿姨大舅和我》这部中篇为例,乍看题名,传达的信息极为日常和温情,实际却牵涉国共两党斗争史上一个重大历史事件——让周恩来总理愤然题下"千古奇冤,江南一叶。同室操戈,相煎何急"的"皖南事变"。李晓以老作家黎汝清的《皖南事变》(1987

为前文本,通过叙述者"我"的介入,发出不同声音:"前两年,有位作家以此(皖南事变——笔者注)为题材写了一部长篇小说,题目就叫《皖南事变》。小说面世后,引起激烈争论。批评者们说,作者把原新四军领导人项英写成一个刚愎自用的莽汉,违背了中央的指示,为个人目的,让新四军走上南进的绝路,这是毫无根据的。"黎汝清在创作《皖南事变》时占有翔实的史料,并与军史学家进行过深入讨论。其创作原则是实事求是,尊重历史;而"我"对皖南事变的了解,并不是来源于历史记载,而是从"杜叔叔、叶阿姨、我妈妈、我大舅,那部小说以及那部小说之外的各种书本里得到的"。皖南事变中,九千余名官兵遭到国民党几十万军队的伏击,仅两千人突围,三千人战死,另外三千多人被俘,"杜叔叔"就是军俘之一。根据他的讲述,政委项英是个廉洁的共产主义者,"廉洁得接近于清教徒,他从不享受军首长的待遇,不吃小灶,穿灰布士兵服,脚蹬草鞋,他对自己极严格,对别人也很苛求,特别是对于来自大中城市的小布尔乔亚……"。可是在黎汝清笔下,项英虽忠于革命事业,小农意识却相当严重。他自恃战功,专权狭隘,处处掣肘叶挺,不采纳后者的正确意见,正是项英身上那种根深蒂固的封建家长式领导作风造成了皖南新四军的惨败。尤其耐人寻味的是,小说中最终导致项英惨死的竟是他随身携带的大量金银钞票。历史真相只有一个,小说叙事却纷繁多样;历史人物独一无二,形象塑造却千差万别。一切的一切,都服务于创作者的主要意图。在黎汝清那里,他考证的是项英、叶挺两位真实历史人物的历史际遇,挖掘的是皖南事变的悲剧成因,他的写作是为了让历史的"真相"清晰呈现。李晓着重关注的则是皖南事变这一历史背景对小说虚构人物"叔叔""阿姨""大舅"后半生命运的影响,主人公的悲剧在"我"的理解里,不啻一场沉重的历史误会。

2. 叙事方式:后设叙述与重写/仿写

新历史小说较为看重叙事技巧,作家们很少线性地对内容平铺直叙,而是广泛采用了后设叙述。后设叙述,即叙述者在讲述故事时处处有意凸现"今天"或"后来"的叙事角度,并以其自由穿插出入,切割着那个"从过去到现在"的连续性历史之链,建立起故事时间与叙述时间、叙述者与人物之间的张力结构,表现因时间流逝带来的历史真相显露的多寡不同,故事发生时的意义与叙述时的意义可能判然有别。小说《一九三四年的逃亡》中出现过这样的文字:

> 有一段时间我的历史书上标满了1934年这个年份,1934年迸发出强壮的紫色光芒圈住我的思绪。那是不复存在的遥远的年代,对于我也是一棵古树的年轮,我可以端坐其上,重温1934年的人间沧桑。

之所以这样写,苏童是为了让我们明确获悉,1934年的历史,是叙述者"我"眼中的历史;"灾年"里所有的末世景象,是"我"向那个"不复存在"的年代遥望的结果。无独有偶,《红高粱》里"我"也明确亮出现代人的身份,以现代眼光来观照历史,在历史与现实之间来来往往,随叙述时间的跳跃构建祖辈的历史,并质问不肖子孙为何只剩下"聪明伶俐的家兔气"。很明显,两部小说中,作为叙述人的"我"都脱离了故事发展的轨道,具有独立的意味。故事呈现出被叙述者主观讲述的面貌,打破了以往小说刻意营造的历史生活"客观呈现"的假象。叙述时间被打乱了,过去、现在与未来交织穿梭,任意组合,构成多重时间相互交迭的状态;叙述者以及预想读者的感觉也不断介入故事,在人称转换之间,实现历史与现实双重空间的构建。历史无法成为一种已完成的客观存在,而是在小说家的不断叩问中,通过对那些缺失环节的反复补充进行着。

在新历史小说中,类似于马尔克斯《百年孤独》"许多年之后"的经典句式比比皆是:

"尔勇多少年以后回想起来,都觉得曾经辉煌一时的白脸,实在愚不可及。"(《枣树的故事》)

"多少年以后,雨媛怀念丁问渔的时候,她不可避免地会想到这一次和他单独相对的日子……"(《一九三七年的爱情》)

"在后来残余的岁月中,段仁义再也忘不了马鞍山阻击战的最后一个夜晚。"(《大捷》)

"白嘉轩后来引以为豪壮的是一生里娶过七房女人。"(《白鹿原》)

……

回望的姿态让历史变成记忆中的故事,许多事件因此被讲得添油加醋,假假真真,虚虚实实。当被叙述的往事打上了个人化、私密化的印记,历史事件的意义被重新审视,事件内部关系的性质也将被重新解释,历史在小说中不可避免地被重写。《月色狰狞》(廉声)中,土匪莫天良为争夺地盘与日军竭力周旋,他没有丧身敌手,却因为一个女人,不意被胞弟莫天保残忍杀害。《民众报》和历史档案上刊录的是:"一代抗日英杰莫天良未死国难,先丧同胞之手,被其部下饶双林所杀。"日军战报报道的是:"我特遣阿部小队于九月二十八日晚……伏击了地方游匪莫天良部,匪首莫天良当场中弹毙命。"不同的"历史记录",让我们体会到历史与真相的差距何等之大。《白鹿原》里英勇的白灵没有死于敌人布下的天罗地网,却无辜地被根据地的革命同志活埋;其兄白孝文则以革命投机分子的伎俩杀害了革命的有功之臣黑娃。革命者被杀于革命者或伪革命者,却均以革命的名义,以人民政府的合法手段，这样的故事当然难见于历史，但却活生生地存在。被小说重写的历史，不再仅仅是对历史或人物的正面描述。《国殇》中，国民党新22军残部遭遇日军围困，军长杨梦征为了城中20万百姓免遭屠戮，签署投降命令后开枪自尽。部将白云森决心发动一场"流血反击"，他击毙副座毕元奇，带领残军成功突围，却被忠于杨梦征的营长周浩击毙。接着杨梦征的侄子杨皖育杀掉周浩，夺得军权，在发给上级的电文中写道：杨梦征、毕元奇、白云森"壮烈殉国"。为国捐躯者与阴谋家的死都成了"国殇"！这则电文也许将作为唯一的史料载入档案，同时使人们相信：这就是历史。难怪历史中人不屑地指责："历史是什么东西！历史不就是阴谋和暴力的私生子么？"异常讽刺的结局，无疑透露出作家对于所谓正史的深刻不信任。

  某种意义上，新历史小说的确可以看作是对历史客体的"二次修正"。历史在作家眼中已不再如教科书那般清晰明了，他们在历史中找寻自己的话语场，运用个人话语先将意识形态历史译码，然后再对译码后的历史重新编码。而到了晚生代作家那里，历史更是被解构和颠覆得面目全非。毕飞宇的典型新历史小说《楚水》《叙事》《武松打虎》等经由历史与现实的对位叙事，重申了历史的不可还原。历史的荒谬性一直贯穿于整个历史，历史的真相却可能被封存在永逝的历史之中。同样，李冯的《十六世纪的卖油郎》《另一种声音》《我作为英雄武松的生活片断》与苏童的《新天仙配》、王小波的《红拂夜奔》等作品一起，作为对传统经典文本的仿写，毫不留情地将历史传说中的英雄、神仙打入凡间：卖油郎成日惦念着花魁女的身价；武松稀里糊涂中打死老虎；李靖与红拂过着无趣的生活……古典的道义、忠贞的爱情统统被现实冲击得灰飞烟灭。通过对经典文本的戏仿和重写，新历史小说开创了一种寓言化的历史。李大卫的《出手如梦》更是将小说、电影、日记，当代、古代，现实、梦幻统统糅合一处，通过令人眼花缭乱的戏仿、拼贴，众声喧哗的语言狂欢，共同建构起一个供个人自由穿行的似真似幻的历史隐喻场。从对权威历史话语的解构到自我解构,新历史小说曾一度痴迷于叙事游戏的智慧与乐趣。

　　新历史小说写作者放弃史诗化的追求,改变了过往历史对小说的轻慢和挤压,转而描绘边缘性的历史人物或历史故事,并较多地采用主观叙事和个人化叙事以区别于传统小说。作家们自觉地站在历史的边缘,用个体记忆置换公共记忆,用个人话语超越主流话语,以抵抗宏大叙事中历史对文学的压制。新历史小说写作者运用多样化的小说叙事技巧和修辞技巧,在现代语境中将历史的纷乱碎片重新聚合,把充满不确定性的历史浓缩为一种命运或宿命。他们反讽所谓的历史规律,抛却"历史崇拜论"和"历史前进论"思想,从容地对话历史,进而拷问其现实意义。无论是历史观念还是叙事策略,新历史小说都坚守边缘,并确信这种边缘化视点策略是对主流意识形态的强有力反叛。新历史小说写作者以全新的历史观念和历史意识颠覆了既有历史小说的思维定式,以先锋的叙事手法变革了对历史言说的方式,并以大量的创作实绩向文坛证明:新历史小说的本质应该是小说而不是历史,新历史小说是一个关于小说的偏正式结构!

新历史小说之"真"

在中国传统文化体系中,与政治一墙之隔的历史无疑声位显赫,文学与之相比处于边缘的位置。历史"客观真实"的首要特质蕴含的权威性言说,以及历史与生俱来参与社稷的官方性质,每每让小说叙事淹没在历史的光环中,暗自分享历史的威望。按照亚里士多德的判断,历史言说代表着对已发生的事实的再现,而小说虚构意味着对可能发生的事件之假设。但,一个饶有兴味的事实是:已发生的事与可能发生的事存在大面积的交织——事件的交织以及语言的交织。"历史"不仅包括"所历之事",即过去曾发生过的、客观存在的具体历史事件,还包括对"所历之事"的记载,即史官或史学家们用文字记录下来流传后世的文本。以荆轲刺秦为例,《战国策》所记主要是事件梗概,具体历史情境中太子丹与荆轲的过从、荆轲与秦王的对话只能以某种"可能性文字"体现出来。而小说恰恰可以凭借艺术虚构丰富历史事件的细部可能,二者的交织由此产生。

历史真实确实是客观的存在,但时间的线性结构注定了"真实"不可复现。卡尔·波普有句名言:"不可能有一部'真正如实表现过去'的历史,只能有对历史的解释,而且没有一种解释是最后的解释,因此,每一代都有权来作出自己的解释。"卡西尔在《人论》中也不无幽默地点明,"把历史的真实定义为'与事实相一致'——使事物与理智相一致——这无论如何不是对问题的令人满意的解答"。在他看来,一切历史事实都需经由各种符号(主要是文字符号)的中介才能被了解。"除了各种文献或遗迹以外,没有任何事物或事件能成为我们历史知识的第一手的直接对象。只有通过这些符号材料的媒介和中介,我们才能把握真实的历史材料——过去的事件和人物。"①

不仅符号学哲学家作如是观,根据现代阐释学理论,带有合法性偏见的史学家同样无法还原历史。历史作为被书写的文本,本质上是一种叙述话语,历史书写中不可避免地含有对历史的想象。在柯林伍德看来,历史学家首先是个讲故事的人;海登·怀特进一步指出,"对于历史学家来说,历史事件只是故事的因素,事件通过压制和贬低一些因素,以及抬高和重视别的因素,通过个性塑造、主题重复、声音和观点的变化,可供选择的描写策略等等——总而言之,通过所有我们一般在小说或戏剧中的情节编织的技巧才变成故事"②。从语言学意义上说,历史与文学确有许多相通的地方。就像《伊利亚特》,"如果你拿它当历史来读,你会发现其中充满了虚构;如果你拿它当虚构故事来读,你又会发现其中充满了历史"③。当代文艺理论合力打破了传统的历史真实观,垂青历史的小说家们清醒地意识到历史也是种叙事产物后,自然地将历史设定为一个合适的语境或必要的修辞。由此,新历史小说实现了历史的裁判性向体验性的转变,历史的事件性向过程性的转变,历史的抽象性向丰富性的巨大转变,进而产生了不同以往的新历史之"真"。

---

① [德]恩斯特·卡西尔:《人论》,甘阳译,上海译文出版社,2003年版,第275页。
② [美]海登·怀特:《作为文学虚构的历史本文》,张京媛主编:《新历史主义与文学批评》,北京大学出版社,1993年版,第163页。
③ [英]汤因比:《历史研究》(上),曹未风等译,上海人民出版社,1997年版,第55页。

一、个体存在的真实

  1934年,返乡的沈从文面对血色湘西曾深为感慨:"我想起历史,一套用文字写成的历史,除了告诉我们一些另一时代另一群人在这地面上相斫相杀的故事外,我们决不会再知道一些要知道的事情……这些东西于历史似乎毫无关系,百年前或百年后皆仿佛同目前一样……历史对他们俨然毫无意义,然而提到他们这点千年不变无可记载的历史,却使人引起无言的哀戚。"①对个体生命价值的忘却是历史阐释的永恒之痛,传统历史观在历史的解码体系中最大的弊端在于,它制造了无数遮蔽,即把历史的构成物——一个个普通个体放逐到了历史之外。宏大的历史本由千千万万平凡的生命共同创造,失去人的依托,历史无从谈起。遗憾的是,在传统历史小说尤其是革命历史小说中,我们所看到的普通百姓或人民群众,大都以集体身份出场,形象单薄,面目模糊,不具备独立的思想意识。虽然历史唯物主义强调人民才是历史的创造者,但在时间的长河中,人民长久以来只是历史的奴隶,而不是主人。在英雄史观的统摄下,改变历史的是那些振臂一呼、云集者众的"大人物"。"每一个国家的历史,都是用伟大人物的勋绩,向青年表现出来。"②在由帝王将相伟人英雄谱写的历史中,普通生存个体处于历史权力运作绝对边缘的位置,根本无法发出独立的声音。

  新历史小说引人注目之处,首先在于它提出了关于人和人的存在的重大命题。它让个人从历史的迷雾中挺身而出,终结了超个人

---

① 沈从文:《一九三四年一月十八》,出自沈从文:《湘行散记 湘西》,人民文学出版社,2016年版,第29-30页。
② [美]悉尼·胡克:《历史中的英雄》,上海人民出版社,1987年版,第7页。

政治视角对历史理解的垄断和霸权,从而实现了对历史的去蔽。王彪认为,新历史小说表现的就是中国人的生命历史与生存历史,其导向非常明确:人和人性。新历史小说写作者以现代性话语言说个体的经验世界,试图在严峻的历史面孔背后,发现欲望张扬的生命个体,寻味历史的原生态本色。自《红高粱》起,新历史小说便以人性的审美视角取代以往历史小说中的政治视角。"我爷爷""我奶奶"首先是具有充盈生命力和鲜活俗世欲望的人。"我爷爷"重信重义,敢做敢为、疾恶如仇;"我奶奶"美丽泼辣、敢爱敢恨,追求自由,他们拥有像火红的高粱一样热情奔放的生命。此后,新历史小说写作者多从微观的个体切入,以点带面,把历史改写成零碎可感的人生片断;《灵旗》通过青果老爹坎坷一生折射出的历史真实更加生动具体;《旧址》中银城李氏家族数辈人的遭遇与动荡的历史息息相关;《中国故事》里,马可·波罗收集中国历史资料的同时,更在全身心地体验历史。历史绝非一纸空文,它对生存个体的作用力不应也不容忽视。在新历史小说写作者看来,只有经过主体体验的历史才是真实的历史。某种意义上,正是那些弥漫着本土生活经验的个人生存境遇,为我们观照历史提供了新的向度。在小说《温故一九四二》中,刘震云这样写道:

> 我姥娘今年九十二岁,与这个世纪同命运。这位普通的中国乡村妇女,解放前是地主的雇工,解放后是人民公社社员。在她身上,已经承受了九十二年的中国历史。没有千千万万这些普通的肮脏的中国百姓,波澜壮阔的中国革命和反革命历史都是白扯。他们是最终的灾难和成功的承受者和付出者。

新历史小说拆解了大历史的惊天动地,将其分摊到历史个体身上。对于长征,在乔良的笔下是这样的:"他们在走。只是走。他们并不知道这是长征。这个史诗般的命名是后来的事。他们不知道往哪里去。……他们神情麻木又从容不迫。他们目光阴郁又乐观自信。他们人心浮动又意志顽强。他们的溃不成军又坚不可摧……"(《灵旗》)相对于革命史上最终的伟大胜利，长征在启动之初却是我党第五次反围剿失败后的被动转移，它带给红军战士的是难以计数的灾难和牺牲。对于1937年，叶兆言是这样看待的："作为小说家，我看不太清楚那种被历史学家称为历史的历史。我看到的只是一些零零碎碎的片断，一些大时代中的伤感的没出息的小故事。一九三七的南京人还不可能预料到即将发生的历史悲剧，他们活在那个时代里，并不知道后来会怎么样。"作为现代历史上最屈辱的一页，1937年最大的事件是南京大屠杀。相对于那场大浩劫，其他任何事件都可谓微不足道。然而《一九三七年的爱情》中，作家却一再让时间延宕，把目光缩小到情痴丁问渔身上，他对雨媛不可遏制的爱情，在血腥的屠戮到来前，竟绽放出异样的光彩。对于革命契机，李锐在《传说之死》中是这样演绎的：目不识丁的六姑婆终其一生也不理解革命的意义，这个吃斋念佛的女人只是为履行对父亲的承诺，要把自己与弟弟的命运联系在一起，才加入了地下党组织，不意却成为银城第一位女共产党员，被光荣地载入史册。六姑婆离世之后，种种历史传奇渐渐流传开来，而那只是"与她无关的传说"。

从革命历史小说到新历史小说，一个明显的转折就是，非启蒙话语下的生存个体更多的是遵从生命本能而不是主流意识的选择。在新历史小说中，个人并不清楚历史的方向，不懂得如何顺应历史，他们多从主观意志乃至个人私欲出发，所写就的历史难免带有"藏污纳垢"的性质。从"超我"回到"本我"，"小写"的历史中自然不乏"小写"的人。譬如池莉的中篇小说《预谋杀人》的主人公王腊狗，作为地主丁宗望家的佃户，他一直对宅心仁厚的东家万分仇恨。他的这种仇恨，并非出于阶级对抗和解放自身的革命意识，却源于人性中的嫉妒与贪欲:王家父子两代皆为丁家佃户,而丁家家境殷实、牛肥马壮;他的妻子是个麻脸婆娘,而丁宗望的妻子非常漂亮。强烈的不平衡感,致使他将杀死丁宗望作为人生的最大目标。王腊狗费尽心力,屡次预谋陷丁宗望于绝境,却始终未能得逞,只好将"复仇"的希望寄托在下一代身上。这部小说时间跨度较大,从抗日战争到解放战争,再到新中国成立后的土改时期,尽管历史时空不断变迁,但王腊狗对丁宗望的仇恨并没有因此而减少,时局变动对王腊狗也毫无意义,他只受潜在欲望的操纵。与王腊狗类似的形象还有《大年》中的豹子,在参加新四军前,他是个恶行累累的惯偷。之所以率众袭击地主丁伯高家的大院,不是出于深刻的阶级仇恨,他不过是觊觎丁家二姨太的美色,同样也缺乏自觉的革命意识,加上以前行窃丁家时被抓挨了打,急欲泄私欲报私仇而已。显而易见,王腊狗与豹子的革命行为与革命动机之间形成了强烈反讽。在这里,新历史小说写作者完全摒弃了阶级论的传统观念,跳出了传统历史小说中狭隘的集团意识,转而从人性的角度发现了人与人之间紧张的对抗关系。

二、心理的真实与诗意的真实

前文分析过,参与新历史小说写作的作家来自不同阵营,作品自然会呈现出不同风貌。综合来看,先锋派及晚生代作家与新写实小说家的作品有着明显的虚实之差:刘震云、方方、池莉、杨争光等笔下的历史更具原生态的写实意味;格非、余华、潘军、李冯等作家的新历史小说创作则或将历史虚化为一种整体性的氛围(背景),或让历史成为一种心理化的存在,他们共同追寻的是历史境遇中生存个体心理的真实与诗意的真实。

虽然先锋作家与晚生代作家被视为没有历史的一代,但是他们却都表现出强烈的历史虚构热情。像格非、苏童、毕飞宇、李冯这些学院派作家,本身便具有深厚的人文学养,又系统学习过相关文艺理论,尤其重视多变的小说写作技法,惯于传达形而上的历史思考。如《边缘》与《叙事》,体现了格非与毕飞宇对历史终极意义未果的寻觅,寄寓了他们对历史元叙述的怀疑。虽然在作者看来客观的历史并不存在,但想象历史的优秀能力却一再鼓舞其历史叙事的决心。面对历史,这些所谓的新潮作家懂得如何恰到好处地运用虚构的权利,对历史情境中个体精神空间的关注也大大超出日常生活,这其实与他们的创作理念是分不开的:与新写实派"毛茸茸"的原生态摹写相反,新潮小说家信奉"强劲的想象产生强劲的真实";凭借虚构,格非们可以自由地享用历史。创作经验告诉他们,一个力图再现史实的文本往往是不怎么成功的,那些真正能把握历史精神的优秀之作需要精巧的虚构。就像余华在《虚伪的作品》中坦诚的那样:"当我发现以往那种就事论事的写作态度只能导致表面的真实以后,我就必须去寻找新的表达方式。寻找的结果使我不再忠诚所描绘的事物的形态,我开始用一种虚伪的形式,这种形式背离了现状世界提供的秩序和逻辑,然而却使我自由地接近了真实。"或许对这群充满先锋精神的作家而言,历史之于创作,不过是层假借的外衣,以历史之名浇胸中块垒才是个中要义。因为在他们眼里,"真正的历史对象根本不是对象,而是自己和他者的统一体,或一种关系,在这种关系中同时存在着历史的实在以及历史理解的实在"[①]。

由始至终,先锋派小说家异常关注人物的内心世界,他们也极其擅长刻画人物心理。苏童的《妻妾成群》中有这样一节:失去陈佐千宠爱的颂莲梦醒后"发现窗子也一如梦中半掩着,从室外穿来的空气新鲜清冽,但颂莲辨别了窗户上雁儿残存的死亡气息。下雪了,世界就

[①] [德] 伽达默尔:《真理与方法》,洪汉鼎译,上海译文出版社,1992年版,第84页。

剩下一半了。另外一半看不见了,它被静静地抹去,也许这就是一场不彻底的死亡。颂莲想我为什么死到一半又停止了呢……"。这样的字句除了渲染封建旧式女子的悲剧命运之外,更多的还是传达了主人公虚妄生存境遇下的内心惶惑。作家并不希望读者仅将这部小说看作"一个旧时代的女性故事",或者"一夫多妻的故事",而是希望我们把它理解成关于"痛苦和恐惧"的小说。同样,格非的《边缘》中主人公一生不断遭遇战争和政治斗争,他总是忧郁地游离在生活的边缘、欲望的边缘乃至死亡的边缘。小说关注的核心是主人公精神上的沉重历史负荷,以及内心难以名状的恐惧。这种恐惧体现了作家对历史的深刻理解,它既朝向历史,又直指现实。值得一提的还有余华的优秀长篇《在细雨中呼喊》,整部小说充满了无处不在的战栗和恐慌:"文革"期间,一群失去佑护、无处藏身的少年以恐惧的方式体验着欢乐,随时有跌进深渊的可能,"罪"与"死"的围堵让他们怎么也走不出苦难。余华另辟蹊径,以心理体验式的逼真叙述记录了那个非常年代世俗平民作为个体存在的悲剧命运,空间化的历史中氤氲着恐惧和颤栗的生命体验。在历史的边缘、生存的边缘、欲望的边缘,人们被凌辱、被压抑、被抛弃,却不曾停止渴望,暗夜中无数灵魂嘶声呼喊,试图冲破历史织就的罗网……通过一系列的心理真实,余华让我们体察到了历史幽暗处难以名状的荒诞和残忍。

而在《重瞳》(潘军)、《我的帝王生涯》(苏童)、《尘埃落定》(阿来)等新历史小说中,我们则在心理真实之外更多地体验到了诗意的真实。几部作品均以第一人称叙述展开,作家们按照自己的历史想象去处理太史公笔下的英雄、永无休止的宫廷争斗和西藏最后一个土司家族的分崩瓦解。《重瞳》里的项羽不再如自题诗那般"力拔山兮气盖世",潘军刻意让他走出司马迁《项羽本纪》彰炳千秋的宏伟史事。小说的副标题是"霸王自叙",实则点明了借题发挥的作家欲对项羽做个人化解读。潘军一方面对史籍细加咀嚼,从中寻求新的可能性;另一方面又完全撇开历史的局限，通过艺术虚构，让项羽的亡灵"复活"，告诉人们一个真正的自己："我不是奇人，我不是你们印象里的那个'力能扛鼎'的大力士，我的身高也没有八尺，非但不是，我自觉修长而挺拔的身材还散发着几分文气。"历史上战功赫赫的楚霸王，竟一再宣称自己是个"诗人"。经由现代言说后的项羽，极富俊雅的人格魅力，他越出了历史的刀光剑影，从容地浮现在我们的审美想象之中。小说最后，作家为"项羽之死"寻找到了出人意料的光荣解释，以浪漫的笔调向读者展示其命运的悲壮之美，在艺术上达到了诗的境界。《我的帝王生涯》也是苏童对自己历史想象才能的一次极致发挥，小说通过虚构燮国国王端白起起落落、峰回路转的一生，折射出人生的无常和历史的无情。端白并不认为自己适合做一位帝王，他只想成为一名技艺高超的走索艺人，从而能够"像鸟一样飞翔"。在权利与自由的悖反之间，主人公诗意地活在幻想中无法自拔，阴差阳错之中流落民间终获成全。《尘埃落定》里那个同样与现实生活格格不入的傻子"我"，有着超时代的预感与举止，是土司制度历史兴衰的见证者。在"我"的讲述里，历史风云变幻充满了诗性的神秘，整部小说的语言也带有诗的节奏和音乐的韵律。

刘小枫曾说过，"最高的诗是在想象中创造一个新的世界"，而飞腾的想象力、诗意的笔致恰恰是新历史小说写作者不可多得的宝贵品质。众多作家天马行空地构建个人化的历史空间，让刻板的历史叙述从庄严的权威中游离出来，表现出一种面对与超越过去时间的坦然，文本中自然散发着鲜明的诗性特质。在他们用想象构筑的全新世界里，历史是当下对过去一次次的寂然回眸，充满梦幻般的奇异色彩。在某种程度上，我们认为，正是这种对历史的诗意想象提升了新历史小说的审美品格。

三、历史感的真实

新历史小说写作者在对历史进行个人化演绎时,始终没有忘记营构具有历史意味的文化氛围。有趣的是,一些作家常常煞有介事地在小说中注明史料来源,以"证实"他们虚构的种种"历史"。我们发现,新历史小说对各种县志、史稿的征引,许多时候较之传统历史小说有过之而无不及。所以,有论者称,某些新历史小说写作者故意采取一些元叙事的方法,文本中引用不少"数据"对历史加以"证明","把新历史小说装扮得简直像历史档案、报告文学一般真实,作者也力图使人们相信他写的是比任何历史记载都更真实的事实"[①]。这种有意而为之的做法,不外乎是为突出小说历史感的真实。许多新历史小说中频频出现的时间标志,与所涉年代的具体历史并无直接关联,其目的也在营造一种历史情调。如格非《迷舟》中的"一九二八年三月二十一日",余华《在细雨中呼喊》中的"1965年的时候",苏童《罂粟之家》中的"30年代"及《一九三四年的逃亡》中的"1934年",刘震云《温故一九四二》中的"一九四二年",李锐《旧址》中的"1928年1月,正月初六""民国二十五年到民国二十八年"等。这些时间标记在文本中起到背景提示的作用,它把小说中的人物和事件定格在往昔岁月的某个时段,为小说内在的逻辑发展提供了某种可能性。特定的时间标志,无疑能够散发特定的历史气息,形成一种艺术效果弥漫在新历史小说中。作家须兰曾明确指出:"有几个我爱好的年代:汉、魏晋六朝、唐、宋。这个好感的概念是相当笼统的,不牵涉到任何政治性的东西,只是觉得这些遥远的年代比较神秘,比较怪——才气纵横又有点醉生梦死,繁华

---

① 刘中顼:《新历史小说创作的严重迷误》,《文艺报》,2001年10月20日。

中透着冷清——比较合乎我对小说的口味。"①很明显,无论汉魏唐宋,还是明清或民国,都是作家造境用的。在这里,真实的不是历史,而是历史感。

在不同的历史背景之下,那些被频繁书写的重要主题:权力、暴力、欲望、死亡,并非只是对西方主流写作的跟风,且不妨看作是敏感的小说家从历史深处谛听到的真实声音。因为"如果我们去考察一个民族世世代代活动组成的历史长河,就可以发现:虽然每一代人都有自己的明确目的,但在千百年的整体上却表现出某种盲目性。历史的规律就深藏于这种盲目性之中"②。历史自然不会按照每代人的设想,呈严整划一之态,规律需在杂乱中寻找,新历史小说对历史的盲目性投入了非比寻常的关注。历史从来就不是温和的,欲望驱动下的暴力充塞在历史的各个角落:《灵旗》中白军、土匪乃至普通百姓对共军的残杀,《故乡天下黄花》中几代人围绕"一个木印"的权力争夺,《罂粟之家》中陈茂的革命与枫杨树女人们的灾难,《国殇》中新22军内部官兵的互相倾轧……凡此种种,无不以清晰的历史感折射历史本身复杂而狰狞的面目。而在那些侧面突入历史的小说中,通过话语虚构传达的历史感则寓真实于蕴藉之中:《马桥词典》无一词不关历史却无一词直言历史,韩少功巧妙地透过马桥人的民间语言世界,将中国特定年代的贫困史、阶级斗争史和文明史清晰呈现;《叔叔的故事》通过对抱着"积极认真的态度,过一种虚无的生活"的叔叔形象的塑造,来证明残暴的历史遭遇是如何蚕食知识分子的精神信仰的;《在细雨中呼喊》里有个意味深长的情节——弟弟孙光明救人死了,父兄将其塑造成英雄形象,终日等待政府的嘉奖,并意图混上一官半职。特定年代的死亡居然能够成为政

---

① 转引自曹文轩:《二十世纪末中国文学现象研究》,作家出版社,2003年版,第299页。
② 金观涛:《在历史的表象背后》扉页,四川人民出版社,1984年版。

治兑换券,而兑换的失败则无情地戳穿了历史的谎言。

新历史小说中真实的历史感又与现代感紧相交织。20世纪90年代以来,物质文明阔步向前的代价是道德伦理的滑坡和人文精神的失落。毕飞宇、李冯等作家敏锐地捕捉到了时代发展带来的新问题,并以拟古的形式在新历史小说中加以表现:《武松打虎》中的英雄迟迟不能出场,两个泼妇的市井闹剧充满了反讽色彩,说书人的意外死亡,让关于英雄的时代一去不返;《十六世纪的卖油郎》中痴情郎摇身变成精明的商人,每天努力的目标都是花魁女的牌价十两银子,为此费尽心力;《新天仙配》中的董永抛弃了深爱他却无法为他生儿育女的七仙女,另娶了一个每年能为他添个胖小子的普通村妇。当蝇头小利胜过惺惺相惜,古典的爱情神话瞬间分崩瓦解。作品暗喻着市场经济环境下的实用主义原则已从生活领域渗透至精神领域,并理直气壮地把美好与崇高逼得节节后退。还是克罗齐说得好,"一切历史都是当代史",正是讲述话语的年代与话语讲述的年代合力催生出了历史的现实感和现实的历史感。社会转型之际的现实语境中,历史人物形象的变化着实耐人寻味。

新历史小说写作者从一开始就很清楚,他们用语言编织的是小说而不是历史,所以无须对所谓的"客观真实"负责。况且,如本章开篇所述,历史作为历史学家叙述的产物,同样不过是一种语言制品,也经历着一再被改写的命运。当现代语言哲学成功轰毁"历史真实说"的绝对观念后,谁还能不假思索地在历史与真实之间划上漂亮的等号?在新历史小说写作者看来,真实只存在于对真实的追寻之中。深明就里的小说家们举重若轻,转而从文学的维度思索历史之真。在本质上,新历史小说"展现的真实只是个人的历史体验、认知乃至臆想,带有鲜明的个人经验和自我感知烙印"[1]。作家们按照各自驾轻就熟的

---

[1] 王彪:《新历史小说选·导论》,浙江文艺出版社,1993年版,第5页。

叙述逻辑虚构历史情境,透视普通生存个体的困惑与虚妄,让历史之声在当代回响,他们笔下的历史总让人感到似曾相识又扑朔迷离。要言之,新历史小说写作者关注个体存在的真实,努力传达心理的真实与诗意的真实,并坚持强调历史感的真实。同时,作家们对小说中表现的历史真实自信满满:"我们心目中的历史,我们所了解的历史,或者说历史的民间状态是与'红色经典'中所描写的历史差别非常大的。我们不是站在红色经典的基础上粉饰历史,而是力图恢复历史的真实。""是'红色经典'符合历史的真相呢,还是我们这批作家的作品更符合历史真相?我觉得是我们的作品更符合历史的真相。"[①]——当然,所有的真实或真相只能是文学意义上的。

[①]莫言、王尧:《从〈红高粱〉到〈檀香刑〉》,《当代作家评论》,2002年第1期。

新历史精神之延续

一、新历史小说价值评估

在为新历史小说正名的过程中,笔者能清晰地体会到,评论界对新历史小说的态度是何其复杂:推崇者旁征博引轮番上阵为其叫好,贬斥者夹枪带棒极尽批判之能事,评说之间,竟有天壤之别。平心而论,"捧杀"或"骂杀"皆是极端的做法,当然都不足取。就像每一枚硬币都会有两面,新历史小说也引发了正反两重效应。从正面意义上看,新历史小说无疑对当代文学做出了独特的贡献:首先它让新时期的小说挣脱了历史的禁锢,将历史小说变身为关于小说的而不是历史的偏正式结构,新历史小说的意义不再是补"国史之阙"。作家们以个人化、多元化的历史书写,对那种"定于一尊"的历史书写模式进行了痛快淋漓的解构,不仅打破了新中国成立以来革命历史题材小说所遵循的那套僵硬的政治话语,而且打破了以社会政治主题为叙述中心的传统历史小说叙述模式,把普通生存个体的日常生活内容引入历史叙述中。新历史小说在宏大历史向边缘"小历史"的转向中,通过民间立场的凸显以及个体化的自由言说,在历史的边缘和细部找回了小说意义上的真实维度,这种边缘化书写让那些曾被遗忘或压抑了的历史真相浮出水面。新历史小说在对历史进行去蔽的同时,也实现了对历史的祛魅。

新历史小说的负面效应同样显而易见。由于对历史客体的把握缺少足够的史料支撑,想象和虚构——它们本应不断为新历史小说制造亮点——经常被推至极端。不少作家都将历史当作"一团可以任意捏拿的橡皮泥"(曹文轩语),随心所欲地践踏历史。某种意义上,他们似乎在以小说的形式诠释北岛的诗歌:"是历史妨碍了我们飞行/是鸟妨碍我们走路/是腿妨碍我们做梦/是我们诞生我们。"(《创世纪》)然而物极必反,当过于放纵的历史叙事泥沙俱下,在小说中塑造出千奇百怪的历史形象时,新历史小说为人诟病在所难免。因为对传统历史小说要素的离弃,新历史小说不止一次被批评是"伪历史小说"。相关研究者认为,新历史小说瓦解了历史的神圣与尊严,抛弃了理性的唯物史观,刻意肢解历史的主流结构,过分夸大历史的阴暗面,对权力、欲望等人性中粗鄙化一面的描写,都不同程度地透露出颓废和腐败的气息。

  此言非虚。与革命历史小说那种单纯、净朗、崇高的气质相比,1990年代以来的新历史小说的确表现出了明显的审丑嗜好,莫言在《关于战争文学的对话》中还理直气壮地认为:"假如审美有道德涵义的话,她唯一的道德涵义就是恶,对于道德上认为最丑恶的东西,是审美的聚光点。"将历史审视的对象定位在"丑恶"上,并对之抱以把玩、欣赏的态度,无怪乎他后期创作的长篇小说《丰乳肥臀》失却了《红高粱》那种自然健康的艺术感染力。小说中的历史可以粗糙,却没有理由病态,当丑恶亵渎了神圣,油滑取代了才情,历史虚构的合理限度已被肆无忌惮地打破。这样的例子在新历史小说中不在少数:笔端暗含张爱玲遗风的作家叶兆言,应陈凯歌之约创作的新历史小说《花影》(后改编成电影《风月》),或许是为了迎合市场的胃口,作品中设置了大量充满情色意味的猎奇元素:三角恋、同性恋;鸦片,春宫图;偷窥,忤逆、谋杀……扭曲的情欲紧紧控制了人物的走向,毫无任何精神的超越可言,小说最终在主人公的肉欲沉沦中以悲剧收场。才气不浅的叶兆言并未成功写就历史颓败的寓言,因为《花影》里,颓败的不是历史,而是叙述者的主观意识。在新历史小说欲望化、粗鄙化的书写下,农民形象也由质朴走向堕落:苏童的《罂粟之家》中的革命农会主任陈茂竟是个"干遍了枫杨树女人"的好色之徒;刘震云的《故乡天下黄花》里一群村民为争夺村长的权位竞相拼杀,丑态百出;格非的《湮灭》中,翻身农民树生大言不惭:"都说地主阶级以前过着卑鄙的生活,如今咱穷人翻了身,比他们还要卑鄙。"在这些农民身上,流露的多是阿Q式流氓无产者的无赖味道,读者丝毫感受不到历史前进的气息。个人化叙事导致叙述主体过度膨胀,新历史小说中的人物成了传达作家写作观念,消解、颠覆已有历史观念的符号。新历史小说在改写历史的过程中获得了自由叙事的快感,但这种快感带来的破坏力却不容忽视,它一度曾让新历史小说遁入了历史相对主义和历史虚无主义。改写历史只应是手段而非目的,关键在于改写之后作家要传达何种历史精神。以谈歌的《绝士》为例,虽然小说中高渐离的性别变成了女性并爱上了荆轲,但整个故事仍未脱离《战国策》中荆轲刺秦王的框架。谈歌采撷的民间传说既未丰富历史,也未体现出更新颖的历史精神,过度改写后的小说反倒更适合编排成一部武侠电影。

坦诚地说,新历史小说写作者在把握观念与历史、文本与存在之间的关系上,的确还需要做更深层次的思考和努力,但在历史的边缘虚构的话语真实更应放进文学的审美框架下进行评判。曾几何时,新历史小说在作品中制造了一系列陌生化的阅读效果,历史观念、历史题材与言说方式的陌生化给读者带来全新的艺术感觉,尤其是那些带有飞扬着诗意的作品,具有极强的艺术感召力。在对新历史小说做价值评估的时候,我们不能否认新历史小说为当代小说开创了新的写作范式。同时,它大大扩展了小说在历史领域表现的空间和自由度。新历史小说的出现,让小说在面对历史时的那种卑躬屈膝之态被平等的对话关系所替代。旧有的历史小说常会在历史的真实性问题上纠缠不清,是三分真实七分虚构还是七分真实三分虚构,对于新历史小说而言是无须考虑的问题。总体上,新历史小说通过话语虚构对历史的想象与还原,对历史多元意义的探寻与追思,以及对现代叙事技巧的自觉追求,都为当代小说的发展提供了不可多得的宝贵经验。

二、新历史精神的延续

时至今日,从文学思潮的角度来看,新历史小说已不再像往日那般热闹非凡,也很少有小说家的新作再被贴上"新历史小说"的标签。然而,隐含在相关作品中的那种鲜明独特的新历史精神依然薪火相传,并在时间的绵延中不断被深化和拓展。

新世纪以来,长篇小说《中国一九五七》(尤凤伟,2001)、《抵抗者》(何顿,2001)、《人面桃花》(格非,2004)、《平原》(毕飞宇,2005)、《额尔古纳河右岸》(迟子建,2005)、《耳光响亮》(东西,2005)、《第九个寡妇》(严歌苓,2006)、《人间》(李锐、蒋韵,2007)等优秀作品实现了对新历史小说的华丽转接。这些佳作多从边缘处突入历史空间,严肃的大历史无一缺席。通过作家们出色的人物塑造,我们认识了罹难入狱的知识分子周文祥,被动抗日的懦弱农民黄抗日,向往大同世界的革命战士陆秀米,渴望走出平原的农民知识分子王端方,始终恪守民间朴素生存法则的王葡萄……在他们身上,历史的烙印清晰可见又真实可感。经由作家们成功的心理描写,抗战、反右、"文革"等时期引发的灾难从历史情境中的人物内心不断走上前台。

作为审视与观照历史的极佳视点,新世纪作家保留了新历史小说触摸历史时以历史生存个体介入的方式。上述作品仍通过历史边缘性人物反映历史风云,思索时代诡谲变幻造就的人生图景。与二十世纪八九十年代的新历史小说相比,尤凤伟、何顿、严歌苓等的小说既以凡夫俗子的形而下生存境遇自然切入历史,又实现了对这一境遇本身的形而上超越。在此过程中,历史得到了原生态的还原,对历史的书写也变得更加优雅和圆熟。同为格非的作品,《人面桃花》较之《迷舟》《敌人》《边缘》等新历史小说,思想更见深邃,笔致也更加细腻。小说通过对前文本《桃花源记》的多种意蕴交糅,平添了缕缕古典气息,诗意盎然之间将几代人的共同精神追求巧妙绾合。《中国一九五七》中不断穿插的日记、札记、大事记以及注释、训诂等绝不单纯是为了仿效后现代主义的拼贴技术,它们与叙述者的声音合成一处,更加生动地传达了主人公的心理真实。《第九个寡妇》中亲历历史的王葡萄仅凭个体形象便能散发无穷的历史感;《额尔古纳河右岸》中鄂温克族最后一个酋长的历史讲述的魅力更带有神秘的诗意和诗意的真实;而《人间》里白素贞执着的追问也寄寓着作家对历史的反思:"当迫害依靠了神圣的正义之名,当屠杀演变为大众的狂热,当自私和怯懦成为逃生的木筏,当仇恨和残忍成为照明的火炬的时候,在这人间生而为人到底是为了什么……"

不难发现,在新世纪小说家成功表现历史的相关作品里,历史的面目呈现得比早期新历史小说更加鲜活、清晰,对历史的追问之中也较多融入了作家的严肃思考。尤为重要的是,对历史境遇中生存个体的命运垂问,多了几分人道的关怀与真诚的理解。虽然作家们的创作理念仍与此前相似,不抱有如实描摹历史风云画卷的壮怀豪情,也不愿主动承担书写正史的庄严使命,但却改变了只在想象中闭目塞听,做子虚乌有的历史虚构的情状,并自觉不自觉地增添了些许直面大历史的勇气。我们欣慰地看到,作家们对历史想象的虚构处理日趋合理化,对历史可能性的表现也逐渐逻辑化。他们既实现了将历史与现实、理性与荒诞的奇妙交织,又能深刻传达出一种沉郁苍凉的历史意味。

在写作技术层面,新世纪以来的新历史小说中,那种明显游戏性、破坏性的写作已很少出现,作家们普遍有意识地就某些解构行为做出调整或反拨。虽然在对历史的思考与把握中,仍然会展示历史自身所带有的、不可抗拒的神秘性和偶然性的一面,但作家们主要还是尽力表现历史的可知性和历史叙述的理性。随着创作经验的多年积累和写作心态的愈发成熟,新世纪以来的新历史小说写作者们在心态上少了戏谑、多了严谨,过往那种戏说历史、游戏历史的写法基本被置诸脑后,他们正努力把用在小说虚构技术层面上的机敏、精巧向思想上的厚重、睿智偏移。概言之,在新历史小说经历了二十余年的发展之后,新世纪的小说家或许更加明白,历史的真正意义在于:它包含了一代又一代人的生命体验与情感选择。我们也惊喜地看到,新历史精神在新世纪被延续的同时,正在一步步被修正和超越,越来越多的小说家放宽视野,在创作领域取得了优秀的文学成绩——这,或许便是新历史小说这个历史中间物的意义所在吧。

结　语

新历史小说诞生在新时期那个热火朝天的文学黄金年代,二十多年来,作家们层出不穷、花样翻新的各式创作曾吸引过无数评论家的眼球。无论贬斥也好,激赏也好,漠视也罢,众说纷纭之下,作为一种富含异质的小说样式,新历史小说始终固执地站在历史的边缘,遥望历史,对话历史,虚构历史,对历史进行当代意义的言说和现代话语实践。某种程度上,新历史小说创作潮流折射出了当代文学历史意识和语言观念的现代性转变,尽管这种转变还不够彻底,但依然不失为积极有益的探索。

在新历史小说背对历史直面人生的边缘叙事中,我们能够隐约看到文本背后闪动着的中国当代小说家焦灼的面孔。曾有学者毫不客气地将逝去的20世纪称为"非文学的世纪",在那些特定的过往年代,中国作家的头顶上不是悬着政治的利剑,便是压着市场的巨石,导致作家们的创作一度形同戴着镣铐舞蹈。尤其是从新时期到新世纪这段社会重大转型期,时代的语境一直变动不居。在启蒙话语失去公信力之初,新历史小说写作者们边缘化、个体化的历史书写确曾发出了一度被湮灭的历史之声;而在市场经济取得重大发展的世纪末,小说仅依靠自身的审美特质再也无力引发轰动效应。为应对这种被动的情势,作家们面临过不计其数的考验与诱惑。跨入新世纪以后,广与传媒结缘的作家们更需要处理好千丝万缕的现实复杂关系,须时时警惕沦为市场或影视制作人们的精神附庸。总而言之,如何持守小说质疑、批判、发现、重塑的人文精神立场,依然是新历史小说写作者们不得不认真对待的问题。

时间在不知疲倦地一维向前,一切的一切,都将成为历史进程中的一朵微小烟云。新历史小说也许转瞬即成明日黄花,也许永远只能以可疑的身份出现在文学史上,但它业已奉献给当代文坛的一个个颇具分量的新历史小说文本,无疑证明了当代作家在特定历史阶段历史思考的多元角度和所能够达到的高度。

第三辑 经典解读

《罪与文学》中的非典型文本
——《红楼梦》《狂人日记》"忏悔说"辨析

刘再复、林岗的文论专著《罪与文学》直面中国文学的根本缺陷——"忏悔意识"的缺失,从文学的灵魂维度与超越视角出发,对中国文学传统展开了一次有益的审视。论著首先从道德责任切入,对"忏悔"做概括性界定,划分出忏悔文学的四种典型形态。继而论证由于"忏悔"维度的缺失,给中国文学造成的消极影响。最后以时间为轴线,对古今小说进行集中梳理,并将经典著作《红楼梦》与《狂人日记》划归为忏悔文学。

不可否认,著者的意图是积极而宏大的(试图在反观中国文学与文化的过程中,改变文学史写作的老套旧套),从某种意义上来说,也基本实现了大致愿景。该著 2002 年便在香港初版,在国内外学界都有一定的影响。与《性格组合论》《传统与中国人》等早期学术著作不同,《罪与文学》中,刘、林二人借助西方宗教伦理学说作为理论基石,将犹太——基督教的"原罪"说以及康德伦理学纳入人类良知结构中,认为忏悔是从内在生命中生发出来的深沉的罪意识和对无罪之罪的体认,它是良知的自我审判,是灵魂的自我对话。通过这种自我对话和自我审判,展示作家以及作品主人公的内心冲突和灵魂搏斗的过程,最终实现文学的独有价值:对人性的深入突进和对此岸世界的超越。"原罪说""忏悔论"对解读相关西方小说作品是丝毫没有问题的,著者对《忏悔录》《复活》的分析堪称精彩。但是,面对跨语境文本《红楼梦》与《狂人日记》,这种理论的演绎是否具有普适性,还需要认真作一番辨析。

一、《红楼梦》:忏悔何来

《罪与文学》中提出,"《红楼梦》是中国古代小说唯一具有深刻忏悔意识的作品"。沿袭王国维的观点,著者首先将宝黛的爱情悲剧归因于由袭人、凤姐、贾母、宝玉等组成的"共犯结构"中,人物之间的矛盾被概括为性情与名教的冲突。宝玉的忏悔源自对"共同犯罪"和"无罪之罪"的体认和承担,理由是他没有拒绝贾母的婚姻安排,间接害死黛玉,对黛玉负有良知之罪。"如果贾宝玉对林黛玉的情爱具有彻底性,那么,他对林黛玉的良知关怀就应当在此刻表现为良知拒绝。但他没有拒绝贾母的选择。没有对贾母的拒绝便是对林黛玉的背叛。"①实际上,小说从第九十四回"失宝玉通灵",到九十八回"泪洒相思地",宝玉一直处于痴痴癫癫的非理性状态中。换言之,他的婚姻并不是主动屈从贾母,有意背叛黛玉,而是在不明就里的情况下娶了宝钗,负了黛玉。钗、黛之间,钟情于谁,宝玉能够决定。哪怕在疯癫的状态下,他也深情不悔。但与谁结为婚姻,即使在清醒状态下,他也没有发言权。在宝黛的爱情悲剧中,一直存在着封建正统的外部压力。起初元妃省亲之际,单就钗、黛诗词间表现出的个性差异,便偏向温柔敦厚的宝钗。这种偏向无疑潜在影响着封建家长们的选择。当宝玉失玉而疯时,由凤姐策划,全家联手排演了一出偷梁换柱的"冲喜",通过瞒和骗,有意坐实了"金玉良缘",最终导致黛玉"魂归离恨天"。如果说这是共同犯罪,那么贾母等人能说是并非刻意的"无罪之罪"吗?

再看性情与名教的冲突。名教指的是以正名定分为主的封建礼教。在这种森严的制度下,"人"是被人伦所定义的。每个人都处在体制和血统的双重桎梏中,根本没有独立和自由可言。而著者称性情中

---

① 刘再复、林岗:《罪与文学》,中信出版社,2011年版,第190页。

人与名教中人"本着自己的信念行事,他们的行为本无什么可或不可"①。这样的表述需要一个民主、自由的时代语境,而宝、黛与封建家长所秉持的"信念"明显是不对等的。事实上,以"三纲五常"为正统的封建伦理,对"越名教而任个人"的性情中人的压制在康乾时代异常强势。同时,这样的论断也未免将名教中人看得过于诗意和浪漫了。历史之恶更多时候体现在日常人伦中,礼教频频借卫道者之手"以理杀人"。王夫人也好,凤姐也好,哪一个身上不是血债累累?金钏、尤二姐不说,单是带有"文革"习气的"抄检大观园",便伤及多少美丽无辜的生命。有心的读者不难发现,小说中提到两个与黛玉"眉眼相似"的女子,一个是尤三姐,一个是晴雯,三人本无交集,但她们同为性情中人,有着同样的傲骨和自尊,不愿受封建礼教的拘役。然而,"太高人愈妒,过洁世同嫌",这样的人格特质显然是不见容于名教中人,所以,她们的悲剧命运无疑有着共通的必然性。

"悲凉之雾,遍被华林,然呼吸而领会之者,独宝玉而已。"为什么只有宝玉才能够"呼吸""领会"? 因为在他身上有着超越时代的平等意识、博爱之心以及羞耻之心。这些性格特点虽与"基督精神"相通,但据此称宝玉是"基督式的人物"②难免有牵强之嫌。在佛道理论中同样可以找到宝玉的思想渊源,何况"无才补天"的"石头"正是受一僧一道的点化,由他们携入"花柳繁华地,温柔富贵乡"的。这或许是宝玉亲庄禅、非儒教的根本缘由。与名教中人"崇有"相反,宝玉"贵无"。功名利禄他丝毫不感兴趣,仕途经济亦非他所求。虽然宝玉"富贵不知乐业","愚顽怕读文章",但并非"腹内草莽"。对比宝玉与其父的清客幕友们的诗词创作,不难发现,前者文思敏捷,后者迂腐俗陋。其实,宝玉是有慧心、有才情、颖悟脱俗之人,所以才能窥见繁华背后的

---

① 刘再复、林岗:《罪与文学》,中信出版社,2011年版,第190-191页。
② 同上,第197页。

苍凉。小说第二十八回,在听到黛玉的《葬花词》后,他感叹,"真不知此时此际欲为何等蠢物,杳无所知,逃大造,出尘网,始可解释这段悲伤"。无法逃脱尘网,他只能躲进女儿国。宝玉身上的诸多美德,与大观园这个世外桃源相得益彰。在诗情画意的理想世界里,他与姐妹们结社畅谈,吟诗作对,夜宴群芳,好不逍遥!然而,一与现实相遇,宝玉便成了怯懦的弱者形象。他虽然屡屡发表惊世骇俗的反封建言论,但从不敢在行动上与封建家长发生正面冲突,不敢公然违反封建纲常礼教。这就注定他保护不了任何人,也改变不了任何人的命运,包括他自己。在金钏跳井、晴雯被逐等一系列悲剧发生的时候,他没有任何反抗封建正统势力的表现,更没有所谓的"自我归罪",有的只是庄禅式的精神逃避。没有担当,遑论救赎!

在"还泪"的隐喻一节,著者的逻辑颇显混乱。将《红楼梦》的忏悔意识理解为"欠泪——还泪"过程,并与基督教原罪概念下的"欠债——还债"相对应,认为忏悔的过程就是确认债务和还债的过程。这样,小说的内在结构与外在结构均被归结为欠泪——还泪——泪尽的"眼泪三部曲",欠泪者分别是绛珠仙子(黛玉)与曹雪芹。因为曹雪芹写作《红楼梦》的动因和情感过程与小说中黛玉下凡的动因和生命过程是同构的,所以"绛珠者,既是林黛玉,又是曹雪芹"[①]。曹雪芹的还泪对象主要是林黛玉,林黛玉的还泪对象是贾宝玉。在还泪的过程中实现忏悔和救赎,这于曹雪芹,勉强说得通,于林黛玉,解释不过去。因为按照这样的推理,《红楼梦》又成了黛玉的忏悔录,这明显不符合小说的实际情况。可能意识到这个问题,著者又提出,黛玉泪尽而逝后,负债主体发生了转变,贾宝玉成了新一轮的欠泪者。而曹雪芹的罪感,又来自意识到自己辜负了用眼泪柔化他心灵的女性……这样的表述,使得作者与男、女主人公之间"欠"与"还"、"罪"与"悔"相互纠

[①] 刘再复、林岗:《罪与文学》,中信出版社,2011年版,第205页。

结,形成了一个难以理清的回环结构。

那么,《红楼梦》究竟是不是贾宝玉或曹雪芹的忏悔录呢?

的确,对于身边亲爱者的悲剧,宝玉深感痛心与无奈,但他并无强烈的内心冲突和灵魂搏斗的痕迹。试看抄检大观园后宝玉的心理:"(宝玉)悲感一番,忽又想到去了司棋、入画、芳官等五个;死了晴雯;今又去了宝钗等一处;迎春虽尚未去,然连日也不见回来,且接连有媒人来求亲:大约园中之人不久都要散的了。纵生烦恼,也无济于事。不如还是找黛玉去相伴一日,回来还是和袭人厮混,只这两三个人,只怕还是同死同归的。"可见,在宝玉这样一个"富贵闲人"的内心里,悲伤和烦恼是有的,却很难看到忏悔和承担的意识。更多时候,宝玉寻找的是"立足之境",思考的如何在苦痛的人生中解脱。他最后的出家绝非像著者指称的那样,将黛玉之死归咎于自己,感到良知有愧,为了赎罪而出家。在后四十回里,宝玉甚至参加了科举考试而中举,他的出家,是在了断所有尘世孽缘之后,听从那一僧一道的召唤,完成"空—色—情—空"的生命循环。同时,兑现对黛玉的承诺:"你死了,我做和尚",这既是一语成谶的木石前盟,又是宝玉最终的解脱之道。

同样,《红楼梦》也不是曹雪芹的忏悔录。虽然红学考据派将小说与曹氏家族兴衰紧密关联,但了解作者的家世是为了更好地理解作品。即便小说与曹氏家族命运的确相关,贾宝玉的形象塑造也带有作者的生活体验,但这并不等于说,《红楼梦》就是曹雪芹的个人自传,小说叙述者就是曹雪芹,贾宝玉就是曹雪芹的人格化身。遗憾的是,论著却一直对它们等量齐观。小说开篇"作者自云"所提到的"愧""罪""悔"被不同程度地安放到了作者或主人公身上。其实在这一点上,相关研究者已有过精辟论述:"作者为自己家族辉煌的历史而骄傲,为它的败落而伤心,却并没有表现出忏悔的意识。曹家衰败时,曹雪芹年幼,家族败落的责任显然不能由他来承担,成年之后,他也没有机会使曹家复兴。曹雪芹作为有责任心的子孙,面对家族的衰败,自己无能为力,感到对不起祖先,自责'无材补天',这是完全有可能的。但是,这种感情绝不是忏悔,因为不是由于曹雪芹不负责任、没有才能而损害了家族利益,当他浪子回头、良心发现之后,便对以往的错误进行忏悔、赎罪。'忏悔'说实质上视曹雪芹为罪人,认为他意识到自己的罪过后,借《红楼梦》中的贾宝玉表达忏悔之意。这种观点是缺乏事实根据的。"①

此外,在分析名教与性情的冲突时,著者引述小说第一百一十八回宝玉和宝钗之间的对话,并将其视作《红楼梦》灵魂冲突的"纲要"之一,认为这是宝玉结束尘缘前和宝钗在最深的精神层面上的辩论。但这样的设计是续书者高鹗的安排,用以表明曹雪芹对名教和性情不着意区分的态度,以及他"人格的化身贾宝玉"忏悔意识的流露并不相宜。

二、《狂人日记》:如何回心

《红楼梦》"忏悔说"中被著者屏蔽的历史文化之罪在《狂人日记》中成为罪恶的渊薮。狂人先是在历史的缝隙中发现"吃人"的真相,继而发现自己在"被吃"的同时,也是"吃人者"的一分子。"罪"与"悔"由此生发。与分析《红楼梦》的逻辑相似,出于对无罪之罪或者历史原罪的承担,著者将"狂人"与鲁迅都列为忏悔者。然而,作为新文化运动先驱的鲁迅,所创作的第一部白话小说是否真的意在指向自我忏悔?

回溯清末民初时期的思想源流,我们看到,自鸦片战争以来,随着民族危机的加深,国人逐步从自身器物之不足、体制之不足,进而认识到思想文化之不足。到了新文化运动时期,终于发展到"冲决一切网罗"的彻底态势。鲁迅师承章太炎,二人均以为中国病弱的原因在于

---

①伏漫戈:《〈红楼梦〉研究之"忏悔"说》,《社科纵横》,2012年第27卷第1期。

国民性。但在对待传统文化问题上,他们的主张产生了分歧。章太炎认为,当务之急是把失落的优秀本性找回来,通过研究历史,治史读经,以达到齐家治国的目的,意即从理想的文化传统中寻求解药。鲁迅则将目光投向未来,投向"五四"青年追求的从反传统中创造新传统①。所以,他是以一个意气风发的启蒙者姿态出现在文坛的。他在1918年8月20日写给许寿裳的信中说:"偶阅《通鉴》,乃悟中国人尚是食人民族,因此成篇,此种发见,关系亦甚大,而知者尚寥寥也。"在《〈中国新文学大系〉小说二集序》中说:"《狂人日记》意在暴露家族制度和礼教的弊害。"在《呐喊》自序中又说:为了毁坏"铁屋子",答应老朋友的嘱托,拿起笔来写文章,这便是最初的一篇《狂人日记》。通过作者的反复自陈,我们能够明确得到的信息是,鲁迅之所以创作这部带有启蒙性质的小说,主要目的是为了暴露和批判传统文化的弊害以及国民的劣根性。

《狂人日记》对封建文化传统的批判是彻底的:"我翻开历史一查,这历史没有年代,歪歪斜斜的每叶上都写着'仁义道德'几个字。我横竖睡不着,仔细看了半夜,才从字缝里看出字来,满本都写着两个字是'吃人'!"从古代的"易子而食",到"前天狼子村佃户来说吃心肝的事";从"易牙蒸了他儿子,给桀纣吃",到徐锡林被炒食心肝,"吃人"的传统源远流长。更可怕的是,"四千年来时时吃人的地方,今天才明白,我也在其中混了多年"。在勘破历史与现实中"吃人"的真相后,狂人一改受虐式的胆怯,转变成英勇的启蒙者,竭力"劝转"周围那些吃人的人。很明显,小说中的狂人与作者的精神是同构的,"尤其是小说的最后两节,那逻辑是多么严密,哪里还有先前的那种疯气……分明是在向公众推行启蒙思想了"②。"劝转"无果后,狂人对"吃人"世界的

---

①朱维铮:《走出中世纪》,复旦大学出版社,2012年版,第358页。
②王晓明:《无法直面的人生——鲁迅传》,上海文艺出版社,2001年版,第296页。

一系列恐怖发现和痛苦自省是深刻而真诚的。这其中有自我否定,自我谴责,也流露出了负疚感和罪恶感。狂人所表现出的"深沉的罪意识"是一种历史原罪,因此,认为他身处吃人者的"共犯结构"中无可非议。紧接着,著者引述了日本学者竹内好、伊藤虎丸的观点,将《狂人日记》确定为"赎罪文学",把鲁迅文学的核心视为"回心"①,即通过忏悔过去的罪恶而获得救赎。单从封闭的白话文本看,"忏悔—救赎"说似乎能够成立。但是,如果联系起正文前那两百多字的序言来看呢:

> 某君昆仲,今隐其名,皆余昔日在中学校时良友;分隔多年,消息渐阙。日前偶闻其一大病;适归故乡,迂道往访,则仅晤一人,言病者其弟也。劳君远道来视,然已早愈,赴某地候补矣。因大笑,出示日记二册,谓可见当日病状,不妨献诸旧友。持归阅一过,知所患盖"迫害狂"之类。语颇错杂无伦次,又多荒唐之言;亦不著月日,惟墨色字体不一,知非一时所书。间亦有略具联络者,今撮录一篇,以供医家研究。记中语误,一字不易;惟人名虽皆村人,不为世间所知,无关大体,然亦悉易去。

"隐其名""多荒唐之言""悉易去",小说的开篇与《红楼梦》何其相似。无怪乎有学者认为,"无论鲁迅对王道历史或国民性的认识比曹雪芹的新人(即宝玉)深刻多少倍,那特质之乃一脉相承"②。从思想的传承关系上看,可以视贾宝玉为狂人的先驱,"无故寻愁觅根,有时似傻如狂",二者在精神上的确息息相通。但狂人比之宝玉,叛逆精神又前进了一大步。他在发疯的状态下,觅见了封建礼教和家族制度"吃人"的可怕真相,发现了吃人者的"凶心""怯弱"和"狡猾",不同于

---

① 刘再复、林岗:《罪与文学》,中信出版社,2011年版,第227页。
② 刘小枫:《拯救与逍遥》,华东师范大学出版社,2007年版,第341页。

宝玉的怠于行动、无所作为,狂人以战斗者的姿态向封建体制和"吃人者"提出了挑战。然而,问题的关键并不是挑战本身,而是挑战的结果。正文中狂人一切的疯狂反抗,瞬间被序言无情解构了。狂人的最终结局是,愈后"赴某地候补矣"。序言与正文间的这种抵牾最终宣告了狂人的失败。他既不是个彻底的斗士,更不是有决心的忏悔者或一意赎罪的救赎者,否则,怎么会选择妥协苟安,重新回到封建传统阵营中去。

《罪与文学》中提出,"五四"运动时期新文化革命者的"忏悔意识"实际上是一种呼唤抛弃父辈旧文化的启蒙意识①,而狂人的失败抗争也反证出文化先驱者们设想的那种与传统彻底决裂的启蒙理想破灭。在强大的文化传统面前,启蒙者同样会有犹疑和后退。新文化运动先驱们虽然对旧文化、旧传统进行了激烈的抨击,但在现实中仍然或多或少遵循着传统规范和文化精神。正如王晓明在为鲁迅做传记时思考的那样,"人是历史的产物,这不单指他的肉身和天赋,更指他的精神和修养。到鲁迅出生的时候,历史已经将一个差不多延续了三千年的文人传统摆在他身边……单靠他后来学习的那些零零落落从西方传来的思想观念,怎么可能抵消这个精神传统的熏陶和浸润呢……鲁迅虽然摆出了激烈反传统的姿态,甚至劝告青年人不要读中国书,他自己的头脑,却依旧浸在中国文人的传统之中……在骨子里,他其实还是一个文人,一个孔墨和庄子的血缘后代"②。沿袭数千年的文化血亲关系并不是一场运动就能够轻易割断的。在肩起黑暗闸门的同时,必须背着因袭的重担。在这样的精神重压下,鲁迅与他笔下的狂人该如何回心?

---

① 刘再复、林岗:《罪与文学》,中信出版社,2011年版,第240页。
② 王晓明:《无法直面的人生——鲁迅传》,上海文艺出版社,2001年版,第239-240页。

面对于历史之罪,狂人试图担起过,但最终还是放下了。所以,《狂人日记》并不能完全视作忏悔文学或赎罪文学。鲁迅笔下真正愿意面对良知的审判,担当起"罪"与"罚"的,不是《狂人日记》中的狂人,而是《伤逝》中的涓生。

《伤逝》自始至终都笼罩在浓烈的忏悔的气息中。开篇便称"如果我能够,我要写下我的悔恨和悲哀,为子君,为自己"。小说中的涓生与子君,冲破传统观念的枷锁,自由恋爱并结合。在家庭面临困境时,涓生灵魂深处的罪恶意识膨胀起来,这些意识支配他背叛子君。但是,当子君离开他并走向死亡之后,他陷入更痛苦的境地。在回忆中涓生不时受到良知的谴责,反复审判自己的罪恶,他深深地忏悔,甚至愿意接受炼狱般的惩罚:"我愿意真有所谓鬼魂,真有所谓地狱,那么,即使在孽风怒吼之中,我也将寻觅子君。当面说出我的悔恨和悲哀,祈求她的饶恕;否则,地狱的毒焰将围绕我,猛烈地烧尽我的悔恨和悲哀。我将在孽风和毒焰中拥抱子君,乞她宽容,或者使她快意……"这样强烈的忏悔表现其实与著者设定的"良知意义的自我审判"非常相符,所以,笔者认为,《伤逝》更应纳入忏悔文学之列。

三、结　语

对于《红楼梦》和《狂人日记》这样的文学经典,向来便众说纷纭,争鸣不断。"忏悔说"其实并非新见。作为学贯中西的评论家,刘再复从事鲁迅研究与红学研究多年,在相关领域的文学批评上成就卓著,提出过无数令人钦服的独见。此番从忏悔意识介入,亦不失为极佳的切入口,但是,《罪与文学》中,著者在论证《红楼梦》的忏悔意识时,有意悬置了社会历史文化背景,试图在西方宗教伦理框架下图解主人公和作者的"忏悔",显得极为生硬和牵强。在分析《狂人日记》的忏悔说时,因为忽略了文本内在的分裂性,只言狂人对罪责的承担,不言其放弃乃至倒戈,得出的结论同样缺乏说服力。

就真实的阅读感受而言,与其说《红楼梦》《狂人日记》中充满了忏悔意识,不如说充满了幻灭意识。与其说作者与主人公是"忏悔者",不如将他们看作孤独的"先觉者"。《红楼梦》的"满纸荒唐言"最终指向的还是"梦",那种梦醒了无路可走的悲凉之感始终萦绕在小说的字里行间。《狂人日记》的"荒唐言"同样只能看作狂人假痴不癫的呓语或绝望的呐喊。从宝玉到狂人,一百多年过去了,封建体制构建的思想牢笼依然固若金汤,否则宝玉与狂人不会一个选择出世为僧,一个选择入仕为官。这样不彻底的人物自然无法成为忏悔形象的代表。

事实上,"鲁迅觉醒的冷眼正是曹雪芹新人形象(注:宝玉)的结局,也是鲁迅使命的开端"。"曹雪芹的新人在红楼情案终了时已经变成石头,石头做成了鲁迅的骨头。"①宝玉——狂人、曹雪芹——鲁迅,一脉相承的悲剧精神让他们隐秘相关。当然,文化传统的潜在作用力不仅表现在思想影响和精神传承上,它同样能够悄然解构以异域理论为起点的阐释,使得跨语境的解析显得暧昧可疑,并最终失效。因此,在文学批评中,无论采用任何维度或视角,我们都不能忽视,回到文本本身,将作品放在其特有的历史语境和文化语境之下进行审视,与之对话,方能真正领会其中的奥义所在。这或许才是对两篇非典型文本的辨析给我们的最大启示。

---

①刘小枫:《拯救与逍遥》,华东师范大学出版社,2007年版,第340页。

论《寒夜》的经典意义

巴金是现代文学史上一位幸运而特殊的作家，从20世纪20年代中期投身文学创作，短短数年间便凭借系列"三部曲"跻身现代重要作家行列。尤其是长篇小说《家》，在当时不仅深受评论界嘉许，也为作家赢得了无数读者的爱戴。然而，也正是这部作品，使得巴金在幸运之外，又颇显特殊：虽然从现代到当代，《家》一度被奉为现实主义经典并选进不同版本的文学史，但综合作家毕生的创作来看，《家》确非其最为优秀的小说。新时期以来，关于这部作品的评论开始出现否定的声音。20世纪末，更有笔锋劲健的评论家在《为二十世纪中国文学写一份悼词》中对其大加答挞，将巴金的作品风格归结为"嫩"[①]。这种评价虽不无故作惊人之语的偏激，但就其对《家》的经典地位及语言弱点的质疑来看，亦有些许道理。

众所周知，一个时代的文学只可能有两种来历：一是当代作家的创作，再则便是文学史上的经典。从某种意义上来说，经典是那些逝去的时代中富有责任心的作家对后世善意的馈赠。同时，经典又是一种标识、一种认可、一种权威的力量，让作家的名字得以穿越时空永垂不朽。从审美角度而言，经典作品被载入史册的原因大致有二：或以成熟的风格均衡的品质著称，或是源于某种强烈风

[①] 参见葛红兵：《为二十世纪中国文学写一份悼词》，载《芙蓉》1999年第6期。在这篇评论中，葛红兵对巴金的作品作了极为尖刻的批评："我曾经将巴金《家》中的一段话朗读给我的学生听，结果学生们大笑不止，世界上还有这样不堪入耳的文字？竟然还是经典作品！"

格——譬如题材的特殊性,突出的个人色彩,文字上的实验性特征等。中国文学史上的诗圣诗仙恰恰各执一端。当我们将视域缩小,目光集中到巴金的诸多作品上时,不难发现《家》充其量不过是一曲青春的赞歌、一篇反抗的宣言,小说渗透着作家澎湃的激情和夸张的郁愤,一定程度上契合了第二种遴选标准,但更多还是呼应了特定时代反封建求民主的要求,它远非一部圆熟之作。"一直到战后《寒夜》的推出,巴金才显示了作为一个成熟小说家的才华。"①的确,越来越多的评论认为,《寒夜》才能代表巴金小说创作的最高成就,《寒夜》中对灵魂挣扎之痛的书写、对人性开掘的深刻及其在整体意蕴设置上的出色成就,足以使其在现代文学史上获得经典的地位。

一、寒夜里挣扎的灵魂

《寒夜》写于抗战胜利前一年,历时三年才完稿。这是一部牢牢植根于日常生活的创作:彼时的巴金在国民党陪都重庆某出版社工作,小说中许多情节都是他耳闻目睹的,"整个故事就在我当时住处的四周进行,在我住房的楼上,在这座大楼的大门口,在民国路和附近的几条街。人们躲警报、喝酒、吵架、生病……物价飞涨、生活困难、战场失利、人心惶惶……我不论到哪里,甚至坐在小屋内,也听得见一般'小人物'的诉苦和呼吁"②。处身其间,作家自然地贴近了底层百姓。《寒夜》写下的便是乱世平民的悲欢离合,它完整地展示了一个通过自由恋爱组建的知识分子家庭如何在现实的重压下走向毁灭的过程。从

---

① 夏志清:《中国现代小说史》,刘绍铭等译,复旦大学出版社,2005年版,第181页。
② 巴金:《寒夜》附录,浙江文艺出版社,2003年版,第277-278页。

结构上看,故事是单线甚至直线发展的,小说所写无非是几个小人物没完没了的生活纠葛。然而,作家的着力点放在这个普通家庭成员间的内心争斗上,只有认真谛听他们灵魂的震颤,才能体悟寒夜里那无声的呐喊中透出的悲凉。

小说主人公汪文宣和曾树生早年毕业于上海某大学教育系,热爱生活亦不乏经世济民之志,有着办"乡村化、家庭化学堂"的教育理想。共同的梦想、真挚的爱情让他们选择了自主结合的新式婚姻——这在现代文学史上曾被频频书写,涓生和子君就是广大读者印象较为深刻的一对。然而,汪、曾的悲剧并非仅因为生存的残酷或不再相爱。事实上,他们一个在半官半商的图书公司做校对,一个在私立银行做职员,是能够勉强维持生活的,而且,汪文宣至死都深爱着曾树生。虽然战争湮灭了他们的理想,生活也让他们感到力不从心,但真正让他们陷入灾难的,却是与另一个人物之间始终无法平衡的关系,那就是汪母。汪母战前在上海过着安闲愉快的日子,抗战初期与儿子回到四川老家。她有着中国传统妇女的坚忍和慈爱,抱守着老式的妇道观念。她爱儿子,爱孙儿,却独不接纳儿媳。媳妇身上与她有太多的不同,她看不惯前者的生活方式,不愿靠她的收入生活,却又不能不花她的钱;她认为只有自己才真心关爱儿子,媳妇到底是没经轿子抬进门的"姘头"。尤其是在她发现了儿媳与他人约会之后,更是频繁地与后者开战,不断地讥讽甚至谩骂儿媳。而作为儿媳的曾树生虽与丈夫同年,却不像他一般甘于层层阴影笼罩下的死寂生活。她已届中年,却依然散发着青春气息,那个了无生气的家庭让她窒息,婆婆的敌视、丈夫的懦弱、儿子的冷漠让她不断产生逃离家庭的念头。她爱丈夫,也为家庭做出了牺牲和让步。然而,她对幸福或者说"快活的日子"还抱有幻想,追求者陈主任的适时出现,让她对如何取舍徘徊不定:一边是"走"的前景,一边是"留"的苦涩;一边是生命的愉悦,一边是无望的牺牲。对于今后可能的命运,曾树生默默地做过无数次审视。

于是乎,三颗灵魂在无边的寒夜中陷入了不见希望的挣扎。门外是不时响起的警报,节节告退的战讯;家中是两个女人无休止的争斗,汪文宣仿佛成了一个夹心层。白日里他勤恳工作,任劳任怨,换得微薄的薪水;下班后又不得不敷衍于母亲与妻子之间,那种想委曲求全又左右不是的奔忙让人心酸。他试图调和二人的关系,设法改造家庭生活环境,然而最终的结果不仅是毫无成效,还让自己在过度愁劳中拖垮了身体,在抗战胜利庆祝日到来之前带着泣血的遗憾和不甘离开了人世。

二、社会学意义之上的人性开掘

巴金的小说创作一直秉承传统文学"载道"的理念,关注社会,体察民生,多不平而鸣之声,每因社会革命、封建压迫、专制思想而为文,故有《灭亡》及"爱情三部曲"等作品。诚如上文所言,其早期作品充满叛逆的激情,主导面是反封建反专制,社会学意义高于审美价值。然而,当一位自觉肩负批判与启蒙任务的小说家通过漫长的创作实践而拥有成熟的思考力时,我们说,他是有可能将抽象的社会学概念转化为具体可感的文学形象,写出深刻的作品来的。通过十几年的写作,不惑之年的巴金完成了这一重要转换。从《憩园》到《第四病室》再到《寒夜》,他不再写英雄壮举,家族风云,而是回归到大时代中的小人物身上,从热情奔放的抒情咏叹,转向深刻冷静的人生世相绘刻。

在《寒夜》的后记中,这位恪守人道主义传统的作家谦称自己不过"只写了一个渺小的读书人的生与死"[①]。然而,小说中主人公困顿的

[①] 巴金:《寒夜》后记,浙江文艺出版社,2003年版,第274页。

处境并非虚构杜撰,而是真实的生活写照,小说的字里行间都流露着作家的切肤之痛。巴金称,他在写《寒夜》时仿佛听到一个声音在说,要替那些小人物申冤。即便不能够,至少也绘下他们的影像,永远地记住他们。所以,就连对左翼小说印象不佳的夏志清先生也由衷地称赞《寒夜》是一部呕心沥血、充满爱心的小说,因为在这部作品中,"人性的秘密终于被他(巴金)发掘出来了"①。

　　细心的读者不难发现,汪文宣身上有着俄罗斯经典小人物的神韵:他的忍辱负重堪比巴什马金(《外套》),他的唯唯诺诺透着切尔维亚科夫(《小公务员之死》)的影子,而他敏感的神经、病弱中的内心争斗又不难让人联想到拉斯科尔尼科夫(《罪与罚》)。动荡的生活磨蚀掉了他的理想和勇气,他只想一家人平淡地生活下去。与觉新相似,汪文宣无论在哪里,都是"老好人"。他无私、忍让、迁就,从不伤害别人,一直疲于应付在公司和家庭两端。当他的委曲求全和隐忍退让丝毫改变不了生活现状时,他更加痛苦无着。肺病并非不治之症,却带走了他尚且年轻的生命,因为他清楚地知道与病势一同恶化的还有他深爱的妻子和母亲间的关系,而对于这些,汪文宣无能为力。

　　巴金笔下的汪文宣是弱小、可怜的,又是善良、美好的。卑微的处境下他依然绽放出了光亮。同样,曾树生和汪母身上也呈现出斑驳的人性色彩:她们的善良与自私都是那么明显,她们对汪文宣的爱和怜悯都是那么强烈,然而她们的紧张关系却始终无法和解,让汪文宣耿耿于怀的正是这两个同样爱他的女人,为何不能看在他的分上彼此理解,相互关爱?事实上,正是她们无休止的争战把汪推入生存的夹缝,让他陷入无底的深渊。上文分析过,汪母是个传统观念甚严的旧式母

---

① 夏志清:《中国现代小说史》,刘绍铭等译,复旦大学出版社,2005年版,第249页。

亲,她无法接受受过高等教育及现代思想洗礼的儿媳,她不明白儿子对她所敌视的儿媳的情感需要。她含辛茹苦、节衣缩食地操持着家庭,既为儿子的境遇感到不公,又恶毒地希望儿媳离开。汪母略显病态的母爱和与儿媳间的角力不禁让人想起《孔雀东南飞》中的焦母以及《金锁记》中的曹七巧。

曾树生是个在今天看来依然不显过时的女性:受过良好教育,思想独立、经济独立,敢于承担和选择,这些都有一定的积极意义。然而,她对自己"花瓶"身份的利用、对人母身份的推卸又着实令人不屑。她爱丈夫又苦于他不能让自己过上"热闹"的生活,在丈夫病中,她自愿承担了一半以上的家庭经济重担,却又为自己的牺牲感到犹疑,对无休止的婆媳斗法感到无聊。曾树生忽而决绝,忽而自责,忽而不平,忽而抱愧……一直在矛盾、徘徊,她也因此成为作家所刻画的小说人物中最见深度的一位。

对人性的深入开掘是考验一个作家功力的重要指数,这一点,巴金在《寒夜》里成功做到了。小说用笔冷静、细腻,通过大量心理描写,反复探究复杂的多维性格背后的内在动因。汪文宣与曾树生的悲剧是一幕社会悲剧,更是一出性格悲剧。小说中,时代成了人物塑造的底子,使人物富有立体感又不带概念化色彩。正因此,《寒夜》才得以成为与时代紧相呼应又超越时代之上的作品。

三、整体象征与单纯的诗化特质

在20世纪现代文学创作中,象征作为一种小说修辞手法广受青睐。几乎所有现代经典小说,如托马斯·曼的《魔山》、卡夫卡的《城堡》、海明威的《老人与海》、钱钟书的《围城》,都充满了精心营构的象征。作家通过使用象征喻示作品的主题意蕴和情感态度,因为"一切象征都具有一种具象化、符号化的特质,它是用一个形象来表征一种观念,一种对世界的情感态度。一般来讲,象征都借助于自然物象与主观情感在本质上的同构性或相似性,通过赋予主观情感以客观对应物的方式来含蓄地表达作者的情感态度"①。尤其是那些贯穿作品始终的象征,隐含着对作品的内在意义进行思索和把握的向度。现代小说中的象征,又具有普遍化、整体化倾向,如《城堡》《围城》等,与之相类,《寒夜》也具有这种整体象征的特点。

小说开篇,男主人公独自踟蹰在幽寂的夜里,寒气四面袭来。"寒夜"既为此后的情节发展确立下基调,也为读者理解小说提供了必要的暗示。小说构思极为严谨,一、二两章清楚点明主题,之后的二十多章,都是对前两章的细部推进。整篇小说在"寒夜"这一象征性氛围的统摄下展开书写,其间充斥着爱与死的纠葛,善与善的冲突,营造出极强的悲剧效果。寒夜里渴望温暖的人们痛苦无着,被折磨又相互折磨,备感压抑又相互压制。人物命运始终笼罩在无边的黑暗中,充满了寂灭感。结尾处,死的死,散的散,只剩下女主人公游走在阴暗的街上,用她尚且旺盛的精力思索如何走出夜的寒。《寒夜》的整体象征化修辞使得小说的意境无比凄凉,同时赋予人物丰满的内在气蕴,让作品拥有一种单纯的诗化特质——那静静的哀伤伴随着文字裹挟而来,无声地打动着读者的心弦,让我们随着人物的心绪一同起伏。

翻阅中国现代文学史,不难发现,耸立在连绵起伏的文学史山峦间的几座高峰无一不具有鲜明的轮廓、清晰的色彩。鲁迅的沉郁冷峻、郭沫若的任笔无端、茅盾的社会学家气质、巴金的热情单纯、老舍的幽默精神、沈从文的湘西情结、曹禺的命运追问、张爱玲的参差对照……各个自成一格。无论鲁、郭、茅,还是巴、老、曹等,都是将炽热的文人激情与自身独特的气质融合为一,才留下了极具个人标识意义

---

① 李建军:《小说修辞研究》,中国人民大学出版社,2003年版,第234页。

的经典巨著。巴金的热情单纯到《寒夜》时,已演化为内热外冷,一样以情动人,却多了几分朴素的流畅。尽管从叙述节奏上来说,《寒夜》还稍嫌呆板平实,然而,当巴金秉持着一个正直知识分子的写作姿态,如同十几年前向垂死的封建制度叫出"我控诉"那样,在漫无边际的寒夜里执笔为死去的小人物代言时,我们感受到的分明是一位敏感、单纯、热情而富于诗人气质的小说家的良知。

临界境遇下的忏悔与救赎
——重读《古船》

20世纪80年代中期,当寻根小说与新历史小说作家们几乎都在着力于中篇小说创作时,张炜发表了他的第一部长篇小说《古船》。今天我们沿着当代文学史的轨迹重返作品,发现它依然不同凡响。经过近二十年的阐释,《古船》仍旧散发出无尽的魅力和谜一样的气息。虽然不少评论家认为《古船》是"现实主义力作",然而文中不断出现的意象——包括"古船"本身——又让我们不能忽视小说的寓言性质。正如鲁枢元指出的那样,"它既是斑驳杂陈的,又是浑然一体的;既是深沉凝重的,又是浮光掠影的;既是村朴质直的,又是精灵古怪的;既是真切实在的,又是飘渺虚幻的"①。小说的庞杂与混沌仿佛让任何一种试图穷尽文本的解读都成了奢望,而它清晰而深刻地对残酷历史的真实还原与对现实苦难的深沉忏悔,又让我们找到了一个看似容易的突破口。作家从知识分子的传统道德和忧患意识出发,不断拷问着历史,拷问着苦难,拷问着人性。这一切,主要是通过主人公隋抱朴完成的。本文将再次贴近这位受难者形象,探究他忏悔的根源与救赎的意义。

---

① 鲁枢元:《从深渊到峰巅——关于〈古船〉的评论》,《当代作家评论》,1988年第2期。

一

　　新时期文学在"伤痕"与"反思"中拉开帷幕,回顾已经成为过去的历史究竟是如何发生的,再思考未来该往何处去,成为 80 年代知识分子的自觉使命。《古船》的创作,正是处在这样的时代背景之下。彼时的张炜,任职于山东档案馆,多次参加历史档案资料编选工作,掌握大量的一手资料。小说创作的契机据称来自一次无意的行走,芦青河畔废墟上的巨大磨盘引发了作家的无尽缅想。"我感到了某种压力,我想写出这种声音后面潜下的所有故事,所有的历史、人物,所有的关于山川的变迁和人事的沧桑。"①围绕小说创作,作家走遍河两岸所有城镇,了解与磨盘相关的粉丝行业;细读关于那片土地的县志和历史档案资料,访问了许多历史当事人。正是基于充足的史料储备和广泛的社会调查做底子,才有了《古船》经得起时间检验的沉郁厚重。为"究天人之变",作家绷紧了神经,将几年来阅读思考的结果一股脑儿地倾注到小说之中。

　　《古船》以宏大叙事的方式,再现了胶东小镇洼狸镇从土地改革到改革开放四十余年的历史,通过隋、赵、李三个家族的恩怨纠葛和命运沉浮,表达了作家的历史思考、现实选择乃至诗意想象。小说以近半个世纪的历史反思否定极左政治路线及底层阴暗残忍文化,以改革开放后粉丝厂的现实出路承载人道理念,以搁浅的"古船"意象安放开拓者的自由追求。在张炜的笔下,思与实与诗的关系是胶着的,它们在混沌一体中接通了文学的本质,这或许是《古船》能够持续打动读者的真正原因。尤为重要的是,它为当代小说贡献了一个不可多得的人物形象,即主人公隋抱朴。这个人物是整部小说的灵魂。作家通过他的

---

① 张炜:《古船》,人民文学出版社,1987 年版,第 373 页。

形象接通历史与现实,传达出火热深重的忧思和悲天悯人的情怀。某种意义上,只有理解了隋抱朴,才能找到破解小说的终极密码。

为此,有必要引入"临界境遇"的概念。德国存在哲学家雅斯贝尔斯认为,作为此在之在,个人始终置身于各种境遇之中。有一些境遇是保持不变的,比如,个体之我无法不做斗争或不承受痛苦地生活,不可避免地要承担罪责,不得不死去。这类境遇被称为"临界境遇"。临界境遇是终极性的,"我们看不到临界境遇背后还有什么别的东西,它们像一堵墙,我们撞在上面,对它们无能为力。我们无法改变它们,而只能认识它们……它们是与此在之在共在的"①。在这种境遇之下,思维与存在是同一的。小说中的抱朴,身处多重临界境遇之中,不得不面对命运的乖谬与荒诞。

境遇之一:原罪。作为隋家的长子,抱朴与生俱来地背负着父辈的历史原罪。隋氏家族的粉丝企业曾遍布周边县市,整个家族显赫一方。然而在同是资本家的岳父变卖家产、外逃未遂被杀后,隋父预感到山雨欲来风满楼。忧心忡忡的父亲开始不停地算账,告诉抱朴隋家亏欠穷人,"里里外外,所有的穷人!从老辈儿就开始拖欠"。无疑,隋父的负罪感源自发现资本原始积累的罪恶,即对穷人的剥削之罪。他最终死在还账的路上,却将负罪感明确无误地传给了抱朴。"睡不着,就算那笔账。他有时想着父亲——也许两辈人算的是一笔账,父亲没有算完,儿子再接上。这有点儿像河边的老磨,一代一代地旋转下来,磨沟秃了,就请磨匠重新凿好,接上去旋转。"隋氏家族的血统和自己在这个家族中所处的地位,在抱朴看来都成了罪恶的象征和根源。大资本家长子的身份,成为抱朴无法直面的现实软肋。他被沉重的出身和家族传统所束缚,无时无刻不在痛苦地审视自己:"我是老隋家的人

---

① [德]维尔纳·叔斯勒:《雅斯贝尔斯》,鲁路译,中国人民大学出版社,2008年版,第65页。

哪!""我是老隋家有罪的一个人!"这种原罪意识,让抱朴在近乎受虐的心理状态下,形成了自卑、犹疑、退缩的内向性人格。

境遇之二:死亡。在雅斯贝尔斯看来,死亡保存着生存的内容,生存形成于对死亡颤栗的恐惧中。抱朴的命运与死亡恐惧密不可分。继母茴子为捍卫家族利益和个人尊严,选择了报复性的自杀。她死后仍惨遭凌辱的图景,在抱朴幼小的心灵投下致命的阴影。伴随着层出不穷的政治运动,类似的历史创伤记忆越积越厚。从土改、"大跃进"到"文革",洼狸镇始终弥漫着政治的血腥。极权专制的暴行以冠冕堂皇的名义实行,本应惠及亿万贫困大众的土地革命,被简化成了阶级报复和无辜杀戮;对剥削阶级特权的剥夺,被改造成了对个体生命的剥夺。在革命的暴力面前,生命如同草芥。还乡团的复仇令人发指,四十多个贫农被用铁丝串住锁骨,一起活埋在地窖里。这让侥幸躲过大屠杀的抱朴怎会不惊恐之极!何况还有惨绝人寰的"文革"批斗。人性中的破坏欲和杀戮欲在极"左"政策的诱导下,以巨大的力量冲垮了良知的堤坝。人与人之间相互撕咬,洼狸镇一度血流成河。作为历史亲历者,目睹了无数无辜者的死亡后,抱朴陷入无边的恐惧,"我注定了这一辈子是完了,一辈子要在惊恐里过完,没有办法"。阿伦特说过,任何一种个性的改变,不是由思考恐怖引起的,而是由真实的恐怖经验引起的[①]。在残酷的专制文化和专制政治中那种异常深刻的体验,对抱朴的精神冲击难以估量,他的"怯病"由此生根。

境遇之三:受苦。同死亡一样,受难也是不可避免的。如果说家族与生俱来的原罪让抱朴在自责中受苦,死亡的阴影让他在恐惧中受苦,那么与小葵的不伦之恋让他在懊悔中受苦。"懊悔是一种面对欠

---

① [美]汉娜·阿伦特:《极权主义的起源》,林骧华译,生活·读书·新知三联书店,2008年版,第552页。

罪的有目的的情感活动,它指向那种积压在人身上的罪过。"①除了家族原罪,抱朴的身上还背负着现实情欲之罪。在阶级出身决定一切的年代,没有人嫁给老隋家的人。叔父浪荡一生,弟弟欲爱而不得。抱朴在经历短暂的婚姻后,爱上有夫之妇小葵,并在风雨之夜闯进她独居的房间,使她生下永远也长不大的小累累。近在眼前的现实罪孽与挥之不去的历史苦难,共同压迫着抱朴,让他在痛苦的深渊中无法自拔。在良知的自我审判中,他认定自己是个罪人。尽管主观上他希望"隋家再也不要欠谁的账",但事实上"今生是欠下兆路的了"。因为这种情欲之罪与家族原罪不同,它根本不可赎。他越是爱小葵,越觉得自己罪孽深重。因此错过了最好的一段感情。其后小葵改嫁、生子,每一次变故都会给抱朴带来心灵的折磨。在自我和外部力量共同造成的无尽苦难中,抱朴渐渐养成了"遭罪的习惯","视一切受苦为苦罚,并以此使受苦合法化"②。

每一种境遇都是一重深渊,共同塑造并不断拷问人性。对于这些境遇,抱朴时而闭上眼睛,在痛苦中自我麻痹,比如对小葵和小累累;时而睁大双眼,在清醒中进行辩解,比如对弟弟见素。正是后一种做法,让抱朴在对苦难根源和存在意义的探寻中成为他自身。种种境遇相互交织,历史的原罪与现实的新恶在抱朴的精神世界里左冲右突,将一个充满受难意味的忏悔者形象推到我们面前。

二

许多评论者都注意到,《古船》中晃动着陀思妥耶夫斯基和托尔斯泰的影子。80年代对西方作家作品和文学思潮的广泛译介,对当代小

---

① [德]舍勒:《舍勒选集》,刘小枫选编,上海三联书店,1999年版,第696页。
② 同上,第650页。

说发展起到了强有力的推进作用。张炜也承认,他的创作受到了拉美文学以及俄罗斯文学的影响。"在这个实用主义时期恰恰应该更多地谈谈托尔斯泰和陀思妥耶夫斯基等人,谈谈俄罗斯的那批文学大师,看看他们有怎样严格的人道标准、道德伦理标准。"①陀思妥耶夫斯基与托尔斯泰作为19世纪40年代俄罗斯贵族知识分子代表,无论在现实生活还是文学创作中,都具有浓厚的忏悔精神和救赎意识。苦难是陀思妥耶夫斯基的文学关键词,在他的笔下,世界充满了无辜者的苦难,而人惟有经过苦难的深渊,在忏悔中得到精神洗礼,才能抵达神性的彼岸。托尔斯泰则是忏悔贵族的代表,在他眼中,罪孽不仅是个人的,而且是他所属那个阶级的。他否定尘世的财产,认为它是一切罪恶的根源;他质疑私有制和贵族特权地位,毕生忏悔对劳动人民的罪过——隋迎之死前的忏悔与之几乎如出一辙。张炜汲取了俄罗斯文学中的苦难意识与忏悔意识,将它作为《古船》的底色,由抱朴这位20世纪40年代出生的民族资本家的长子,向我们传递思想的接力棒。

抱朴的忏悔源于对罪与恶的深刻认识,它不可避免地带来感情上的痛苦和灵魂的折磨。某种意义上,可以说整部小说最震撼人心的地方正是来自抱朴的灵魂对白和精神搏斗。小说用了大量的篇幅来写兄弟对话,而且随着情节的推进,对话越来越密集,第十六章与十七章几乎全部由对话构成。通过对话,将抱朴内心深处承受的对家族、洼狸镇乃至整个人类的负罪以及固有的一切不幸展示出来。他与见素之间的对话,其实也是与历史对话,与自我对话,与陀思妥耶夫斯基的复调小说异曲同工。这些对话里"有追溯、有自我肯定和自我批判、有惶惑"。抱朴就像鲁迅笔下的狂人一样,发现自己"病了","我病的时间太长了,病根太深了。这大概要从头治"。"镇子上有这种病的人不止我一个","好像整个镇子都得了绝症"。通过对话,抱朴试图为这些

---

①张炜、朱又可:《行者的迷宫》,东方出版社,2013年版,第181-182页。

病症把脉问诊。政治运动引爆的人性的恶与罪、个人承受的命运重压,以及洼狸镇苦难的根源和未来的出路,都是困扰抱朴的精神问号。很大程度上,这个"磨房里的木头人"是作为一个思索着的忏悔者来彰显他存在的意义。

  如前文所述,抱朴的自我忏悔,首先源自他内心深重的原罪意识。家族曾经的荣耀在历史的风云变幻里成为耻辱的符号,以政治名义进行的人身迫害和惊弓之鸟般的生活,让抱朴自愿接过父亲的账,自我清算,自我归罪。也正因此,他不赞同见素的怨恨心理与报复行为。作为复调声音的另一方,见素身上含有抱朴的"补性格",他果断、勇敢,有强烈反抗精神,同时具有狭隘的报复心理。同是资本家的儿子,见素丝毫没有原罪意识和负罪感,在精神上,他更多地遗传了茴子的坚强和执拗,因此,他看到的并不是隋家有罪,现实中分明是赵家和洼狸镇人欠了老隋家的。在粉丝厂的归属问题上,他与抱朴产生了根本性的分歧。见素认为,粉丝厂过去姓隋,现在同样应该姓隋。抱朴则认为"它是洼狸镇的"。所以,当见素想夺回粉丝厂时,抱朴提醒见素,"不要忘记父亲",隋父最初也以为粉丝厂是隋家的,对欠账"算得太晚了",所以才导致隋家无穷无尽的苦难命运。当见素为报复赵多多,图谋制造"倒缸"事件时,他更加自责,并将本不是隋家的罪行都"记在老隋家身上",因为他认为见素"起意了"。对粉丝厂的任何起意都会让抱朴觉得"对不起洼狸镇人"。抱朴负着沉重的十字架,把一切罪责都记到个人良知簿上。通过兄弟二人的精神对比,我们看到,正是这种原罪式的忏悔,让抱朴超越了家族恩怨,让他能够告别"以恶抗恶"的古老复仇模式。

  从隋家苦难史思及洼狸镇的苦难史,抱朴对历史的反思同样充满了忏悔意识。面对历史,他放下了胆怯。"光害怕不行,还得寻思下去。洼狸镇曾经血流成河,就这么白流了吗?""人得好好寻思人","得寻思到底是为什么",抱朴为全镇人共同的苦难命运思索,他也痛恨制造苦难的人,恨他们的拼抢、争斗、屠杀,但并不是简单归责,而是因他们的恶行感到"咱们整个儿人害羞,这里面有说不清的羞愧劲儿,耻辱劲儿"。他后悔自己看到民兵对地主女儿虐尸的场景,"好像有过了那个场面,世上的所有男人都普遍对不起女人了。男人应该羞辱,因为男人没有保护女人",知耻近乎勇。这种羞耻感和归罪意识,意味着抱朴从自我归罪走向共同负罪,甘愿与苦难制造者共同担责。"我不是恨着哪一个人,我是恨着整个的苦难、残忍……我日夜为这些不安,为这些忧愁,想不出头绪,又偏偏拗着性子去想。"抱朴背负着超越自己承载量的负担,对历史的忏悔再次让他超越于一己的痛苦之上,像托尔斯泰笔下的人物那样,为人类的历史和命运而焦虑、求索。既忍辱负重,又胸怀博大。在忏悔的同时,抱朴意识到镇史的缺陷,认为真正的历史不能也不应该被忘记——这无疑隐含着作家的善意提醒,在张炜看来,作为前车之鉴,这段历史必须反复讲。没有这方面的记忆,这个民族就太危险了,还会重蹈覆辙,造成更多的苦难。

对于小葵和小累累,抱朴的忏悔意识其实理应更深切,但小说中却没有给以足够的篇幅。主人公现实的"行为懊悔"更多来自对传统伦理的背反,而这一点仿佛并不是作家反思或批判的重心。与传统伦理相适应的传统文化对抱朴的影响是深刻的。在隋父的教导下,他自幼便学习儒家经典,以"毋意、毋必、毋固、毋我"为座右铭,深谙"仁义""爱人"的儒家要义,像父亲一样知书达理、规矩做人。抱朴性格中的主要方面即善与仁,这是他受过良好传统文化浸润的佐证。而且,兄弟二人的名字便取自《老子》。"见素抱朴,少私寡欲",意即要认清事物本质,自觉地按照"道"的要求行事,不被"私""欲"迷惑。然而,现实中的见素被复仇的欲望死死纠缠,明显偏离了"道";作为肉体凡胎的抱朴,终究没能够忍住情欲的冲动,与小葵的偷情也让他背离了传统文化与家族伦理的轨道。对抱朴来说,这一层面的忏悔,不仅包含着灵与肉的强烈冲突,更暗含着对传统教义背叛的自责。而传统伦理道德,恰恰是抱朴安身立命之本。这必然导致现实忏悔哪怕再深重,抱朴也无法突破自身藩篱。当小葵提出共同生活的时候,他怯懦了,怕坏了"名声",背上夺人之妻的恶名。因此,最终辜负了小葵的期待,没能从蓖麻地站出来。

张炜说,"我理解的宗教……是一种非常纯朴的存在,这和人天性之中的善是有关系的,而且这个善能导致人对未知力量的敬畏和向往,这就是宗教产生的最原始的一种动力"①。《古船》中,作家努力以人性之善接通宗教,但终究还与有着坚实的东正教思想基础的俄罗斯文学不能等量齐观。尽管抱朴对自身阶级原罪忏悔意识是坚定的,对人性的反思和历史的忏悔是彻底的,但对现实中的情欲之罪,他始终无法做到像聂赫留多夫那样,毫不羞愧、毫无隐瞒、毫不辩解地坦白一切罪过,在众人面前说出他的忏悔。这种软弱与逃避与传统文化千丝万缕的联系,让我们感到,它不仅是抱朴思想的局限,同样也是受传统文化习染颇深的作家无法解决的矛盾。

三

在历史反思和自我审判中,抱朴认领了自己以及与洼狸镇相关的罪,并在忏悔中焦灼地寻找救赎的可能。他的救赎从"扶缸"开始。当粉丝生产中由于化学工艺的失误引起"倒缸"时,抱朴总是凭借高超的技术,第一时间施以援手,呕心沥血地"扶缸"。这不仅是因为他是粉丝厂的一员,才有责任有义务如此,"扶缸"行为更深层次的动机,是抱朴不可摆脱的原罪感而引起的赎罪意识。隋家世代从事粉丝业,他的命运与家族资本紧密相关,罪源于此,罚源于此,救赎也只能源于此。抱朴自然地将每一次扶缸,都看作一次救赎。在对危难的自愿承担

---

①张炜、朱又可:《行者的迷宫》,东方出版社,2013年版,第274页。

中,替家族赎罪,替自己赎罪。他拒绝现实的名利,不愿出任粉丝厂的技术员,而是用老磨房画地为牢,在尘世争斗之外,俯瞰现实中的一切善恶纷争。在隐忍与不争中,成为粉丝厂的守护神。

然而,"扶缸"只是技术层面的,这种救赎治标不治本。因为粉丝厂作为洼狸镇人的经济命脉,在赵氏家族的领导下,正通过恶的力量畸形发展。赵家是由流氓无产者起家,在特定的历史时期,拥有了赚取政治权力的资本。自土改后,一直掌握着洼狸镇的政治经济大权。作为恶势力的化身,无论是辈分最高的四爷爷赵炳,还是作为打手形象的赵多多,对一切善与美的事物都抱着畸形的占有或毁灭的心态。他们的行事原则鲜明体现在赵多多的口头禅"干掉!"里。无论监控制的踢球式管理,还是生产质量上以次充好,都让粉丝厂隐患重重、危机四伏。抱朴为此日夜忧虑,"恨自己不能夺下老多多手里的粉丝厂,把它交给镇上人"。面对粉丝厂因掺假带来的后果,抱朴再也忍耐不住向上反映情况。他不再急于行动,也开始算账,并意识到"自己和父亲当年使用的是同一把算盘,两笔账在某一点上相契合了"。隋父算账是作为一个开明的资本家了解他对穷人的剥削,抱朴则是为了找到更人道更理想的经营方式,但两笔账的契合点无疑都是为了赎罪。在抱朴之前,见素也在算一笔账,想通过摸清粉丝厂的财务情况,取得承包权。见素一再宣称粉丝厂是隋家的,"夺回大厂"是他的最终目标。抱朴认为在"人的能力和善心有限"的情况下,是负不了那么多责任的,"谁也没有力气把它抓到手里"。所以,更多的时间里,他看着弟弟与赵多多之间,以恶抗恶。从走出洼狸镇,到重返洼狸镇,见素为这个古镇注入了现代经济发展元素。就像马孔多居民对吉普赛人新奇发明的着迷一样,封闭保守的洼狸镇人对新鲜事物的接纳同样充满热情。见素所有行动的目的,都是为了抗衡赵多多,但恶念指导下的行为无意却又成了推动经济发展的动力。可见,作者对见素的态度是复杂的,当野心勃勃的见素离目标近在咫尺的时候,作者笔下的人物命运发生了戏剧般的变化:恶的一方被命运审判,或被重创,或走向死亡,或身患绝症。作为善的代表,抱朴勇担重责,带领洼狸镇人民开始新的生活。

这样的情节设计与抱朴的选择一样,既出人意料,又合乎情理。否则,他最终的救赎根本无法展开。我们知道,只有让洼狸镇告别复仇的轮回,摆脱苦难的纠缠,历史才能翻开新的一页。对于如何跨出这决定性的一步,小说中提到的三本书绝非闲笔:无论是没日没夜地研读《共产党宣言》,或是探究《天问》《海道针经》,最终都是要面向历史、面向现实、面向未来,找到一条更符合人类社会和人类自身发展的路。在抱朴看来,《海道针经》为历史之船的正确行驶提供导航,《天问》能让他始终保有叩问灵魂的勇气,《共产党宣言》对人类命运寻根问底,向他展示了未来理想世界的雏形。三本书是三种不同的精神资源,从不同侧面给抱朴以启示,启示他如何才能够让人们从洼狸镇的苦难和黑暗中解放出来。所以,抱朴最终接手粉丝厂的行为,表明他在忏悔中的思索寻求到了最终的救赎方案,即坚持儒道传统,保持正直、真诚、勇敢无惧的精神品格,同时,相信群众的力量,"老隋家人多少年来错就错在没和镇上人在一起","要紧的是和镇上人一起","和镇上人一起摸索下去"。这是一条融合了传统文化力量与马克思主义人道主义的救赎之路。在抱朴眼中,马克思与恩格斯并不是强调"一切历史都是阶级斗争史"的无产阶级革命导师形象,而是"两位慈祥的老人","一点儿私心都没有的好父亲"。作者将马克思主义世俗化、人道化,通过巧妙转化,与儒家匡扶济世的正统思想实现了无缝对接,进而得以让主人公在双重信念的指导下,摆脱家族原罪,走出历史阴霾,担当起时代赋予的使命,由自我救赎走向拯救苍生——这与俄罗斯知识分子把解放社会的出路放在个人的道德完善上再次不谋而合。

尽管《古船》开出的救世良方明显含有理想主义色彩,但这种希望同样带有某种不确定性。小说中一再出现的"铅筒"如同加缪笔下永远不死不灭的"鼠疫杆菌"一样,隐喻威胁幸福的东西始终存在。"铅筒"意象的设置虽然来自作家的现实印象,但无疑增强了小说的现代意味,同时证明,张炜并不是肤浅的盲目乐观主义者。作家清楚地知道,任何时代都有自身的虚拟性,谁如果能够穿透这种虚拟,把表层掀开,再现出真实的生活,就能实现文学的最大价值。也正是在这个意义上,莫言认为张炜写出了历史真实。张炜采用的历史书写方式,颠覆了历史线性进化的观点,与莫言、乔良开创的新历史小说一起,共同影响了此后一大批作家的长篇小说创作。

四

《古船》问世于1986年,让人饶有兴趣的是,与小说同年但稍早发表的两篇评论文章:一是刘再复的《论新时期文学主潮》,一是陈思和的《中国新文学发展中的忏悔意识》。刘再复在审视新时期文学时,指出其通病在于"谴责有余"而"自审不足",即缺少文学的忏悔意识。无论在政治反思还是文化反思中,作家主要都是以受害者、受屈者和审判者的面目出现,相应地把自己摆在灵魂的拯救者、启蒙者、开导者的位置上,"不能与笔下人物共同承担痛苦,在作品中渗入自审意识"。陈思和也看到了这个缺陷,认为"在'文革'后文学中,至今没有出现真正意义上的忏悔意识"。两位评论家几乎同时关注到了当代文学中忏悔意识的缺失问题。的确,在没有宗教背景支撑的情形下,中国传统文化一直缺乏悲剧意识和忏悔精神。"穷则独善其身,达则兼济天下",儒道互补的文化心理结构,让传统知识分子进退有据。加之根深蒂固的"和合"思想,让国人更重视人与人、人与社会在等级秩序下的和谐。所以,五四时期诞生的"忏悔的人"形象只是昙花一现,并没有作为传统在当代小说中很好地延续下来。由是观之,《古船》恰恰是个难得的例外,它适时呼应了评论界的声音,首次为当代小说贡献了隋抱朴这个忏悔者形象,给学界带来的惊喜和影响也就不言而喻了。

在回顾自己的创作历程时,张炜说:"我的一份沉甸甸的人生答卷,很可能就是在30岁之前交出来的,后来的作品开始趋向于成熟和复杂,却失去了青春时期的那种单纯性和爆发力。"①这种自我评价真诚而公允。作家关于《古船》的思考是严肃的,它关乎历史、关乎思想、关乎道德、关乎社会良知。同时,表达的欲望又是那样急切,充满精神的躁动,恨不能分身出来,直接引领主人公走完罪与罚、忏悔与救赎的精神历程。这种"单纯性"和"爆发力"对年轻的张炜来说是可贵的,对于新时期文学而言更加可贵。在《古船》中,怀着强烈的社会责任感,张炜把他对历史的思考和质疑,通过主人公的自我拷问和深沉忏悔传达了出来。这种忏悔意识源于人自身的思想深处,它是人的一种精神自觉意识,某种意义上,甚至可以视作衡量一个民族知识分子心理成熟与否的尺度。就像陈思和指出的那样,"我们无法判断,在许多年后人们将会怎样理解我们这个时代的文学中包含的'忏悔'意识,但我相信,如果文学创作中还会出现'忏悔'意识,那它将表明我们这个时代已经开始起步,从更高层次的自身认识基础上寻找通达未来的正确途径"②。因此,在当代浩如烟海的小说中,《古船》是历久弥新的,小说对生存境遇的思考,对忏悔意识的挖掘以及寻求救赎的努力,对今天的小说创作极富启示意义。新世纪以来,我们依然从方方的《水在时间之下》、莫言的《蛙》、姚鄂梅的《你们》、马金莲的《暗伤》等小说中听到了这一主题的回响。从新时期忏悔主题的开创性书写的角度看,我们无法不为写出了《古船》的张炜而感到骄傲。

---

① 张炜、朱又可:《行者的迷宫》,东方出版社,2013年版,第308页。
② 陈思和:《中国新文学发展中的忏悔意识》,出自陈思和:《脚步集》,复旦大学出版社,2010年版,第61-62页。

在历史叙述与现实书写的罅隙之间
——莫言小说论

在1998年写就的中篇小说《三十年前的一次长跑比赛》中,莫言这样描写长跑中的主人公:"他行他素,自个儿掌握节奏,前面的人跑成兔子还是狐狸,仿佛都与他无关。"这句话同样可以看作进行了多年文学长跑的作家的自我体认。莫言是与新时期文学共同成长起来的,在此过程中,他被贴上过诸如"魔幻""先锋""新历史""寻根""民间"等标签。尽管他的作品确曾引领过诸多思潮,却没有哪种思潮能够涵盖得了他的创作。"他的江河横溢和泥沙俱下,他的密密麻麻与生机盎然,他的粗粝奔放又精细入微,他的庞大理念与泛滥感性,他的来自泥土大地的根根须须原汁原味,他的横移于欧风美雨的形形色色洋腔洋调,他的民间的丰饶野性与芜杂欲望,他的人文的大雅情趣与磅礴诗意,他的杂花生树繁缛富丽肢体横陈汪洋恣肆"[①],让他一度作为文坛异数而存在。"通过魔幻现实主义将民间故事、历史与当代社会融合",思来想去,确实再没有哪句话能够如此凝练透彻地概括莫言的创作。他在中国当代文学史乃至世界文坛上的地位来自其独特的知识结构与人生经历,来自其成长的社会土壤与时代背景,更来自其卓越的天分与突出的创作个性。当代作家中,像莫言这样出生乡野,熟悉底层生活的作家不罕见,罕见的是作家所拥有的民间智慧在小说艺术中的熟稔表现。从1981年发表《春夜雨霏霏》起,只经历短暂的摸索,

---

① 张清华:《叙述的极限——论莫言》,《当代作家评论》,2003年2期。

莫言便告别青涩的文艺腔,迅速找到适合自己的写作方式,《秋水》《透明的红萝卜》《爆炸》《枯河》《白狗秋千架》《红高粱》等应运而生。"高密东北乡"几可媲美马孔多小镇与约克纳帕塔法县。在一片赞誉声中,我行我素的莫言将先锋实验推向极致。《欢乐》《红蝗》的语言狂欢让他从巅峰跌落,但转而又能拿出《天堂蒜薹之歌》这样犀利的现实作品,《十三步》那般另类的知识分子题材小说。1990年代,《酒国》《师傅越来越幽默》《红树林》技巧探索与现实关怀并行不悖,《丰乳肥臀》引来非议无数,历史叙述紧贴大地匍匐向前。中篇小说《牛》《三十年前的一次长跑比赛》幽默不俗,渐臻佳境。新世纪以后的重量级作品《檀香刑》《四十一炮》《生死疲劳》《蛙》,吐纳腾挪,气象万千,纡徐自如地掌握着小说创作的节奏。洋洋数百万言中,先辈们豪气干云天,后辈深陷欲望沼泽之中;知识分子彷徨无地,下岗工人"创业有方";不仅刽子手杀人如麻,计生干部同样能决人生死……三十多年来,莫言拒绝被定性,在对题材选择、人物塑造与小说技巧的不断突破中,超越了文坛众多"兔子"与"狐狸"。综观莫言的小说创作,"事实上,我走了两条不同风格的路。第一条可以《红高粱家族》《丰乳肥臀》为代表,从大众的角度或个人的角度,反映历史,这被称为'新历史小说',我笔下的历史与官方的历史显然是不同的。……另一条路是类似于《酒国》的,猛烈地抨击社会中的黑暗和愚昧现象,同时在表现形式上作进一步的探索。在这类小说中,我们可以发现已经扭曲的现实、幻想、鬼神等"[①]。两类作品中,历史叙述元气充沛,淋漓酣畅,现实书写荒诞不经,亦真亦幻。在历史叙述与现实书写的罅隙之间,不难体察到当代作家的言说自由与困境。

[①] 莫言:《莫言对话新录》,文化艺术出版社,2010年版,第256页。

一、历史叙述与另类真实

当代小说从一开始就为历史预留出大块篇幅。从筚路蓝缕的革命之路到开天辟地的建国大业,无数光辉历史等待着新中国小说家尽情书写。"十七年文学"中,那些红极一时的小说,如"三红一创",几乎都是历史题材。这类革命历史小说"在既定意识形态的规限内讲述既定的历史题材,以达成既定的意识形态目的:它们承担了将刚刚过去的'革命历史'经典化的功能"①。作家们通过宏大叙事,书写党领导的革命战争、阶级斗争与群众工作,着力挖掘过往历史包含的政治内涵。在革命历史小说家看来,过往的全部历史,除了原始社会时期,都是阶级斗争的历史。在进步与反动、善与恶、革命与反革命之间存在着非此即彼的二元对立关系,主要人物基本上是政治理念的传声筒。正因此,《红高粱》甫一问世,即以令人耳目一新的气息吸引了研究者的注意。莫言首度将历史推向边缘的民间,以家族野史实现了对正史的背离。通过主观化的个人讲述,成功地将小说从意识形态的控制中解放出来。小说虽也涉及抗日、民族大义等层面,但"我爷爷""我奶奶"带有传奇色彩的生活经历,高粱地、烧酒坊里野性十足的爱恨情仇,与艰苦卓绝的八年全面抗战毫不相干。"我爷爷"身兼土匪头子与抗日英雄双重身份——这对于二元对立式的革命历史小说而言,简直不可想象。更何况土匪余占鳌所有的斗争抵抗行为完全是自发的,他的意识里没有高尚的民族大义,也没有什么政治上的自觉,他带领的抗日队伍主要是为生存而战,为家乡而战。《红高粱》中是民间情义而非党派、政治、阶级思想支撑着高密乡的农民在历史情境中的关键抉择。这部才思飞扬的小说彻底跳出了旧历史小说图解革命的窠臼,自然原

---

① 黄子平:《"灰阑"中的叙述》,上海文艺出版社,2001年版,前言第2页。

始的野性暴力经过莫言的审美化书写后,政治教化被冲到了边缘,边缘的民间却走向了中心。小说中的抗日英雄不再脸谱化,化外之民的家族野史充满了鲜活的生命力。所以,评论认为,"从文学史的角度来讲,我觉得'红高粱家族'是终止了'红色经典'那样的一种写作"①。

对于阅读红色经典成长的莫言来说,同样自豪于自己对革命历史小说的艺术反拨。"我们心目中的历史,我们所了解的历史,或者说历史的民间状态是与'红色经典'中所描写的历史差别非常大的。我们不是站在'红色经典'的基础上粉饰历史,而是力图恢复历史的真实。""我们比他们能够干得更文学一点,我们能够使历史更加个性一点。"②莫言用"新历史小说"写作对所谓的历史规律进行反讽,抛却历史崇拜论和线性进化论思想,真正以审美的方式亲近历史,以现代性话语言说个体的经验世界,试图在严峻的历史面孔背后,发现欲望张扬的生命个体,寻味历史的原生态本色。因为马克思唯物史观同样启示我们:任何人类历史的第一个前提无疑是有生命的个人的存在。"我爷爷""我奶奶"首先是具有充盈生命力和鲜活俗世欲望的人。此外,莫言还塑造了"猫腔班主"孙丙、"刽子手"赵甲、"母亲"上官鲁氏、枭雄司马库、"单干户"蓝脸、姑姑万心等一系列形象各异、性格鲜明的人物。从历史的边缘发掘那些被遮蔽了的个体存在,将家族史、个人史作为小说的重头戏,让那些历史重大事件,成为展示人物命运的布景。通过人物来承载历史,以家史带出国史,进而实现从反映宏伟历史事件的"大历史"到着重表现普通人历史境遇的"小历史"的转变。

无论面对怎样的压力,莫言都坚持认为,《丰乳肥臀》是其创作生涯中非常重要的一部作品。作为献给母亲的厚重之作,它近乎残酷地展现了母亲这一代中国女性所经受的巨大苦难。小说开头与萧红的

---

① 莫言、王尧:《从〈红高粱〉到〈檀香刑〉》,《当代作家评论》,2002年第1期。
② 同上。

《生死场》异曲同工,"人和动物一起忙着生,忙着死"。鬼子进村之际,母亲上官鲁氏与家中的驴子同时生育,而公婆与丈夫明显更关心驴和驴崽。母亲在封建家庭里忍受屈辱、饥饿、病痛,她不断地生育,孩子却来自不同的父亲。因为丈夫的不育,她要获得起码的生存权利只能不断与人苟合,在对封建伦理秩序的本能反抗中野蛮生存。母亲的命运与中国百年历史紧密相连,一生不断地经历社会动乱,几乎从未过上安稳日子。女儿们长大后分别嫁入不同的政治阵营,村里人嫉恨:"你们上官家可真叫行。日本鬼子时代,有你沙月亮大姐夫得势;国民党时代,有你二姐夫司马库横行;现在是你和鲁立人做官。你们上官家是砍不倒的旗杆翻不了的船啊。将来美国人占了中国,您家还有个洋女婿……"革命权力争夺如走马灯,城头不断变换大王旗。母亲不懂政治,却始终躲不开政治的漩涡。因为她的女婿有国民党,有伪军,有共产党,所以她忽而是窝藏反革命的敌对分子,忽而又成了革命烈属。背负着战争与革命带来的现实苦难,她含辛茹苦地抚养子孙后辈。母亲对生命一视同仁,不管他们属于哪个阶级,在她眼中都是一样的。母亲在苦难中不是颓废,而是坚强地活着,像余华笔下的福贵、刘震云笔下的"我姥娘"一样,排除万难地活下来。"死容易,活难,越难越要活,越不怕死越要挣扎着活。"某种意义上,正是这种坚忍而强大的生命意志,让藏污纳垢甚至包藏祸心的母亲令人侧目。

  《檀香刑》取材自真实的历史事件,但打量历史的眼光却是现代的。莫言接续了鲁迅的国民性思考,在死刑犯和看客之外,浓墨重彩地刻画了晚清最后一个刽子手形象。小说情节并不复杂,用莫言的话来说,就是"一个女人和她的三个爹"的故事。但作家别出心裁地将猫腔融入小说,借不同人物之口,发出不同的声音,所有的声音最后都聚焦到"檀香刑"这出大戏上。从民间的边缘视角出发,莫言解构了孙丙抗德的历史崇高性。作为戏班班主、一介农民,孙丙并没有意识到反帝反侵略那样重大的问题。他奋起反抗的起因是妻儿受辱。在能够逃走的情况下重返刑场,也并非出于凛然正气,而是他的戏剧化思维使然。这种写法明显与《李自成》(姚雪垠)、《义和拳》(冯骥才)等歌颂农民起义的当代小说不同。至于刽子手赵甲,他最初的职业选择也是生存所迫。他将自己看作一个手艺人,刑罚的本质对他来说,就是既要满足统治者震慑百姓的需要,又要让所有看客们满意。小说借德军总领克罗德之口道出:"中国什么都落后,但是刑罚是最先进的……让人忍受了最大的痛苦才死去,这是中国的艺术,是中国政治的精髓。"这番话堪称小说的点睛之笔。在这部充满看与被看、带有表演性质的戏曲化小说中,刽子手、死刑犯和看客,是三位一体的关系。"在思想的后摄性目光面前,一切政治的东西,行动、言说和事件,都变成了历史的东西……由人所开创和出演的一切故事,由于只有在行将结束的时候才会揭示它们的真正意义,这样一来,从表面上看,似乎只有旁观者而不是当局者,才有望理解在以往一连串的行为和事件中实际发生了什么。"①莫言描写刑罚不是为了展示暴力,而是展示人性中的阴暗。他揭示一种不仅存在于历史中,也存在于现实中,以及人心之中的酷虐文化。

《生死疲劳》与《蛙》将历史的切口放到 20 世纪的下半叶,分别探索农民与土地、农民与生育的关系。《生死疲劳》从 1950 年代写到 2000 年,整整五十年历史,通过地主西门闹的六道轮回,反映出农业合作化、"四清"运动、"文化大革命"、商品经济大潮时代的历史印迹,重点塑造了"狂热留恋人民公社大集体"的村长洪泰岳和新中国"最后一个单干户"农民蓝脸。"这两个高密东北乡的怪人,如同两盏巨大的灯泡光芒四射,如同一红一黑两面旗帜高高飘扬。"天翻地覆慨而慷,从 1950 年代到 1980 年代,闹腾了三十多年,人民公社解体,分田到户,农民又实际上恢复了单干,历史绕了个大圈又回到原点。拒绝入社的蓝

---

① 汉娜·阿伦特:《论革命》,陈周旺译,译林出版社,2011 年版,第 41 页。

脸,在与整个社会的对抗中,从一个落后的"反面典型""历史的绊脚石",变成了敢于坚持己见,逆历史潮流而动的先知先觉。这一切让忠诚的老革命洪泰岳大惑不解。用西门金龙的话来说:"当年许多神圣的掉脑袋的事情,今天看起来狗屁不是。"洪泰岳的坚守和最后的牺牲,像一曲带有朝圣色彩的历史挽歌,充满悲剧意味。相对于执守己见、性格变化较小的蓝脸、洪泰岳,《蛙》中姑姑万心这样的计生干部形象,其实更加复杂多元。莫言通过这个人物,表现了计划生育政策对中国农村的真实影响。在信奉"多子多福"与"养儿防老"的乡村,推行堕胎、结扎等抑制人口增长的手段,遇到的阻力可想而知。本着对党的事业无限忠诚的信念,姑姑从一个妇科医生转变成扼杀生命的政治机器。历史境遇塑造了姑姑的革命思维,姑姑又用她的革命思维,切实改变了高密东北乡的生育史。小说最惊心动魄的情节,莫过于制服王仁美与追捕袖珍孕妇王胆。在莫言笔下,计生工作执行过程中发生的种种暴行让它不亚于一场场阴谋与战争。姑姑的一生战绩煊赫,她成功地让两千多个孩子葬身母腹。然而,晚年的姑姑面对蛙的声讨以及金钱对计生政策的践踏,开始反思和忏悔,当年的坚持意义何在?

综上所述,莫言的历史叙述始终站在超阶级的立场,用同情和悲悯的眼光来关注历史进程中的人和人的命运。莫言认为:"作家应该关注的,始终都是人的命运和遭际,以及在动荡的社会中人类感情的变异和人类理性的迷失。小说家并不负责再现历史也不可能再现历史,所谓的历史事件只不过是小说家把历史寓言化和预言化的材料。历史学家是根据历史事件来思想,小说家是用思想来选择和改造历史事件,如果没有这样的历史事件,他就会虚构出这样的历史事件。"[1]作家讲述的历史是来自民间的、带有传奇色彩的历史,是打上了自己个

---

[1] 莫言:《我的〈丰乳肥臀〉》,出自莫言:《用耳朵阅读》,作家出版社,2012年版,第33页。

性烙印的历史。它不同于教科书中的历史,但却更逼近历史的真实。他卸去了那种作为历史代言人的重负感,极力发挥自己天马行空式的想象去"创造"历史,赋予历史日常生活情味,让历史充分文学化、人性化。以个人化、多元化的历史书写,对那种定于一尊的历史书写模式进行了痛快淋漓的解构。不仅打破了新中国成立以来革命历史题材小说所遵循的那套僵硬的政治话语,而且打破了以社会政治主题为叙述中心的传统历史小说叙述模式。在宏大历史向边缘"小历史"的转向中,通过民间立场的凸显以及个体化的自由言说,在历史的边缘和细部找回了小说意义上的另类真实。这种边缘化书写让那些曾被遗忘或压抑了的历史真相浮出水面,在对历史进行去蔽的同时,实现了对历史的祛魅。

二、现实批判与荒诞书写

史学家沃尔什说过:"历史照亮的不是过去,而是现在。"因此,书写历史最终还是为了关照现实。就像莫言创作的剧本《我们的荆轲》,虽然用的仍是荆轲刺秦的故事原型,鞭挞的却是现代人急于出名的功利意识。同样,对祖辈那些传奇人物的赞美欣赏,实际上衬映的是对后辈人格懦弱、猥琐的不满。无论是"我爷爷""我奶奶"的敢爱敢恨,或是硬汉子司马库的勇于担当,抑或蓝脸、洪泰岳的执着如一,历史叙述背后都隐含着"种的退化"和今不如昔之感。莫言的历史题材小说时间跨度较大,不少都从历史通往现实,譬如《丰乳肥臀》。莫言强调,"丰乳"可以当作一个歌颂的东西来看,"肥臀"就是一种反讽。前面用的是所谓史诗的笔调,庄严宏大的叙事,一旦进入 80 年代,立刻就出现了黑色幽默以及反讽的东西,与母亲的苦难史形成强烈反差。在告别阶级斗争的经济时代,"大家都两眼发红,直奔一个钱字"。司马库之子司马粮成了暴发户,上可对官员实行"有产阶级专政",下能为上官金童创办独角兽乳罩大世界。然而沉溺在金钱与欲望的世界,他的身上还有几分乃父风范?懦弱无能的上官金童又何曾遗传了母亲的一丝野蛮生存的意志?稍作对比,便不难发现,莫言的历史叙述充满了浪漫色彩和豪迈精神,但现实书写多带有灰暗色调和荒诞意味。

某种意义上,莫言与其私淑的现代作家沈从文有很大的相似性。众所周知,沈从文天生两套笔墨,笔下有两个截然不同的世界。尤其当他用乡下人的眼光打量都市文明的时候,讽刺的锋芒便不自觉地流露出来。他一再强调:"我实在是个乡下人……爱憎和哀乐自有它独特的式样,与城市中人截然不同!……这乡下人又因为从小飘江湖,各处奔跑,挨饿,受寒,身体发育受了障碍,另外却发育了想象,而且储蓄了一点点人生经验。"①在各种演讲和访谈中,莫言也不断宣称,自己是一个在饥饿和孤独中成长的人,在二十岁之前,是个地地道道的农村人。"我见多了人间的苦难和不公平,我的心中充满了对人类的同情和对不平等社会的愤怒,所以我只能写出这样的小说。"②当然,无论是沈从文还是莫言,都不可能只是"乡下人"或"农村人",而是具有民间视野的都市知识分子。也正因此,他们面对历史与现实,乡村与都市,才各有一套话语体系与言说方式。综观莫言的现实题材小说,艺术技巧实验撇开不谈,批判精神与荒诞书写是关键词。

莫言的现实题材作品涉猎面颇广,《白狗秋千架》讲的是知识分子回乡的传统故事,《天堂蒜薹之歌》是为农民鸣不平之作,《欢乐》关注高考复读生,《十三步》聚焦弱势教师群体,《师傅越来越幽默》将目光投向下岗工人,《酒国》批判腐败现象和酒文化,《四十一炮》堪破屠宰

---

① 沈从文:《习作选集代序》,出自沈从文:《沈从文选集》第5卷,四川人民出版社,1983年版,第229页。
② 莫言:《饥饿和孤独是我创作的财富》,出自莫言:《用耳朵阅读》,作家出版社,2012年版,第39页。

村的秘密,《与大师约会》讽刺了顶着大师头衔的伪艺术家,《火烧花篮阁》批判了固若金汤的官场文化……莫言的小说素材来自天南海北,包罗万象,其中不少作品源于对社会问题的关注,如《欢乐》《十三步》《师傅越来越幽默》《四十一炮》;也有不少是由新闻报道引发的,《天堂蒜薹之歌》便取材于真实的新闻事件;《酒国》的创作灵感来自一篇名为《我曾是个陪酒员》的报道;《丰乳肥臀》中鸟儿韩的原型,就是在北海道逃亡多年的山东高密劳工刘连仁(刘连仁事件在八九十年代曾被广泛报道)。此外,与作家自身工作生活经历相关的小说素材更是不胜枚举。各类不同素材在莫言的笔下或被写实化,或被寓言化,或被魔幻化,共同参与了作品的建构。

  作为民间之子,莫言早期作品情感态度可用爱憎分明来形容。他的骨子里,也确实是有着勇敢无畏,敢于挑战权威,坚持说真话的精神。这从他当年铆足了劲写《红高粱》,用《欢乐》《红蝗》进行抵抗式写作便可见一斑。《天堂蒜薹之歌》是他明确介入现实的第一部长篇,通过这部小说,莫言将自己"积压多年的、一个农民的愤怒和痛苦发泄出来",以异常激烈的态度,对政治进行了干预。小说初名《愤怒的蒜薹》,讲述山东某县蒜薹滞销后,当地干部的玩忽职守和不作为,让血本无归的农民在愤怒中做出冲击政府的行为。结局是反抗者难逃牢狱之灾,而官员们仍旧仕途亨通。莫言犀利地批判了丑恶现实,表露了自己对农民的天然同情。尽管他清醒地知道,在这样的时代,"如果谁还想用作家的身份干预政治、幻想用文学作品疗治社会弊病,大概会成为被嘲笑的对象"[1],但面对社会不公和黑暗的政治时,他还是自觉发出了猛烈的抨击声。《天堂蒜薹之歌》激烈而单纯的批判现实主义腔调,在莫言的写作史上是独一无二的。它既清晰地表达了农民莫言的愤怒与无奈,又鲜明地彰显出作家莫言的责任感和良知。

---

[1]莫言:《天堂蒜薹之歌》自序,南海出版公司,2005年版,第1页。

《酒国》的创作同样源起于强烈的社会责任感。小说中也有对政治的尖锐批评,不过与《天堂蒜薹之歌》相比,表现手法开始变得隐晦曲折。莫言将故事寓言化,在亦真亦幻的《酒国》中,并存着两条叙述线索。主线写的是特级侦查员丁钩儿接受了一个秘密任务,赴某煤矿调查干部们"吃人"事件。据群众举报说,煤矿的矿长、党委书记都非常腐败,发明了一种骇人听闻的菜肴叫做"红烧婴儿"。侦查员在执行任务的过程中,不知不觉地加入了这个吃人的宴席,心甘情愿地落入对手设下的圈套,最后醉醺醺地跌落到茅坑中不堪地死去。另外一条线索发生在写作者"莫言"和"酒博士"李一斗之间。当二人从书信往来走向现实,发现那些所谓神圣的艺术追求全都冠冕堂皇。"莫言"自己也无法阻止"被吃"的命运,自甘与腐败分子同流合污,沉醉在酒国中不能自拔。尽管小说中的"吃人"事件不过是一场虚惊,但官场腐败与酒文化对精神的蚕食却被揭露得入木三分。莫言一针见血地指出,官员的腐败,是所有社会丑恶现象的根本原因。

莫言的批判当然没有止于贪腐现象。在《四十一炮》中,作家将目光对向屠宰村那些先富起来的人。1990年代的村民,走的不再是西门闹时代勤劳致富、智慧发家之路,而是造假贩假,奉行钱本位原则。小说重点塑造了老兰的形象,他既是拥有极高威信的村长,又是英明的"致富带头人"。老兰发明了高压水泵注水肉,并公开向全村村民传授经验,将屠宰作坊变成了肉联厂,带领村民走向"共同富裕"之路。在实地考察了注水肉生产过程之后,莫言不无愤慨地指出:"在中国改革开放三十多年的历程当中,确实有新型劳动的英雄人物,也确实出现了一批这样的奇异怪胎。他们截取巨大的财富,他们钻政府和法律的空隙,但他们身上又有一种冒险家的精神,他们准确地把握住了社会的脉搏,他们在非法和合法之间游刃自如。"[①]小说中,那些用非法手段

[①]莫言:《文学与我们的时代》,《中国作家》,2012年第11期。

积累了财富的人越来越嚣张,对法律、道德、良知缺乏起码的畏惧感。人们对金钱的欲望无限膨胀,与"炮孩子"罗小通对吃肉的迷恋如出一辙。在罗小通滔滔不绝的讲述中,莫言不动声色地对现代人变态的、夸大的欲望进行了批判。

　　对于农村和农民生活,莫言的感情是亲切而复杂的。他既为农民生存空间和现实出路的逼仄感到痛心,又为农民的生存智慧和幽默精神感到骄傲。同时,也不回避农民的思维惰性以及狭隘、狡黠的一面,同情与批判时常兼而有之。像《白狗秋千架》中的暖,她的美好、梦想被现实统统击得粉碎之后,生个健全孩子的要求卑微得近乎可耻。与《丰乳肥臀》中的母亲一样,看似荒诞的请求背后隐藏着无限哀戚。《欢乐》中那个复读五年依然落榜的农村青年,他的悲凉结局很难说是贫贱的家庭造就的,还是自我精神迷失造成的。莫言对农村的现实书写充满了复杂多义性,而当他将目光转向城市,则出现了另外一番景象。首先,他眼中的城市生活是封闭、静止的,缺少农村生活那种多姿多彩的世俗情味;其次,他的城市题材小说多以官场与商界为主,而无论是官员商贾,还是他们的后辈,几乎没有正面的、具有感染力的形象。与其刻画纯熟的乡野孩童及各色草莽英雄相比,都市人物形象明显带有夸张、漫画色彩。也许是出于情感隔膜,也许是由于立场之别,莫言描绘的都市是光怪陆离、乱象纷繁的。官场一片污浊,像一个巨大的染缸,不断蚕食外来者的良知(《酒国》);官员是不作为或欲作为而不得的(《天堂蒜薹之歌》《火烧花篮阁》);官位的辐射力超过其他一切社会关系(《倒立》)。商人形象如上文分析的老兰那样,多以非法途径完成原始积累,再通过官商勾结、钱权交易获取暴利。总之,莫言的都市题材小说,就像《火烧花篮阁》结尾预示的那样,无论怎样努力地想不落俗套,都会变成对时下流行小说的拙劣模仿。在此过程中,莫言的小说修辞由"讲述"走向"展示",展示一个充满欲望与迷狂的世界。

莫言的文字荤腥不忌，行文大胆粗犷。他曾借《红蝗》宣称："总有一天，我要编导一部真正的戏剧，在这部剧里，梦幻与现实、科学与童话、上帝与魔鬼、爱情与卖淫、高贵与卑贱、美女与大便、过去与现在、金奖牌与避孕套……相互掺和、紧密团结、环环相连，构成一个完整的世界。"这样的世界自然充满了各种与健全人格对立的欲望与荒诞，而集种种荒诞现实之大成的，当数 1998 年创作的《红树林》。小说充满了各种猎奇情节：富二代大吃女体宴、女官员纵欲买春、老干部霸占儿媳……声色犬马，欲望如织，玉体横陈，丑态百出。所有的人被欲望牵着鼻子走，在物欲与肉欲中迷失本性。除了感官刺激与官位名利，再没有更高的追求。"《红树林》主要是写女人，当然是用男性的态度写女人。男性对女性的第一态度就是性爱。《红树林》中的主人公林岚，自然也就是为了性爱而生，为了性爱而死，她的一生都被性问题围困着。"[①]真不知道现实中这样的观念能为多少读者所支持。尽管莫言也承认，这部小说并非成功之作，但若以荒诞书写论，该书可谓当代官场浮世绘，社会怪现状之大全。相应地，《四十一炮》中那个对吃肉迷恋到极端的"炮孩子"，以及对话中出现的大和尚旺盛的性欲同样令人咋舌。尽管内心欲望是外在困境的隐喻，但莫言在对欲望的展示过程中，颇具原始意味的荒诞书写，无形中拉低了小说的格调。回溯《十三步》以及《师傅越来越幽默》等小说也有同样问题：换脸的教师并未体现出知识分子的尊严和意义所在，小说基本是在围绕人称写作实验和欲望打转；至于作家为下岗工人开出的再就业偏方，也只能用荒诞不经来形容。绕了一圈又一圈，你会发现，作家津津乐道的现实书写，最终还是落到人的本能欲望上。

诚然，这是一种时代症候，莫言并非个案。曾几何时，当代小说家

[①] 莫言：《我想做一个谦虚的人——答〈图书周刊〉陈年问》，出自莫言：《碎语文学》，作家出版社，2012 年版，第 4 页。

对欲望书写几近迷恋。反观余华1990年代及新世纪的主要作品,我们也能看到类似的情状。从《在细雨中呼喊》《活着》《许三观卖血记》到《兄弟》《第七天》,那个能用冷静和温情的死亡书写打动我们的残酷天才隐匿了,欲望与荒诞成为新的关键词。不可否认,对现实正面强攻的《兄弟》是有野心的。"我为什么写下了《兄弟》?这是两个时代相遇以后出生的小说,前一个是'文革'中的故事,那是一个精神狂热、本能压抑和命运惨烈的时代;后一个是现在的故事,那是一个伦理颠覆、浮躁纵欲和众生万象的时代。'文革'的中国和今天的中国,好比是欧洲的中世纪和欧洲的现在。一个欧洲人活四百多年才能经历这样两个天壤之别的时代,一个中国人只需四十年就经历了。"①无疑,作家想通过两代人反映两个时代的差异是如何形成的。然而,他只成功地讲好了"文革"中的故事,即宋凡平和李兰的故事,对那个"精神狂热、本能压抑和命运惨烈的时代"的反映总体上还是成功的。而现代的故事,围绕宋刚和李光头,只有层出不穷的荒诞事件。真缄默不语,善没有出路,美自甘堕落,只剩下欲望的狂欢。"今天的中国"当然含有这样的元素,但这样的元素并不能代表"今天的中国"。《兄弟》的"简单"与中国经验的"复杂"是不对等的。至于《第七天》,更像一个万花筒,充斥着社会万象,人物却愈趋于平面化,就像路人甲乙丙丁。叙述者带领他们共同走向"死无葬身之地",每个人的死都荒诞得令人震惊,却也仅仅止于震惊。

三、期待新的言说可能

通过文本对比,我们发现,新潮作家们的历史叙述举重若轻,细节

---

① 余华:《我们生活在巨大的差距里》,http://cul.qq.com/a/20140930/029646.htm。

处理真实可信,一旦把视线转向现代社会时,笔触却不由发软,失去了应有的力度。与前文分析的《丰乳肥臀》相似,莫言的《生死疲劳》与《蛙》的叙述语境—从历史走进现实,人物形象便开始委顿。历史人物西门闹是靠勤劳致富、宅心仁厚的地主,蓝脸是对土地一往情深、珍爱粮食的朴实农民。而他们的后代西门金龙与蓝解放,形象却暗淡无光。西门金龙从革命年代便是善于钻营的投机分子,到了商品经济时代,靠着官商结合的不法途径发家。与父辈对土地的珍视不同,他处心积虑地利用土地获取暴利。蓝解放身为县级干部,关心个人问题胜过关心民生疾苦,为情人放弃了一切现实责任。至于第三代西门欢、蓝开放,人格缺陷更为明显。在他们身上,丝毫看不到时代进步的意义。从驴、牛、猪、狗、猴到蓝千岁,六道轮回,生死疲劳,最终得以新生的大头儿却是乱伦的产物,随时可能夭亡。与"种的退化"相对应的,是从庄严神圣历史走向一个充满刺激和狂想的时代。后两部的现实书写部分与前三部相比,不仅人物形象面目可憎,性格命运也几乎全由叙述者支配,缺乏必要的逻辑关联。尤其是在对恶少西门欢的许多情节处理上,荒诞有余,而真实感不足。同样,《蛙》的前三部分塑造的历史中的姑姑给人的印象非常深刻,各种细节处理得妥帖自然,艺术震撼力非常强。然而到了第四部分,袁腮代孕公司的出现,像一颗毒瘤,既让现实污浊不堪,也让人物面目可疑。姑姑也好、陈鼻也好、蝌蚪也好,行为方式都变得荒诞无稽。出现在"高密东北乡奇人系列"DVD中的姑姑、为小狮子"接生"的姑姑,都像是戴着面具的演员。而莫言干脆就让陈鼻扮演起堂·吉诃德,所有的插科打诨都显得不伦不类。至于在菜市场被流氓追打得狼狈不堪的蝌蚪,只不过重演了上官金童被赶出"东方鸟类中心"时的落魄。在现实面前,所有人都方寸大乱,竞相失态。凡此种种,既反映出莫言面对现实的无奈,也表现出他在处理当下题材的时候,分寸感的把握远不如想象历史时那样好。

在各种访谈中,莫言坦承,小说叙述风格发生变化的原因在于时代变了。余华也不乏深刻地指出,我们生活在现实和历史双重的巨大差距里。对于不同年代,《生死疲劳》中有过经典的归纳:"五十年代的人是比较纯洁的,六十年代的人是十分狂热的,七十年代的人是相当胆怯的,八十年代的人是察言观色的,九十年代的人是极其邪恶的。"这句话既可视为莫言对不同年代的理解,也可看作他塑造不同年代人物形象的总纲目。"小说一进入八十年代,就严肃不起来了。因为社会生活中充满了荒诞和黑色幽默。"①而1990年代之后的社会,"从过去那种高度政治化变成高度的色情化,高度的欲望化,疯狂的金钱欲,变态的食欲,夸张的性欲,我觉得这是社会普遍的堕落,比所谓的'腐朽的资本主义'有过之而无不及"②。作为密切关注现实的作家,莫言们深切感受到,新时期以来,中国社会发生了巨大的变化,各方面都取得了巨大的进步,同样滋生出许多难以解决的问题,如贫富差距不断增大、社会道德水准普遍下降、思想滑坡、人文精神失落,等等。现代化社会进程带来的不只是经济腾飞、财富增殖、生活水平提高、物质条件改善这些亮丽的字眼。人的生存意义危机、人与人之间的危机、人与自然关系的危机,各种矛盾与对立无处不在。

"生产的不断变革,一切社会关系不停的动荡,永远的不安定和变动,这就是资产时代不同于过去一切时代的地方。一切固定的古老的关系以及与之相适应的素被尊崇的观念和见解都被消除了,一切新形成的关系等不到固定下来就陈旧了。一切固定的东西都烟消云散了,一切神圣的东西都被亵渎了。人们终于不得不用冷静的眼光来看他们的生活地位、他们的相互关系。"③当一切禁忌都有可能被打破,物欲对精神的侵蚀,对信念的瓦解,比任何苍白的说教都有力得多。在这

---

①莫言:《与王尧长谈》,出自莫言:《碎语文学》,作家出版社,2012年版,第153页。
②同上,第154页。
③马克思、恩格斯:《马克思恩格斯选集》,人民出版社,1972年版,第254页。

样的时代,面对现实如何发言,是作家们不得不认真思考的问题。莫言认为,面对复杂纷纭的现实生活,应当穿透它的泡沫,从社会现象中发现生活的本质。"我们应该对现实生活进行概括,从人性的角度,找到理解复杂社会生活的纲领。当然,有的小说家愿意为解决社会问题提供答案,但我认为好的小说从来不提供答案或者从不直接提供答案。好的小说家也从来不把眼睛盯在某些社会问题上,他应该关注的是社会生活中的人和人的难以摆脱的欲望,以及人类试图摆脱欲望控制的艰难挣扎。"①但过度的欲望书写,如前文分析的那样,难免陷入叙述的狂欢。进而言之,如果没有创作观念的转变,当代作家只能被无法选择的历史和无法摆脱的现实挤压,无法用小说的方式开拓出一个新的言说空间。

萨义德指出,知识分子如果不被驯化,对于现实就得要有不同于寻常的回应。他应该习惯处身边缘,对现实保持警觉和反讽的姿态。因为在边缘所看到的事物,是足迹从未越过传统与舒适范围的心灵通常所失去的。对于莫言来说,虽然历史叙述与现实书写之间存在两副笔墨,但无论历史叙述还是现实书写,他都从边缘的民间立场出发,选择站在弱势的一边,敢于向权威发言。莫言认可的民间,是与庙堂相对的广义文化范畴。某种意义上,莫言基本完成了所谓知识分子的义务——"代表自己民族的集体苦难,见证其艰辛,重新肯定其持久的存在,强化其记忆。从更宽广的人类范围来理解特定的种族或民族所蒙受的苦难,把那个经验连接上其他人的苦难。"②每当面临写作困境或试图艺术创新时,他的选择都是回到民间,回到传统,回到边缘地带。

---

① 莫言:《小说与社会生活》,出自莫言:《用耳朵阅读》,作家出版社,2012年版,第146页。
② [美]爱德华·W.萨义德:《知识分子论》,单德兴译,生活·读书·新知三联书店,2002年版,第41页。

不难发现,莫言的写作心态与创作姿态一直在变化。从为改变命运而写作,到为证明自己而写作;从为技术试验而写作,到为讲故事而写作;从把坏人当作好人写,把好人当作坏人写,到把自己当作罪人写……他一直不停地修正和完善自我。新世纪以来的创作日臻成熟,主要得益于在民间资源中获取了不竭的动力。莫言其实已经找到了适合自己的言说方式,并让小说恢复了最初的功能。《檀香刑》《四十一炮》《生死疲劳》中都隐藏着一个说书人的身影。《蛙》又重温《酒国》时的书信体,但已不再满足于炫技式地故弄玄虚,主人公的讲述沿着故事顺时而进。在诸多作品中,莫言还不时分身出来,让叙述者"莫言"作为人物之一参与小说建构,在自我言说与自我解构中淡化小说家的光环,"让读者与自己处在平等甚至更高明的位置上"。这是莫言的智慧,作为老百姓写作,非但不是虚伪的姿态,恰恰正是莫言通往艺术康庄大道的最佳方式。

古往今来,"真正能成大器的作家的创作源泉往往与其说是理念,毋宁说是良知、情感与悟性体验。人们通常所说的'有思想的作家'主要指的不是有逻辑化思想体系的作家,而是指能震撼人们心灵、把握时代脉搏的作家"[①]。莫言无疑深具潜质,他始终坚持思想的独立性和个性化表达,不断通过作品表现历史反思和干预现实的勇气。他无比朴素又无比先锋,无比真诚又无比诡谲。莫言的明智之处在于,他从不回避历史与现实的内在复杂性,将原本就复杂的生活图景用一种斑驳的、芜杂的形式呈现出来,笔下的一切往往都是正邪交织、善恶难辨、亦真亦幻的。到了小说《蛙》,他紧盯人物深层次的内心欲望,在荒诞现实之外,重点突显主人公的忏悔与救赎。尽管忏悔是不彻底的,救赎同样无望,但至少表现了作家试图摆脱现代话语困境的尝试。虽然莫言对当下的穿透能力还逊色于对历史的把握,现实书写中还有片

[①] 秦晖:《共同的底线》,江苏文艺出版社,2013年版,第367-368页。

面化、失真化的缺陷,但他并没有放弃对时代变化内在原因的探寻,以及日常生活背后的人类生存理据的追索。何况如何把握改革开放这三十年,不仅是文学界,也是思想界面临的难题。莫言对贪腐现象、土地政策、生育制度等与国人紧密相关的现实问题的关注,某种程度上已然显示出身为当代作家的人文关怀。"在当前中国的现实背景下,保持更强的现实参与意识和批判精神,始终是社会大众对作家及整个知识分子群体的期望。"①我们期待当代作家能够创作出真正反映出国人生活变迁史、思想进化史、心灵发展史的作品,表达当代人的真实诉求与精神高度;期待莫言能够更精准地切中时代脉搏,在保持思想超越性的同时,坚持应有的批判力度,用飞腾的艺术想象力,弥合历史叙述与现实书写的罅隙,奉献出更多无愧于时代的作品。

---

① 贺仲明:《为什么写作?——论莫言创作的乡村立场及其意义》,《东岳论丛》,2012年第33卷第12期。

聚焦灵魂的冲突
——莫言话剧创作论

莫言在谈及《红楼梦》研究时,曾感叹由小说衍生的评论文字早已超乎想象。其实,莫言研究又何尝不如此。他笔下那汪洋恣肆的万语千言,同样引来文学批评者千百附丽的声音(王德威语)。然而,大多数研究者关注点都集中在其小说领域。实际上,莫言对话剧创作同样深感兴趣,从20世纪90年代开始剧本创作,他一直对话剧艺术孜孜以求。虽然与小说相比,莫言的话剧数目并不算多,只有《霸王别姬》《我们的荆轲》《锅炉工的妻子》《蛙》[1]四部,但艺术水准却不容小觑。目前已有研究者对部分话剧做过考察,对相关人物形象和文本内涵展开解析,但鲜少论者对其话剧创作进行整体研究。本文拟走近剧作家莫言,探讨其话剧艺术得失及与小说的互文关系,旨在进一步丰富莫言研究。

一

如果不是作家有意透露,或许大多数人都不会知道,小说家莫言真正的处女作,是1978年创作的名为《离婚》的话剧[2]。由于种种原

---

[1] 此处特指莫言同名小说中第五部的九幕话剧《蛙》。
[2] 莫言:《在话剧〈我们的荆轲〉剧组成立新闻发布会上的书面发言》,出自莫言:《我们的荆轲》,作家出版社,2012年版,第208页。

因,剧本并未发表,最后被莫言付之一炬。此后他潜心小说创作,著作等身,声名日噪。直到1996年,受话剧导演王向明、编剧王树增之邀,参与剧本《霸王别姬》的创作,才让他得以再续早年的梦想。彼时莫言对话剧了解并不多,但在他看来,小说家写话剧,是本色行当。"话剧是离小说最近的艺术,其实,可以将话剧当成小说写,也可以将小说当成话剧写。"①就是在这样触类旁通的心态下,莫言正式开始了他的话剧创作。

楚汉相争的故事源远流长,《史记·项羽本纪》中英雄末路的悲剧,作为文学母题,曾被翻演成无数诗篇和戏文。从杜牧的《题乌江亭》到李清照的《夏日绝句》,从梅兰芳的《霸王别姬》到郭沫若的《楚霸王之死》,从张爱玲的《霸王别姬》到李碧华的《霸王别姬》……在众多的前文本面前,莫言的求新之路并不顺畅。首部话剧创作前后历时四年,曾九易其稿。最终莫言将切入点落在霸王的童心上。他认为,司马迁的《项羽本纪》"字字有深情",它首先是杰出的文学,然后才是历史,是"充满客观精神的文学",是"洋溢着主观色彩的历史"。"读了项羽的本纪,我感觉这家伙从没用心打过仗。他打仗如同做游戏。这是一个童心活泼、童趣盎然的英雄。"在楚汉战争的历史舞台上,刘邦"为项羽威武雄壮的表演充当了优秀的配角,从而使这台大戏丰富多彩,好看之极"②。然而在莫言的剧本中,刘邦连配角都算不上,因为压根儿就没让他出场。戏份主要集中在项羽、虞姬、吕雉三人身上。彭城之役后,吕雉被扣押在楚营做人质,日久生情爱上项羽;恃宠任性的虞姬幻想项羽放下宏图霸业,回到男耕女织的生活;而项羽就像个恋母

---

① 莫言:《〈我们的荆轲〉不是改编作品》,出自莫言:《我们的荆轲》,作家出版社,2012年版,第194页。
② 莫言:《读书杂感三篇》,出自莫言:《会唱歌的墙》,作家出版社,2012年版,第29页。

的顽童,沉溺在虞姬的柔情中不能自拔。概而言之,所有的戏剧冲突都可以归结为政治与爱情、权力与人性的龃龉。虞姬是儿女情长的代表,吕雉则是渴望权力的象征,二人上演了精彩的对手戏。从"唇战"到"让夫",莫言试图通过两个女人的小战场来映射两个男人的天下之争。与项羽虞姬的固执、感性的小儿女心态相比,吕雉及其背后刘邦的机变、冷酷与勃勃野心明显更符合帝王霸业的要求。通过吕雉之口,莫言说出:"小女子才追求男欢女爱,大女人要的是流芳百世!""项羽最大的敌人根本不是刘邦而是你虞姬。"战局的变幻,让虞姬与吕雉从矛盾对立到相互转化。虞姬认识到,只有吕雉才能辅助项羽成就大业。为成全爱人,她甘愿放弃爱情,将吕雉推到项羽的身边。而项羽早已厌倦了战争,千古帝业不如两情相悦。为此他气死范增,赶走吕雉。最终在垓下的四面楚歌中,一败涂地。如是观之,这部戏未尝不可以看作"姬别霸王",它演绎了一个女人为了让童心未泯的男人成熟,对他进行的一次不成功的精神断奶。

  作为新历史小说的领军人物,莫言话剧《霸王别姬》的创作,明显用的还是解构历史的写法。《项羽本纪》中,关于吕雉与虞姬的笔墨很少,只提到吕雉为楚军所俘,被"项王常置军中","有美人虞,常幸从"。根据这有限的历史材料,莫言对三人的关系进行了颠覆性处理,"设计了许多在历史上完全可能发生,但史书上没有记载的情节,来表现我们对这些历史人物的理解"。莫言为该剧写的广告称:"这是一部与现代生活息息相关的历史剧;这是一部让女人思索自己该做一个什么样子的女人的历史剧;这是一部让男人思索自己该做一个什么样子的男人的历史剧……"[①]极具煽动性的排比,不禁让人联系起波德里亚的警句:"这的确是一个奇怪的循环,这个崭新的时代埋葬了传统的历史,

---

[①] 王润:《莫言话剧〈霸王别姬〉曾修改四年 首演引争议》,《北京晚报》,2012 年 12 月 19 日。

但这些历史却制作为特殊的符号供人消费。"①话剧首演后,争议不断。在李陀主持的《关于"垓下"的想象突围》的讨论中,评论家们毫不客气地指出,该剧戏剧冲突不够,剧情发展靠外力拖着走;人物概念化,过于突出项羽的儿女情长;对虞姬与吕雉的处理太过别出心裁;作为话剧,语言不够好,对白有辩论赛的痕迹。所有的批评,归根到底都起因于该剧与历史脱节太多。除了主要人物和故事结局与史书保持一致外,剧情基本无关历史。某种意义上,历史只是一种面容可疑的装饰,用以装点单薄的人物形象。显然,这次的"命题作文",莫言做得并不成功。

好在莫言从来就不是轻易服输的人。虽然在戏剧方面是个学徒,但他"有成为戏剧家的野心"。从《霸王别姬》到《我们的荆轲》,不过四五年的时间,作家在话剧艺术上的进步,绝对可以用突飞猛进来形容。《我们的荆轲》克服了《霸王别姬》的绝大多数弊病,将此前存在的主要问题悉数解决了。首先,莫言端正了对历史的态度。如果说《霸王别姬》是莫言故意误读历史后的想象性写作,那么《我们的荆轲》90%的内容与史料相符。看得出来,他对《刺客列传》下了大功夫,不仅细加推敲五位刺客的事迹,而且将整部剧放在史实的框架下,关键处的剧情演进丝毫没有脱离历史。其次,在尊重历史的同时,为历史人物注入现代精神。莫言大胆揣测人物行为的动机,从历史的缝隙中,读出"出名"两个字,并反其意而用之。此外,与《霸王别姬》相比,《我们的荆轲》出场人物繁多,矛盾冲突集中,主要人物塑造得立体可感。尤其值得一提的是,该剧台词亦古亦今,既华丽典雅,又犀利深刻,不仅动作性极强,而且贴合人物身份,堪称莫言的圆熟之作。

---

① [法]让·波德里亚:《消费社会》,刘成富、全志钢译,南京大学出版社,2000年版,第100页。

《我们的荆轲》同样是热门历史题材,小说《衣冠似雪》《绝士》姑且不论,单是电影就有周晓文的《秦颂》、陈凯歌的《荆轲刺秦王》、张艺谋的《英雄》等。正如戴锦华所说,第五代导演编写的刺秦故事,悄然从认同刺客位置,转为秦王才是必然胜利者和大一统合法化的叙事。这些影片的视点无一例外地都落在秦王身上,既然时势需要一个一统天下的王,那么刺客的刺杀行为自然就失去了合法性,高渐离、荆轲与无名的刺杀只能徒有形式。而当莫言让他虚拟的人物燕姬说出秦王终将横扫六合,一统天下的时候,我们看到,作家并未彻底摆脱"影响的焦虑",他仍旧塑造了一个"不刺的刺客"。

　　围绕"成名"的主线,《我们的荆轲》多角度地诠释了在田光、太子丹、燕姬等人不同的用心与用力推动下,荆轲之所以成为荆轲的、无路可夺的必然悲剧。莫言不再刻意解构历史,而是"把古人和现代人之间的障碍拆除了"。侠士、美人、将相、王侯,都是我们身边的芸芸众生,对现实利益孜孜以求的同时,又陷入无尽的困惑与迷失中。太史公笔下"为人沉深好书""尽与其贤豪长者相结"的荆轲,摇身变成"每到一地,就提着小磨香油和绿豆粉丝去拜访名人"的投机者。话剧开端时的荆轲,只是个四处寻找出名机会的俗人。他攀权附贵,贪酒好色,虚与委蛇,沽名钓誉。随着剧情的发展,成名与刺秦之间建立了必然联系。但对刺秦的目的,荆轲始终很模糊。面对太子丹的拉拢,他待价而沽,不置可否。在燕姬的启蒙下,荆轲不断寻找自己行为的支点,试图构建一个刺秦的目的,"但是随着事态的发展,每一个理由都难以说服自己。为了人民不成立、为了正义不成立、为了公道也不成立……最后,荆轲刺秦只是成了一件箭在弦上不得不发的事。根本没有目的! 自然也没有意义"①。没有正义与非正义,只是一场无奈的表

---

① 莫言:《解密〈我们的荆轲〉》,出自莫言:《我们的荆轲》,作家出版社,2012 年版,第 189-190 页。

演。每个人的处境都是那样荒诞。当荆轲在易水呼唤高人时,他已看透名利,看清这场悲剧表演的实质,最终以自我精神的超越完成对灵魂的救赎。

克罗齐说,"一切历史都是当代史"。莫言则说,所有的历史剧都是当代剧。他认为,如果一部历史题材的戏剧,不能引发观众和读者对当下生活乃至自身命运的联想与思考,这样的历史剧是没有任何现实意义的。他的历史题材话剧《霸王别姬》《我们的荆轲》与他的新历史小说一样,以审美方式亲近历史,以现代思维关照历史,进而打开了另一片想象与言说空间。无论是吕雉的女强人形象,还是太子丹的伪君子做派,抑或荆轲的小人心态,都有很强的现实代入感。他们其实都是我们熟悉的陌生人,与我们息息相通,通过剧中人物的矛盾纠葛与灵魂冲突,同样能窥见现代人内心隐秘的欲望和生存的困境。

二

莫言的话剧与小说一样,历史题材与现实题材平分秋色。《霸王别姬》与《我们的荆轲》两部历史剧,均有《史记》等前文本作为思想资源可供借鉴。相比之下,《锅炉工的妻子》《蛙》这样现实题材话剧的原创性及现实关怀更为突出。它们与小说《天堂蒜薹之歌》《酒国》等一起,共同彰显出作家直面现实、拷问灵魂的勇气。

《锅炉工的妻子》原属于《霸王别姬》剧本的一部分,莫言本想创作一台古今拼贴的先锋戏剧。"为了增强故事的现代性,我们想搞一个钢琴伴奏的话剧,题目定为《钢琴伴奏·霸王别姬》,还设计了一组现代人物,与古代人物对应。古代是霸王、虞姬、吕雉;现代的是一个钢琴师、一个指挥、一个锅炉工。但后来导演感到剧本太长,而且古代部分和现代部分是两张皮,很难天衣无缝地合在一起,就把现代部分拿掉,把古代部分做了一些补充,就成了大家看到的样子。"①拿掉的部分独立成六节本话剧,显得比较单薄,明显带有初期艺术探索阶段的试验色彩。全剧只有三个人物,两个知青(女钢琴师阿静、作曲家建国)和一个农民(锅炉工阿三)。阿静、建国这对知青恋人当年下放到农村,掉入冰河幸被阿三搭救。男知青对女知青始乱终弃,阿三则为她担起了责任。返城后,已成为作曲家和钢琴师的男女主人公旧情复燃。女钢琴师为离婚,设计将锅炉工逼上绝路。《锅炉工的妻子》的戏剧内核就是这样一个俗套的三角恋故事,通过主人公返城前后的感情纠葛,展现生存境遇的变化与人性的幽暗导致的悲剧。古今拼贴对故事之间的关联性有一定要求,而《锅炉工的妻子》与《霸王别姬》可以说是南辕北辙,糅合起来显然无法达到戏剧《暗恋桃花源》那般圆融的效果,因此,各自独立不失为明智的选择。

尽管《锅炉工的妻子》剧情编排乏善可陈,但男女知青相互解剖、思想集中交锋的第五节"忏悔",对人性阴暗面的展示却力透纸背。女钢琴师在锅炉工下岗后,不仅没有给予妻子的关心,还用冷漠羞辱他,用金钱刺激他。作困兽之斗的锅炉工走上犯罪道路,不惜以带血的钞票挽回尊严。阿三的锒铛入狱,在阿静与建国的内心掀起轩然大波。钢琴师后悔当初为报答丈夫,安排他进城工作。作曲家指责钢琴师假借爱情的名义,诱导丈夫一步步走上犯罪道路。"你的手好像是干净的,但你的灵魂已沾上了阿三的鲜血。"钢琴师则反驳,"你把我说成是杀人凶手,你起码是我的同谋"。她对作曲家的道德拷问同样惊心动魄,正是后者游戏感情、不负责任,满心利害打算,才导致悲剧的必然发生。《锅炉工的妻子》的戏剧冲突并不多,这一节既是高潮也是亮点,钢琴师与作曲家对彼此的灵魂拷问,与现实种种交织在一起,构成了一幅幅世俗冷酷的现实生活图景。

---

①李陀、莫言等:《关于"垓下"的想象突围》,《读书》,2001年第6期。

与《锅炉工的妻子》相比,《蛙》突出加强了对社会现实问题的关注度,显示出极大的道德勇气和可贵的批判精神。九幕话剧《蛙》既是小说的结尾,又自成一体,与书信、小说形成互文关系。书信可以看作是叙述者蝌蚪话剧创作的心路历程。小说则主要讲述了姑姑的一生。姑姑是根正苗红、医术高超的妇产科医生,"文革"前对象叛逃的政治污点给她带来致命性打击。为表明对党的忠心,姑姑用铁腕推行计划生育,逐渐由受人爱戴的"送子娘娘"变成了"活阎王"。受"多子多福""养儿防老"等传统观念影响,计生政策在农村根本无法顺利实施。在政治伦理与生命伦理发生冲突时,姑姑认为"小道理要服从大道理",国家政策必须实施到位。为此她冲锋陷阵,殚精竭虑,不惜用上三十六计。小说精心描绘了三次巨大的戏剧性冲突:抓张拳妻、逼出王仁美、诱捕王胆。通过一幕幕惊心动魄的戏剧冲突,自如地完成对姑姑形象的塑造。姑姑的形象是高度戏剧化的,她是党的事业的坚贞信徒,是被政治异化的铁甲勇士,也是被时代抛弃的悲剧人物。姑姑的信念晚年被市场经济瓦解,世事变迁让她反思自己的罪孽,群蛙围攻让她心生恐惧,她的余生终将在忏悔中度过。

  莫言在记者专访中称,小说前四章的内容,就是为了最后推出话剧《蛙》。"这个话剧既是从这个小说里生出来的,也是从前面书信体的叙事的土壤里面成长起来的。话剧部分看似说的是假话,但其实里边有很多真话,而书信体那部分,看似都是真话,但其实有许多假话。"[①]话剧《蛙》是姑姑故事的一部分,但女主角出人意料地从姑姑换成了陈眉——这个小说中几乎没有发言权的人物,却在话剧中突然站到了前台,成为戏剧冲突的主线。某种程度上,陈眉的悲剧人生无疑更富戏剧张力:母亲王胆死于姑姑的追捕,她却被姑姑接生下来抚养。

---

① 张英:《小说〈蛙〉的出炉与计划生育政策的松绑有关》,《南方周末》,2012 年 10 月 11 日。

成年后南下打工,不幸因火灾失去靓丽容颜。为替父治病,无奈之下做了代孕者。这个遭到社会最残酷蹂躏的女性形象,身上无疑富含"雷雨"般的特质。在她的一袭黑袍里,我们不仅能看到老一代农民重男轻女思想的痼疾,也能看到现代资本家血腥剥削的本质,更能看到官商勾结背后魑魅魍魉的世界。因此,她被莫言重新塑造成一个黑暗现实的控诉者。她在小说中沉默不语,在话剧中语言却极具爆发力,对社会异化的控诉异常尖锐:"你们这些富贵人家的孩子,不叫娘,叫妈妈,吃奶不叫吃奶,叫吃妈妈……什么?你妈妈没有奶?没有奶算什么妈妈?你们天天说进步,我看你们是退化……"作为一个面容丑陋的代孕者,她的生活是毫无希望的。然而,孕育生命的过程唤醒了她新生的希望。为了要回孩子,她被当成疯子驱逐,被当成"精神病"赶走,还被黑道中人追杀。围绕"亲子争夺战",莫言设计了"戏中戏"。在电视剧《高梦九》拍摄现场的"高青天"假戏真做,用民间传说中包拯的"夺子甄别法"当堂审案。陈眉被判输了"官司",戏里戏外都要不回孩子。

除了陈眉,小说中沉默的边缘人物陈鼻、秦河、郝大手等在话剧中也都异常活跃。秦河与郝大手类似《我们的荆轲》中的秦舞阳与狗屠,用二丑艺术不断插科打诨,假痴不癫地守护在姑姑左右。陈鼻则一改疯癫形象,不仅向女儿陈眉悔罪,还在众人面前挺身而出,为女儿争夺权利。与小说部分注重叙事不同,话剧中每个人内心的煎熬和灵魂的冲突都得到了充分体现,姑姑更是如此。小说塑造的是一个强悍自信的计生干部形象,话剧延续小说的故事进度,从外部事件转向姑姑的内心,让姑姑发出她灵魂深处的声音。姑姑生活在婴儿与青蛙环绕的山洞里,婴儿的哭声是安魂曲,青蛙的叫声是讨债声。一面是生的喜悦,一面是死的罪孽。姑姑怀念的始终是自己作为接生员的黄金时代,对因执行计生政策扼杀的生命深感忏悔。她接生的最后一个孩子,即陈眉代孕所生的金蛙。耐人寻味的是,在孩子的满月酒宴上,姑姑始终配合大家演蝌蚪老来得子的假戏,甚至在虚拟的公堂上,她也配合小狮子做假证。直到他们合力夺走陈眉的孩子,姑姑才反省,"演戏归演戏,现实归现实,我总觉得,你们——当然也少不了我——我们亏对了陈眉"。如果说计生政策姑姑不得不执行,那么这两场戏,她又为什么一定要演?这种言行不一的做法,让姑姑的忏悔在现实的罪恶面前显得那样轻,她明知孩子对陈眉的救赎意义,却经不住蝌蚪理智而冷酷的劝说,任由事态朝着恶的方向发展。姑姑对自己一生的反思和审视,最终在充满象征意味的死亡仪式中被消解了。同样,蝌蚪自以为代孕可以满足他对前妻忏悔和赎罪的愿望,实际上这种行为却以更具破坏性的伦理践踏对当事者造成了伤害。因此,他们不安的灵魂注定要被罪感纠缠,无法解脱。在话剧《蛙》中,莫言用尽曲笔,写出人性之恶与赎罪之难。从血淋淋的现实出发,将人物的灵魂放在解剖台上细加审视。话剧《蛙》无疑是莫言继《我们的荆轲》之后,又一次"将自己当罪人写"的成功实践。

三

莫言的创作理念是一以贯之的。无论小说,还是话剧,他始终"盯着人写"。作家准确地把握到,"话剧的终极目的和小说一致,是写人,挖掘人的精神世界,内心矛盾,最终还是对人的认识"[①]。因此,无论是历史剧还是现代剧,莫言始终聚焦于人物灵魂冲突,注重人内心世界的开掘,彰显出鲜明的戏剧精神。他的话剧能够让"人们在公开的'观'与'演'的直接交流中,集体地体验生命、体验生存,超越环境、批判陈规,热烈地追求自由与幸福,这就是戏剧精神,它的最高境界就是

[①] 莫言:《文学没有"真理",没有过时之说——对话著名作家莫言》,出自莫言:《我们的荆轲》,作家出版社,2012年版,第204页。

人在'自由狂欢'中所进行的灵魂对话"①。正是这种对戏剧精神的执着追求,让莫言凭借《我们的荆轲》,在2012年获得了中国话剧"金狮奖"优秀编剧奖②。

莫言所有话剧,都聚焦人物灵魂冲突;每一部话剧,都有一组灵魂对话者。如吕雉与虞姬、燕姬与荆轲、阿静与建国、姑姑与蝌蚪。他们互为镜像,照出彼此灵魂的丑恶或光芒。如果说《霸王别姬》《锅炉工的妻子》的思考还停留在人性的表层,善恶美丑二元对立壁垒分明,那么,《我们的荆轲》《蛙》已经向人的灵魂深处开掘,探析善恶交织、美丑互渗的复杂人性。与《锅炉工的妻子》中罪与罚条分缕析的清算相比,话剧《蛙》中无论姑姑还是蝌蚪,灵魂的驳杂都难以言喻。蝌蚪为姑姑的"罪"开脱时,表现出的现代文明人的理智和冷酷,非但不能让姑姑轻松,反而让她更明白赎罪必须经受的灵魂煎熬。再回溯两部历史剧,吕雉这面镜子只照出了虞姬"红颜祸水"的可悲可叹,以及"男耕女织"的不切实际。而燕姬则照进了荆轲的灵魂最深处,迫使荆轲不断认识自我,反思自我,批判自我。比之吕雉,燕姬更为深邃和清醒。她不像前者那样,既热衷政治,又渴望爱情。燕姬看透政治与爱情的虚伪,善于对现实做釜底抽薪式的判断。荆轲就是在他的启蒙之下,逐渐认识到自己的卑琐、怯懦,并在自我反思和批判中,灵魂接近无限透明。与《霸王别姬》中拒绝成熟的项羽相比,《我们的荆轲》对荆轲的困境与无奈、成长与觉悟的演绎,充满了思想的光辉。

从《霸王别姬》《锅炉工的妻子》的单纯青涩,到《我们的荆轲》《蛙》的复杂圆熟,其间不得不提及一部重要的小说,即《檀香刑》。不难发现,莫言的文本之间,有明显的互文性。对于这个充满解构意味的概念,法国作家菲力普·索莱尔斯有个非常简洁的定义,"每一篇文本都

---

① 董健:《论中国当代戏剧精神的萎缩》,《中国戏剧》,2005年第4期。
② "金狮奖"是话剧领域最高政府奖项,也是话剧艺术唯一的专业奖项。

联系着若干篇文本,并且对这些文本起着复读、强调、浓缩、转移和深化的作用"①。莫言的小说与话剧,以及小说与小说之间,都可以互文见义。《我们的荆轲》中关于"成名"的故事,早在小说《你的行为使我们恐惧》中就曾出现过。而对于上流社会名人丑态的讽刺,《与大师约会》中还有更生动的演绎。从《弃婴》《爆炸》,也可以看到《蛙》的出现并非偶然;而《霸王别姬》台词浓浓的莎士比亚风,也自然延续到了《檀香刑》那里。

《檀香刑》是以戏剧方式写就的小说。莫言为小说设计的凤头、猪肚、豹尾的结构,与戏剧家焦菊隐先生提倡的"豹头、熊腰、凤尾"式戏剧结构如出一辙。作家将小说叙事艺术和故乡小戏"茂腔"嫁接在一起,创作了一部可视可听的戏剧性小说。《檀香刑》主要讲述清末孙丙抗德失败,将被刽子手亲家行刑的故事。小说情节集中,语言与人物关系高度戏剧化,"里边的很多人物实际上都是很脸谱化的,有花脸、花旦、老生、小丑,是一个戏曲的结构,很多语言都是押韵的,都是戏文"②。这些人物与其说是生活在现实中,不如说是生活在戏剧中,一言一行都充满了表演性质。刽子手赵甲对自己的职业深感荣耀的主要原因,就是他认为戏台上那些戏全都没有他行刑的大戏好看。每次行刑都是精彩表演,"阎王闩"演给皇帝看,凌迟演给袁世凯看,檀香刑演给德国人看,在取悦统治者的同时震慑百姓。孙丙抗德,同样充满了戏剧性。主人公本是猫腔戏班班主,他的宏图大愿是将"猫腔戏"发扬光大,唱到北京城里去,唱给皇上和老佛爷听。不料酒后失言得罪了县令钱丁,被薅了胡须,无法登台唱戏。解散戏班后,开起茶馆本想

---

① [法]蒂费纳·萨莫瓦约:《互文性研究》,邵炜译,天津人民出版社,2003年版,第5页。
② 莫言:《我为什么写作》,出自莫言:《用耳朵阅读》,作家出版社,2012年版,第291页。

过凡俗生活,然而妻儿受辱被杀,逼得他加入了义和拳,举起抗德的大旗。本是顺民的孙丙,却以叛逆抗争震动了最高统治者,用另一种方式实现了夙愿。如爱·缪尔所言,"戏剧性人物跟习惯的人相反,他永远是出乎常例的。他发现他真正的自己,或者说显示真正的自己。他使他真实的本性戏剧化"①。

《檀香刑》对莫言后期的话剧及小说创作影响很大。在写作这部小说的时候,"感觉到自己是在写戏,甚至是在看戏",作家的戏剧性思维或许就是在这时候形成的。如果将《檀香刑》看作一部戏,那么无疑它在《霸王别姬》和《我们的荆轲》之间承上启下。小说文白夹杂、句式错落、音韵和谐,具有浓厚的戏曲风格;同时,又呈现出动作化、个性化、口语化的戏剧语言特征。孙眉娘与县令夫人的交锋,和吕雉、虞姬的"唇战"异曲同工;而她思念情人时的内心独白,与项羽的台词如出一辙。

> 眉娘:天上的明月,你是女人的神,你是女人的知己,传说中的月老就是你吗?如果传说中的月老就是你,你为什么不替我传音送信?如果传说中的月老不是你,那么主宰着男女情爱的月老又是天上的哪个星辰……(小说《檀香刑》)
>
> 项羽:月亮,月亮,你这千古的媒妁,能不能告诉我,我的虞在哪里?月老啊月老,你能不能抛下万丈的红线,引来我宝爱的新娘?虞啊,我从来没有像今夜这样思念你,我从来没有像现在这样需要你……(话剧《霸王别姬》)

尤为重要的是,莫言把小说和戏剧嫁接,不仅解决了语言问题,也

---

① [苏格兰]爱·缪尔:《小说结构》,出自[英]卢伯克、福斯特、缪尔:《小说美学经典三种》,方土人、罗婉华译,上海文艺出版社,1990年版,第418页。

解决了情节设置和矛盾冲突问题。在《檀香刑》中,莫言首次提出"演—看"的人物行为模式:要么表演给别人看,要么看别人表演,演戏与看戏构成了人的基本生存方式。《檀香刑》里孙丙本有机会逃走而不逃,《我们的荆轲》中荆轲能刺秦王而不刺,其意图都是为了演一场功德圆满、千古流芳的大戏。因此,从本质上看,孙丙的受刑表演与荆轲的刺杀秀毫无区别。他们的英雄传奇都是一步步演出来的。"演—看"模式,不啻为作家观察人物、传达思想的绝佳方法。新世纪以后,在莫言的小说《四十一炮》《生死疲劳》中均有回响。《蛙》更是借人物之口道出,文明社会的人,个个都是演员,人人都在演戏,社会就是个大舞台。如是观之,或许我们就不难理解姑姑在人前配合表演的种种行为了。

四

从地道的农民之子到摘得世界文学最高桂冠的作家,莫言的人生同样充满了戏剧性。他抱着改变命运的想法,怀着对作家的无限憧憬踏上了文学之路,从此一发而不可收。他以小说名世却不讳言,"小说,原本不是什么高贵的东西。它起源于下层,是那些茶楼酒馆的说书人,用他们的嘴巴,讲述给那些引车卖浆之流听的故事"[①]。作家对民间曲艺的热衷和熟稔,对小说叙事传统的回归,让他顺利打通了小说与戏剧两门艺术。传统戏剧与小说原本就互相借鉴颇多,在结构程式、人物科白方面都有同构现象,通过化用对方的异质因素,可以开拓崭新的艺术成就。莫言成功地把握了这一点,他让戏剧艺术与小说艺术相融相生,进而在话剧与小说领域实现了双赢。

[①] 莫言:《小说与社会生活》,出自莫言:《用耳朵阅读》,作家出版社,2012年版,第143页。

嘹亮的批评

文坛是莫言的舞台。很多时候,他也像剧中人一样,带着戏剧化思维,透过一双慧眼,俯察人世间的美丑善恶,洞析人性的卑微与崇高。我们清楚地记得,他在诺贝尔文学奖的领奖台上,淡然地说过这样一段话:

> 我获得了诺贝尔文学奖后,引发了一些争议。起初,我还以为大家争议的对象是我,渐渐地,我感到这个被争议的对象,是一个与我毫不相关的人。我如同一个看戏人,看着众人的表演。我看到那个得奖人身上落满了花朵,也被掷上了石块、泼上了污水。我生怕他被打垮,但他微笑着从花朵和石块中钻出来,擦干净身上的脏水,坦然地站在一边,对着众人说:对一个作家来说,最好的说话方式是写作。

人生如戏,戏如人生。只要个人的社会角色存在,"演—看"的生存模式就不会终结。正因此,荣耀与烦恼永远亲密相随。诺奖的不期而至,几乎让莫言的一切都暴露在聚光灯下,生活和写作全盘被打乱。原本在《蛙》获得茅盾文学奖后,莫言便计划沿着自我批判、自我反思之路,创作一部尖锐的现实题材话剧。北京人艺以及广大观众对《我们的荆轲》的认可,给了莫言无穷动力,让他一度沉迷在话剧的世界里。"最近这些年,我对话剧做了大量的研究,也读了很多剧本,写好话剧对搞好小说创作也是非常有帮助的。一部好的小说,它的内核可以说就是话剧。换句话说就是,任何一部优秀的小说,都可以提炼出一部优秀的话剧。"①显然,话剧与小说,是作家最为倾心的两个领域。莫言的小说成就已举世公认,如果继续在话剧领域前进,他同样有可能取得像其他诺奖得主如高尔斯华绥、萨特、贝克特等那样的成就。

---

① 金永清、莫言:《"把自己当作罪人写"》,《燕赵都市报》,2011年8月28日。

面对外媒,莫言曾放出豪言,称许多人得了诺奖后,再也写不出好作品,他要打破这个魔咒。或许再假以时日,莫言能够兑现承诺,奉献出更令我们惊喜的话剧或小说作品。

我们期待着。

第四辑 文学现场

尴尬的转向

——回望"新写实小说"

在20世纪中国文学版图上,当代文学史的书写充满了断裂与变异的痕迹。与现代文学三十年明晰的脉络相比,后半个世纪文学现象一派纷繁的景象,这种情状尤其体现在新时期以来的小说创作中。迄今仍有不少人将80年代看作文学的黄金岁月:在政治上经历了一系列艰难的拨乱反正之后,社会踏入正常运行的轨道,文学也开始了它的自觉成长。伴随着异域种种现代、后现代思想的蜂拥而入,众多作家与评论家发出的批判与建构之声至今仍响彻耳畔。在那短短的十年间,以"伤痕文学"为起点,80年代文学依次经历了"反思""改革""寻根""先锋""新写实"等文学思潮。从对"人"的尊严的呼唤始,新时期文学一定程度上实现了对五四文学传统的接续。启蒙、人性反思、文化改造再度成为作家们严肃思考的问题。此刻,回望80年代斑驳起伏的文学思潮,我们发现,大多(思潮)早已因时过境迁而不了了之,而"新写实"这一脉仍延续至今。时隔廿余年,再对"新写实小说"做一番重新观测,也许我们能够更为清醒和全面地把握它,进而对其做出客观公允的评价。

一

一般情况下,人们将刘震云的《塔铺》(《人民文学》1987年第7期)、池莉的《烦恼人生》(《上海文学》1987年第8期)以及方方的《风景》(《当代作家》1987年第5期)的联袂登场看作是"新写实小说"诞生的标志,此后随着《新兵连》《单位》《一地鸡毛》(刘震云)、《不谈爱情》《太阳出世》《热也好冷也好活着就好》(池莉)、《祖父在父亲心中》《行云流水》《桃花灿烂》(方方)等小说的相继发表,逐渐形成了一股新的小说创作浪潮。最早关注这一创作潮流的是雷达,他认为这种思潮的出现是对现实主义的回归,是一种"新现实主义小说"[1]。王干则认为它是一种"后现实主义"[2]。陈骏涛称其为"现代现实主义"[3]。最早将其命名为"新写实小说"[4]的则是张韧。其后随着《钟山》杂志"新写实小说大联展"专栏的推出,这一名称逐渐为人们所接受。

从颠覆既有美学原则和文学秩序的角度来看,"新写实"与此前的先锋派及现代派一样,首先也体现出一种姿态。正是在"新写实"作家那里,当代小说才真正完成了由宏大叙事向个人叙事的明确转向。回首新时期文学初期的创作,我们发现,七八十年代之交的"伤痕文学""反思文学""改革文学"相关作品都带有浓厚的政治意味。在《班主任》《犯人李铜钟的故事》《乔厂长上任记》等小说中出现的形象,大多是先验的、理想化的,是作家的政治理念和政治意图的化身。总体而言,这一阶段的文学与政治及现实改革的关系较为紧密。几年后,以马尔克斯为代表的拉美文学的非凡成就震惊了当代中国作家,一时间在文化寻根的热潮下催生出了颇具声势的"寻根文学",韩少功、阿城、王安忆等众多作家纷纷写下关于民族之"根"的寓言,文学从与政治的胶着关系位移到了文化。与此同时,现代派文学也揭竿而起,引发了当代文学的"无主题变奏"。然而,刘索拉、徐星等人的作品所表达的

---

[1] 雷达:《探究生存本相 展示原色的魅力》,《文艺报》,1988年3月26日。
[2] 李兆忠:《旋转的文坛——"现实主义与先锋派文学"研讨会纪要》,《文学评论》,1989年第1期。
[3] 陈骏涛:《写实小说:从传统到现代的转化》,《钟山》,1990年第1期。
[4] 张韧:《生存本相的勘探与失落》,《文艺报》,1989年5月27日。

实质是刚走出"文革"阴影的一代人,对人性、自由精神以及主体创造性追求的情绪历史。在貌似叛逆的面孔后面隐含的依然是关于国家命运、民族生存的宏大主题。先锋小说的出现对当代文学是个不小的转折,它宣告了哲学意义上的荒诞意识在中国新时期小说中的诞生。先锋强调的是个人生存意义上的生存体验,表现现存世界中的荒诞与虚无。他们不仅将文学从政治的奴役中解放出来,而且更进一步地使文学真正回复到了它的自身。在从"写什么"到"怎么写"的演变中,传统小说中的故事隐退了,叙事被推向前台,作家们津津有味地营造起颇具西方色彩的叙述圈套。然而他们在为中国文坛提供一个个精雕细刻的文本的同时,也带来了显而易见的弊端:小说渐渐丧失了故事性和写实性,文本的可读性下降,这导致一大批传统的读者渐渐远离了小说。所以,80年代后期,当"新写实"作家们以一种迥然有别的方式登场时,他们的写作姿态才会如此地吸引人们的眼球。

众所周知,"新写实"思潮出现在文学失去轰动效应之后,它的广受关注与杂志社及评论家的联合操作息息相关。1989年3月,《钟山》文学丛刊以较大的篇幅,颇有声势地推出了"新写实小说大联展",该栏目的卷首语称:"所谓新写实小说,简单地说,就是不同于历史上已有的现实主义,也不同于现代主义'先锋派'文学,而是近几年小说创作低谷中出现的一种新的文学倾向。这些新写实小说的创作方法仍以写实为主要特征,但特别注重现实生活原生形态的还原,真实直面现实,直面人生。虽然从总体的文学精神来看,新写实小说仍划归为现实主义的大范畴,但无疑具有了一种新的开放性和包容性,善于吸收、借鉴现代主义各种流派在艺术上的长处。"[1]随着创作的推进,评论家对"新写实小说"也从不同方面作了概括,其特征大致有:"新写实小说"之"新"是相对于当代写实小说尤其是那种带着"急功近利的政治

---

[1] "新写实小说大联展"卷首语,《钟山》,1989年第3期。

性色彩"的小说而言的,它不关注历史风云和政治动向,而沉湎于庸常的俗世生活;它不强调"典型""崇高"的人物,而倾心于芸芸众生里的普通人。"新写实"作家写的是寻常百姓的烦恼和欲望,表现其生存的艰难,并采用一种所谓"还原"生活的"客观"的叙述方式。叙述者较少介入故事,小说不作主观预设地呈现生活"原始"的状貌。最初被评论家归入"新写实主义"的作家非常广泛,包括刘震云、方方、池莉、范小青、苏童、叶兆言、刘恒、王安忆、李晓、杨争光、朱苏进等等。几乎囊括了"寻根文学"以后文坛上最活跃的一批作家,其中苏童、叶兆言还常常被评论家放到先锋小说家名单中,他们一些被看成是"新写实"的小说,有时还被当作先锋小说的代表性文本。还有一些作家,对自己被列在"新写实小说家"名下并不以为然。但不管怎么说,被较为一致认作"新写实小说家"身份的还是池莉、方方、刘震云和刘恒四位。

二

以"新写实"的"还原"生活的理念来看,被归入这一思潮名下的作家当中,池莉无疑是最符合标准的。她的小说主要讲述的就是武汉小市民的家长里短和柴米油盐。成名作《烦恼人生》是一篇虚构的小说,却又像一部新闻纪实短片,移动的"镜头"追随着主人公印家厚一天(从凌晨4点到当晚11点多)的生活:"早晨是从半夜开始的",儿子夜半坠床,清晨不情愿地离开暖融融的被窝,煮牛奶,排队如厕,哄儿子起床穿衣,抱着孩子挤公交,赶早班轮渡,吃早点,进厂门迟到,奖金被克扣,食堂的午饭里吃到虫,下班回家听到住房要拆迁的消息……事无大小重轻,一切随着时间流逝自然展开。故事随着一个偶发的事件开始,最终又随着事件的结束而结束。通过生活的横截面展现市井小民日常生活的烦恼、苦闷、矛盾、纷争。这样的写法一直延续到《不谈爱情》《太阳出世》《来来往往》《小姐你早》等作品中。小说几乎与生活同步,展现的全都是原生态的、活生生的世俗种种,而不对之作任何提炼或升华。综观池莉的"新写实小说",值得一提的是她在世纪之交创作的《生活秀》,在这部小说中她塑造了一个颇能代表武汉市民精华的女性形象:来双扬。作为"吉庆街"的焦点人物,来双扬秉月貌,擅风情又泼辣、能干,背负沉重的生活负担又对感情充满了渴望。她以精明和努力应对生活的种种考验,游刃有余;她遭遇爱情后更表现出了奋不顾身的勇敢,然而,最终还是在无奈的现实面前败退下来,寂然度日。从人性开掘的深度到主题意蕴的营造上来看,这部小说都属于池莉个人创作中的上乘之作和"新写实"的重要收获。

方方的作品某种意义上并不太符合"新写实"的标准。她自认是个"任性"的、"理想主义"①的作家。确实,方方早期的《风景》《祖父在父亲心中》等小说本身都持守严肃的知识分子立场以及对现实和历史的冷峻审视,是不能够框定在"新写实小说"名下的。虽然她也写市民生活,然而她的写作姿态明显高于池莉。有评论家就认为:"方方的文学创作显示出独有的姿态:残酷而真实地描摹现世市民生存状态,冷峻而深刻地审视现世人性的病变;机趣把玩着世事荒诞,冷情演绎着命运无常。"②虽然言语之间不乏溢美之词,但这种评价大体还是正确的。以方方的创作而论,她90年代的小说倒有不少带有"新写实"的色彩,显示出了向"新写实"思潮靠拢的倾向。像在《行云流水》里,方方就为我们描述了一对经济上捉襟见肘的教授夫妇的无奈生活。主人公高人云是个认真、古板而又清高的大学副教授,因进理发店理发掏不出八元钱,受到女理发师的鄙夷和奚落,气得胃出血横卧街头;想

---

① 方方在《世俗化时代的人文操守——方方访谈录》(李骞、曾军,《长江文艺》1998年第1期)一文中说:"有一个搞文艺评论的说我是一个理想主义者,池莉是一个现实主义者,我基本赞成这种观点。"
② 李俊国:《在绝望中涅槃——方方论》,湖北人民出版社,2000年版,第181—182页。

买胃必治治胃病却无购买力;狭小的住房使得他只能与妻子共用一张书桌;想参加学术会议没有经费,欲发表论文交不出版面费,连买本书也得算计何时更经济……这一切让他内心有说不出的酸楚。在这里,已没有了个人同社会的冲突(如《风景》),没有了人物命运的大起大落(如《祖父在父亲心中》),所写俱是家长里短的寻常小事,日常生活经验成为小说集中表达的内容,生活或生存本身的意义凸显出来。此后,《有爱无爱都铭心刻骨》《埋伏》《水随天去》等小说中,方方对现实生活都作了"原生态"的书写,表现了她向"新写实"的真正回归。

刘震云的《单位》和《一地鸡毛》被视为"新写实"的经典文本,两部小说共同塑造了一个叫小林的年轻人形象。前一部小说中,大学刚毕业的小林思想单纯,"学生气不轻,跟个孩子似的,对什么都不在乎",率真而为,敢同领导顶嘴,对"组织的关心"也不积极响应。三年之后,在"外界对他的强迫改造"下开始醒悟,"从此像换了一个人":工作开始"积极",主动与同事拉关系,忍受上司的狐臭……总之,一步步走向自我的对立面,最终在"单位"里修炼成一个循规蹈矩的小公务员。后一部小说延续着这一思路,从公共空间过渡到私人空间,讲述小林在家庭生活中经受的磨砺与变化。以"小林家一斤豆腐变馊了"肇始,小说陆续引出小林和老婆为此吵架、老婆调动工作、小林的恩师来京看病、孩子入托、排队抢购大白菜、拉蜂窝煤等琐事,并穿插了小林帮同学卖烤鸭、为抄水表老人办批文等耐人玩味的细节。借以上种种,作家向我们宣示了他所理解的生存本相:"生活就是种种无聊小事的任意集合,它以无休无止的纠缠使每个现实中人都挣脱不得,并以巨大的销蚀性磨损掉他们个性中的一切棱角,使他们在昏昏欲睡的状态中丧失了精神上的自觉。"在生活的教育与磨炼下,小林越发觉悟到:"其实世界上事情也很简单,只要弄明白一个道理,按道理办事,生活就像流水,一天天过下去,也蛮舒服。舒服世界,环球同此凉热。"两部小说清晰地演示出在现实人生的重压下,主人公是如何自觉压制个性,进而丧失自我,彻底向生活妥协的全过程。小说表面展示的是庸常人生的琐屑生活,其深层内涵揭示的是无所不在的权力关系对人性的腐蚀。这也正是刘震云小说的深刻之处。

刘恒的《狗日的粮食》《伏羲伏羲》也是"新写实"的重要作品。《狗日的粮食》讲述了一个发生在饥饿年代的故事:洪水峪的杨天宽用二百斤谷子换来了老婆瘿袋,他们的子女也依次以粮食命名,但饥饿的威胁仍紧随着他们。不顾一切四处刨食的妻子凭借见不得人的行为,维持着一家人的生活。后来,瘿袋在有粮证的年代到来时,却偏偏弄丢了粮证,这毁灭性的打击不仅使刚强的她变得脆弱,也使她丢掉了性命。小说强化了"食本能"给人带来的苦难和异化。《伏羲伏羲》写的是一个压抑欲望的沉重故事。洪水峪的地主杨金山用三十亩地换回了年轻貌美的妻子王菊豆,从此这个家庭陷入欲望和人伦的纠缠与搏斗中。性无能的杨金山因得不到梦寐以求的儿子而无休止地虐待菊豆;侄子杨天青一直对婶子怀着本能的渴望,同情和欲望导致了二人的不伦之恋;不伦之恋的结果使杨天青不得不把亲生儿子唤作弟弟;而小小的杨天白却天生地继承了杨金山的衣钵。在无法承受的压力下,杨天青最后在水缸中自溺而亡。在刘恒的笔下,"性本能"与"食本能"一样,给命运带来困厄,欲望与生存之艰合力让主人公不得善终。90年代中期以后,刘恒的创作逐渐从沉重、压抑的悲剧叙写模式中走出来,换之以夸张、戏谑的笔调,将生活中的艰辛和苦难描写得细腻入微。中篇小说《贫嘴张大民的幸福生活》走的是正宗的"新写实"路子,写一个普通老百姓的平凡人生的喜喜悲悲。主人公张大民深谙"忍"和"韧"的人生智慧,以阿Q式的精神胜利法应付生活中的一切困难,以耍贫嘴的法子苦中寻乐,在嘴巴的短暂幸福中掩饰了说不完的辛酸和苦难。他的那张"贫"不完的嘴,让人品味到人生的五味,洞见到人生的无奈以及生活的勇气。

从对以上代表性作家作品的简短回顾中,我们发现,"新写实小说"与传统现实主义小说相比,最突出的特点其实就是视点下沉,作者不再高高在上地打量生活中的人物,评判他们的人生,而在不同程度上都对世俗人生和日常生活表示出了认同的倾向。以往我们所理解的现实主义,是以宏大叙事为基础的,作家超越于生活之上,努力以理想之光照亮现实。而"新写实小说"则如上文所提到的那样,消解了宏大叙事,在当代文学史上第一次开始关心"粮食"和"蔬菜",关心平民生存真相。在先锋的艰涩玄虚之后,"新写实小说"回归现实,回归故事,贴近芸芸众生里的普通平民,顺应了时代文化和大众读者的需要,坦率地说,这不能不算作一种带有进步意义的转向。

三

"新写实小说"的出现使新时期文学经历了从"大写的人"到"小写的人"的演变。小说中的"人"渐次脱离了政治、文化、哲学等内核,以最世俗最本真的形象亮相。然而,在对各种思潮的反拨成功的同时,它又不自觉地滑向了另一个极端。如果我们比较一下王蒙的《组织部新来的年轻人》中的林震与刘震云的《单位》中的小林,再对比张洁的《爱,是不能忘记的》中的钟雨与池莉的《不谈爱情》中的吉玲,无法不产生这样的疑问:为何短短几十年间,当代小说人物在精神上会有如此巨大的落差?"新写实"在消解宏大叙事的同时,也极其遗憾地消解了知识分子的批判立场和理想主义精神,表现出一种"冷也好热也好活着就好"式的过度迎合现实的态度。精神和理想空间的坍塌,使得"新写实"最终推到时代面前只能是灰色、沉重的"日常生活"。

由此,我们认为,"新写实小说"把普通个体作为审美对象,对解放文学观念有着进步意义,但"新写实小说"却把这个领域窄化了。从个体生存的角度本易切入人生的某些终极问题,但由于"新写实小说"在关注凡俗人世的生存烦恼时过多地在形而下领域盘旋,主体地位的下降无可避免地造成了超越性的缺失,人物也无法达到应有的思想深度。尽管"新写实小说"或多或少地显现出了引领人物上升的意图,但它给人的整体感觉还是个人在为自己和小家庭而忧烦算计。在向人生真实图景靠近的同时,它失却了80年代前中期文学作品所表现出的那种大气和担当。"新写实小说"所张扬的理想,大体上只是为了摆脱最基本的生存困境,与现实的功利目的纠缠得过紧,理想离开地面的幅度并不高,许多作品极易给人造成认同现实,向假恶丑妥协的印象。在"新写实"作家看来,生活"不允许一个人带着过去的幻想色彩……那现实琐碎、浩繁,无边无际,差不多能够淹没消融一切。在它面前,你几乎不能说你想干这,或者想干那,你很难和它讲清楚道理"①。"生活是严峻的,那严峻不是让你去上刀山下火海,上刀山下火海并不严峻。严峻的是那个日复一日、年复一年的日常生活琐事……"②这种对于生存困境的异常平静感和苦涩的无奈感,本身就为作品打上了一种消沉乃至消极的底色。再者,"新写实小说"追求还原生活,为呈现生活的原生状态,让过于琐碎的生活现象涌进小说,使作品变得零散化、粗鄙化。大多数新写实文本结构松散,语言平俗,艺术粗糙,即使那些为人称道的代表性作品,也暴露出格局窄小的缺点。由于"新写实"的美学旨趣是世俗化、大众化,作品传达出的情感缺乏深沉感、厚重感,也导致了悲剧美和崇高美的诗意匮乏。

"新写实小说"是"写实"文学在80年代中后期的自然趋向,是"主义"幻灭后面对"存在"的无奈书写。虽然"新写实"是当代现实主义发展道路上不可忽视的一环,对写实主义文学的发展做出了一定的贡献,但它同时又是一次颇为尴尬的转向,在对"毛茸茸的"生活平面展示的过程中,"新写实"失去了那种在变动中见永恒,在不纯中见纯洁,

---

① 池莉:《我写〈烦恼人生〉》,《小说选刊》,1988年第2期。
② 刘震云:《磨损与丧失》,《中篇小说选刊》,1991年第2期。

在不自由中见自由的穿透力和高贵的文学精神,最终导向的是人背叛自我向物化的社会投降,变成另一种意义上的"单面人"。"新写实"作家笔下的人物是被动的、妥协的,甚至是虚伪的。而艺术本应通过创造一个虚构的世界,即一个"比现实本身更真实"的世界来向现存世界的垄断性宣战。马尔库塞说过:"艺术不能改变世界,但是,它能够致力于变革男人和女人的意识和冲动,而这些男人和女人是能够改变世界的。"[1]因此,我们认为,如果进入新世纪的"新写实"依然不能够在小说的超越性和批判性上着力,那么它最终还是难逃被时代抛弃的尴尬命运。

---

[1] [美]赫伯特·马尔库塞:《审美之维》,李小兵译,广西师范大学出版社,2001年版,第212页。

推开人性的最后一扇窗

——张翎中篇小说《余震》解读

一

第一次在《北京文学·中篇小说月报》上读到《余震》的时候,并不知道小说家张翎是著作等身、蜚声华语文学界的优秀女作家。后来才陆续得知她曾以长篇小说《邮购新娘》《交错的彼岸》《望月》等作品多次摘获国内外各类文学奖项,并有中篇小说《羊》(2003)和《雁过藻溪》(2005)进入中国小说学会年度排行榜,分列第九和第五。[近悉,中篇小说《余震》(2007)再次进入小说学会年度排行十佳前列。]面对这样一位文气胜过名气的华人女作家,其时深深地被她俊雅不俗的文字所撼动,无声地经历了一场内心的地震和灵魂的洗礼。

习惯了当前许多成名作家过于平实或虚张声势的叙事模式,乍一进入张翎的文字世界,仿佛步入了一片新天地。诚如张翎所自陈,她的确是个编织故事的天才。《余震》的几万言里,人物的命运跌宕起伏,故事情节险象环生,然而任世事人心如何地峰回路转,终究还是为了走向人性深处的那一簇柳暗花明。此外,张翎讲述故事的技艺更是令人击节赞叹:时空交错的结构方式,具像化的意识流表述,漂亮的比喻,细微的伏笔……过人的才华,出色的技巧,加上悲天悯人的情怀,让张翎得以成功地构建起一个地震之后疼痛和梦魇交相纠缠的生命世界。

《余震》的创作对张翎来说,实属偶然。唐山大地震30周年纪念日后的第三天,她在北京机场候机时,无意之中于机场书店翻阅到一本《唐山大地震亲历记》,霎时心内大恸;回到多伦多后,又紧接着查阅了有关大地震的详细资料。可让她深感失望的是,"那个铁罐一样严密的年代成功地封闭了所有带有身体的照片",而盘旋在她记忆中的只有一些干枯的历史数据和高昂的政治口号。对于那些劫后余生的孩子,历史只用了一些简单的概括句记录,譬如,某某"成为企业的技术骨干",或某某"以优异的成绩考入大学",最后某某"建立了幸福的家庭"。面对这些花团锦簇的文字,张翎驳诘道:"我偏偏不肯接受这样肤浅的安慰,我固执地认为一定还有一些东西,一些关于地震之后的'后来',在岁月和人们善良的愿望中被过滤了。"[1]先哲亚里士多德曾说过,诗人可能比历史学家更真实,因为他们能够看到普遍的人性的深处。的确,历史学家只负责描述已经发生的事,而诗人则描述可能发生的事。更为关键的是,"历史记录写的是社会的历史,而非人的历史"[2]。与捷克优秀小说家米兰·昆德拉一样,张翎也试图讲述那些被历史记录遗忘了的事件。因为"小说唯一存在的理由是说出惟有小说才能说出的东西"[3]。惟有将小说视作对人个体存在的发现和询问,小说家才能显示出写作的意义。从这个角度出发来观照历史,作家自然会将关注之心投射到历史时空中的个人身上。之所以在《邮购新娘》《交错的彼岸》《雁过藻溪》等小说中,历史背景只不过被设置成一个个演绎人生爱恨情仇的大舞台,是因为作家坚信:历史,必须是人的历史;历史的意义对于小说家而言,是为了凸显笔下人物的真实存在

---

[1] 张翎:《地震、孤儿,以及一些没有提及的后果》,《北京文学·中篇小说月报》,2007年第2期。
[2] 米兰·昆德拉:《小说的艺术》,上海译文出版社,2004年版,第47页。
[3] 同上,第46页。

境遇。

于是,凭着灵感的牵引,穿越层层历史地表,张翎锁定了一个叫小灯的女孩。作家让她一路跟随着自己的想象力,带着深痛大创,在人间艰难地行走。小说的基本情节是这样的:唐山大地震中,7岁的小登和她的双胞胎弟弟小达被压在同一块大石板的两头,母亲只能选择救下其中的一个。生死攸关之际,小登被母亲放弃了。可她竟奇迹般地活了下来,之后结婚生子,远赴异国,事业有成,然而一颗心却从此沉沦在母亲带来的梦魇中,她的人生不再有眼泪。

张翎的小说素来绝少单线发展,尤多线条错综并进,《余震》亦是如此。小说采用开放式写法,以16组时空交错的镜头连缀全篇。通过多视角的蒙太奇镜头,历史与现实,人物与人物,人物与自我叠印成章。整部小说如同一部电影,有着真实而强烈的画面感。小说的第一个镜头被设定在多伦多的圣麦克医院,37岁的自由撰稿人雪梨·小灯·王自杀未遂,即将接受心理治疗科医生沃尔佛的治疗。——在小说叙事策略里,叙述时间尤为重要,因为它是联结人物命运、组织情节的决定性环节。《余震》中,作者将叙述时间的起点设置在可以联结过去与未来的当下,让王小灯与一组转诊报告一起出场。小灯的身份是才华横溢的华人作家,刚被提名总督文学奖并接受了电台专访。然而冠盖满京华的背后真相,却是斯人独憔悴。她长期被原因不明的失眠和头痛折磨,已是第三次自杀呼救。在诊疗过程中,医生敏锐地发现了这个虚弱的女人有一个打不开的心结:在她的潜意识里始终有一扇窗户阻挡自己,推开一扇又是一扇,而最后的那一扇,她怎么也推不开。

接下来的场景迅速切换到1976年的唐山。名字还叫做万小登的王小灯和弟弟生活在幸福的家庭中。父亲的宠爱,胞弟的迁护,让童年的小登任性而倔强。然而灾难却硬生生地将她的人生劈成了两截:唐山大地震,一座城市在惊天的巨响中夷为平地,两个孩子被压在命运的水泥板下,母亲在无望的声嘶力竭中将生机留给了儿子,女儿则在天亮后被当作尸体抬走。一场及时的大雨让小登奇迹般地苏生了,清醒过后她懵懂地意识到人性之恶,被母亲抛弃的疼痛感催使她决绝地走向了颠沛流离的生活:她胡乱地爬上一辆军车,接着被驻地的军人救了下来,继而被没有孩子的王姓夫妇收养。与此同时,她自觉地选择了遗忘和仇恨作为前路的向导,变成了沉默、古怪、不会哭泣的王小灯。

与家人生离、死别、被收养,这样的经历可能是地震后的孩子普遍的遭遇,然而不同的是,小灯是在劫后余生之后自觉离弃亲人的。地震带来的创伤不止于让家园在瞬间坍塌成废墟,可怕的是让对人世怀有信念的幼小心灵霎时委顿,更何况厄运之神并未就此停止对小灯的作弄。在接下来的一组组镜头和画面中,王小灯多舛的命运次第展开:13岁,养母去世,刚刚出现一线明朗的生活再次阴云密布。这个敏感而孤独的孩子又一次感觉到被抛弃。葬礼之后,人性的天平上丑陋的一端再次加重砝码,养父的性侵犯让她加速成熟……一系列的极致状态下的生命真相,让小灯原本清澈的灵魂过早地见识了人生的狐狸尾巴——她没法不成为一个尖锐而深刻的孩子。此后的小灯,再也没有能力去正常地拥有世上一切正常的感情。她的情绪始终处在危险的两极,她的人生始终笼罩在童年的阴霾中,灾难如影随形,让她步履维艰。

然而,小灯并非命运的被动接受者,事实上,她从未曾停止与命运的对抗。在复旦的校园里,她与杨阳纯净的爱情,以及后来组建的幸福家庭,都是可能将她从阴影中救赎出来的希望。杨阳是她经历过地震(继养母之后)敞开心扉的第二人,他才华出众,善解人意,对小灯充满了疼惜之情。婚后,27岁的小灯选择了留学加拿大,不久丈夫和女儿也来到了多伦多陪读。若按照常人的逻辑生活,小灯是可以新生的。然而她的生活状态却如沃尔佛医生所看到的那样,"一直在跌倒和起来之间挣扎"。小灯的生活依然危机四伏。长久以来安全感和信任感的缺失,让她始终绷紧了神经,在焦虑不安中艰辛度日。睡眠与梦魇交战的时刻,她无法安眠,梦里依然是童年故土上的伤痛。长此以往,使得中年的小灯成了一个冷漠、多疑、阴鸷而暴戾的女人。她以严厉的管束控制着丈夫和女儿,唯恐再次失去。然而丈夫和女儿俱不堪其苦而纷纷逃离:女儿自9岁起便不断离家出走,以各种方式发泄对她的不满;丈夫与一个健康的加拿大画家产生感情,直至提出了离婚,而小灯,选择了自杀。

以上情节均来自小灯的回忆。在接受沃尔佛医生的治疗过程中,她终于有机会对自己过往的生命做一次认真而细致的梳理。她的爱,她的恨,她的敏感,她的麻木,她的尖刻犀利,她的焦灼不安,她所有的惊涛骇浪般的内心交战,除了七岁前的记忆统统说与心理医生。因为她对人生并非无所贪恋,所以才会试图推开那扇锈住的人性之窗。只是那场地震以及接踵而至的余震对她来说太沉重,也将她的心灵磨得太粗糙,让她对亲情、爱情先后失去了耐心和信心。无从言说的时候,她将心语投注给了笔下小说中的人物。当医生问及她为什么《神州梦》中的女主人公不愿意回到自己的出生地时,小灯坦承了自己的逃避。而医生鼓励她选择直面惨淡的现实,因为一个人逃得再远,也逃不过自己的影子。那些在醒觉状态下所不复记忆的儿时经验可以重现于梦境中[①],现实中试图忘却的陋像,每每在梦魇里清晰浮现,三十年来,小灯无时无刻不将自己的内心当作战场,不停地与历史和记忆交战,终于心力交瘁。

我们清楚地知道,一个人的灾难史与一个民族的灾难史一样,是无法改写、无从躲避的,作为历史情境中的个人只能正视它进而接受它,唯其如此,才能踏出从灾难的阴影中走出的第一步。小说中,早熟早慧的主人公同样意识到了这一点。在医生的药物治疗和心理治疗

---

① 弗洛伊德:《梦的解析》,丹宁译,国际文化出版公司,1998年版,第90页。

一点点起作用后,小灯的生命渐渐苏生过来,加之医生的鼓励,她终于决心与现实与记忆和解,放下逃避和怨恨,以怜悯和宽容选择了新生:在博士毕业前夕她退了学,离开丈夫和女儿,以使他们同时打开枷锁,重获宝贵的自由。当小灯鼓足了勇气踏上回家的路,步入老宅家门的那一刻,昨日宛若重现:弟弟的一双儿女,纪登、念登在母亲的呵责声里先后出场,让她看到了昔日的小登和小达。在老去的母亲向她发出亲切的询问时,她终于泪流满面——那扇艰涩的人性之窗终于被坚忍和慈爱轻轻推开。

二

　　读完小说,才发现《余震》是个好得不能再好的篇名。作者笔下的人物,几乎都生活在"余震"之中。以小灯为中心,母亲李元妮、弟弟万小达、丈夫杨阳、女儿苏西莫不如此。李元妮一生陷在地震带来的阴影里,这场惊天的浩劫让她同时失去丈夫和女儿,爱子也截去了一只手臂。在痛彻心扉之际,她定然亦无法停止自责,否则也不会为两难时的选择而一夜白头,进而决心在老宅上为夫女的归魂之路守候毕生。万小达更是明白自己的生命是姐姐换来的,劫难之后他对母亲的指摘和此后的漂泊生活都难逃余震之憾,最终他找到了一个与姐姐长相相似的女人,结婚生子,寂然度日。而杨阳爱上小灯的契因便是小灯在唐山地震中的遭遇,他对小灯的疼惜来自内心深处的震动。然而,他不曾料想的是余震的威力,让他无法享有正常的俗世生活,百般努力而未果后自然地选择了离开。苏西原本是个可爱活泼的孩子,却在母亲轮番的监控和审查之下被压制天性,她不堪其苦,屡屡以不同方式反抗着情感粗暴的母亲,最后随父而去。

　　张翎笔下的人物无论主次,各个面目鲜活,棱角清晰。作者以唐山、大连、石家庄、上海、多伦多五地六组生活片断(既逼真描绘了内地城镇琐细的风物人情,也真实再现了海外游子多彩的异域生活)层层叠加,烘推出了主人公三十多年来的生命历程。王小灯的形象因犀利深刻而明艳动人,其他人物的性格也随时间变化自然演进。如智慧幽默的沃尔佛医生、聪明练达的医务秘书凯西、美丽要强的李元妮、天真敦厚的小达、善良敬业的董桂兰、温和体贴的杨阳、伶俐爽快的苏西、健康自然的向前、温柔知性的阿雅……张翎善用精彩的白描和具像化的意识流手法,写事绘人,尤为传神。以沃尔佛刚见到小灯时的情景为例:

  沃尔佛医生推门进去,看见沙发上蜷着一个穿着白底蓝条病员服的女人。女人双手圈住两个膝盖,下巴尖尖地戳在膝盖上。听见门响,女人抬起头来,沃尔佛医生就看见了女人脸上两个黑洞似的眼睛。洞孔大而干枯,深不见底。沃尔佛医生和女人对视了片刻,就不由自主地被女人带到了黑洞的边缘上。一股寒意从脚尖上渐渐爬行上来,沃尔佛医生觉出自己的两腿在微微颤抖,似乎随时要失足坠落到那两个万劫不复的深渊中。

再如李元妮见到阿雅时的意识活动:

  李元妮觉得心里有一堵墙,正在一砖一瓦地倒塌,有一线水迹正蜿蜒地爬过废墟,在干涸龟裂的地上流过,发出哧哧的声响。她转过头,狠命地吞下了喉咙口的那团堆积起来的柔软。

诸如此类的文字妥帖入微而又直指人心,"如行云流水,清新、流畅、生动、鲜活"[①],"语言细腻而准确,尤其是写到女人内心感觉的地

---

① 公仲:《语言的回归,历史的沉重——邮购新娘(代序)》,作家出版社,2004年版。

方,大有张爱玲之风"①。许是因为张翎在复旦时学外语出身,又在多伦多从事听力康复工作,她的语言在华语文坛以典雅精致、音韵华美著称。小说中,绝妙的比喻更是俯拾即是:

  女人的鼻息如一条拨开草叶穿行的小蛇,窸窸窣窣。草很密,路很长,蛇蜿蜒爬行了许久,才停下来。
  小护士走近了,隐隐听见一些窸窸窣窣的声响,如饱足的蚕在缓慢地爬过桑叶,又如种子在雨后的清晨里破土生芽。小护士呆立了一会儿,才渐渐明白那是白头发在嗞嗞生长——二十六岁的李元妮一夜之间白了头。

  如上所述,张翎的文字极富张力,又饱含着情感的汁液,小说中,自始至终流动着一股浓郁而悲伤的情感,为人性在历史和现实中的交锋打下了浓重的底色。
  作为一个文字书写者,张翎以她的慧眼,带着悲悯心,穿透历史的屏障,展现出唐山大地震过后另一幅苍凉凄清、富有悲剧色彩的人生图景。她以女性天富的温柔和瘦削的双肩扛起了历史沉重的十字架,写出了一个孩子和她没有流出的眼泪,以及那些没有被历史提及而可能无限沉痛的"后来"的故事。尽管在小说中,很难说清小灯的心理创伤是地震带给她的、母亲带给她的、继父带给她的,还是众人累加给她的,毕竟天灾与人祸曾一次次将她逼到生命的边缘处,让她欲哭而无泪,欲死而不甘。但是身为基督徒的张翎始终是温和的,她没有将批判的笔伸向小说中的任何一个人,而只是在芸芸众生斑斓驳杂的人性中,以宗教般的虔诚张扬起怜悯和宽恕的旗帜。结合她之前的小说来看,在每一段动荡的历史中,张翎似乎都在怜恤着善良如羔羊、任命运

---

① 莫言:《写作就是回故乡——交错的彼岸(代序)》,百花文艺出版社,2001年版。

宰割的人们，同时将宽恕之心毫不吝啬地分赐给过错者。与另一部优秀中篇《雁过藻溪》中的财求一样，李元妮终生背负着"罪"的十字架，在迎候回乡人（魂）的漫长岁月中，默默地忏悔着自身的罪性，她难道不渴望被救赎吗？通过忏悔，人类的恶彰显的同时，基督之爱也赦免了人类的罪恶，人因此得到救赎，并不再犯罪。这便是基督博大精深的爱。

耐人寻味的是，张翎在后记中又说，小说结尾处小灯千里寻亲的情节是她忍不住丢给自己的止疼片，是作不得准的。一如小说中小灯讳莫如深地对杨阳所言：不是所有的鸟都是通过飞翔才认识森林。张翎对小灯其实是矛盾甚至是悲观的，亲情、爱情、学业、事业、宗教等等所有可以成为信仰的支柱都曾无法救赎小灯呵。"因为，"她说道，"小灯，不是浴火的凤凰，而且大千世界时火和鸟并不一定存在着因果关系。"——一个负责任的作家，生怕自己的文字会向读者虚构出不能兑现的承诺，张翎即是如此。

张翎与另一位优秀华人女作家严歌苓被誉为海外文坛的一双女杰，然而与严歌苓紧张细密的书写中时而投射出的阴郁冷眼不同，张翎始终试图以从容典雅的文字温暖着创痛中的漂泊者。其共通之处在于"张翎与严歌苓的小说都充满了对普世人类的爱心和对劳苦大众特别是妇女的终极人文关怀"，"她们足以代表北美新移民文学界所达到的艺术水准和历史新高度"（公仲语）[①]。

诚哉斯言。

[①] 参见严歌苓：《吴川是个黄女孩》，成都时代出版社，2006年版总序。

告别"青春后遗症"
——石一枫近作论

一

作为青年新锐作家,石一枫无疑是个多面手:不仅广泛涉猎小说、杂文以及当代作家评论,本职编辑工作之外,还能稍带翻译国外畅销小说。与同辈作家相比,石一枫的小说创作起步较早,从《上学》到《地球之眼》,近二十年的文字浸淫,让他在后王朔时代成为"新一代顽主",拥趸甚众。北京作家向来语言辨识度都极高,从老舍、王蒙到王小波、冯唐,概莫能外。石一枫的文字同样带着皇城根下的大气、睿智与幽默。早期中短篇多写大院子弟的青春故事,由中学到大学,一路洒下成长的印迹。其创作井喷期集中在2011年,《恋恋北京》《节节最爱声光电》《我在路上最爱你》三部长篇的问世,与《b小调旧时光》《红旗下的果儿》等一起形成了鲜明的石氏风格。顽主式的腔调、无所事事的多余人、在路上的姿态一度是其小说必备的要素。

石一枫的小说好看、好玩,又不乏清纯样貌。青春三部曲(《红旗下的果儿》《恋恋北京》《节节最爱声光电》)以及稍晚些的《我妹》,写成长,写爱情,写迷惘、叛逆的别样青春,带着诗意的感伤和浓郁的温情,"让我们有机会看到了80后内心涌动的另一种情怀和情感方式"。某种意义上,它们与笛安的龙城三部曲,以及辛夷坞的《致我们终将逝去的青春》等一起,汇入了青春小说的河流。节节(《节节最爱声光电》)的明媚、可爱不输玉面小飞龙郑薇(《致我们终将逝去的青春》),她们一波三折的情感经历同样令人唏嘘;杨麦(《我妹》)与母亲之间的对抗虽不如东霓(《东霓》)激烈,小米(《我妹》)对人生形而上意义的执拗追寻却远胜西决(《西决》)。在个人化、经验化的青春叙述之途上,石一枫与众多八零后青春小说家们共享着大体类似的写作资源。

密集的长篇小说写作,一方面让石一枫编织故事的能力得到了极佳训练,另一方面也让他不自觉地陷入惯性写作的循环。从他的作品中我们能够明显感受到,王朔的小说、崔健的音乐,乃至姜文的电影对这位"青春后遗症"患者的持久影响。"红旗还在飘扬/没有固定方向","钱在空中飘荡/我们没有理想"。从"红旗下"到"声光电"时代的急剧转折,让一切坚固的东西随之纷纷瓦解。面对日益多元复杂的世界,"石一枫通过自己的写作,生动刻画出这个时代中各个患者的艰难挣扎及其负隅顽抗。他以自己的小说写作捍卫了少数人的青春后遗症的权利与合法性"[1]。十多年来,他孜孜不倦地为各式顽主造型,用嬉戏的眼光,领略人生的乐趣与无聊。初看新奇,读得多了,难免给人机巧有余、格局始终不足为观的感觉。更何况在他前面,还有一位医科圣手、文坛怪杰冯唐横刀立马。北京同样是后者"阳光灿烂"的地方,其"北京三部曲"阴邪老辣,柳青(《万物生长》)、小翠(《十八岁给我一个姑娘》)们的成熟妖冶,毫不客气地反衬出节节、小米的单薄稚嫩。若以七十年代末的"多余人"对阵七零初雅痞,石一枫的优势仿佛并不明显。

反观自身,幽默轻松的叙述腔调,既是石一枫的长处,也是他的局限。陈平原当年研究林语堂的闲适小品时,曾不无尖锐地指出,

---

[1] 陈福民:《石一枫小说创作:一塌糊涂里的光芒》,《文艺报》,2011 年 11 月 7 日。

没有深沉的社会内容和强烈的忧患意识作底蕴,幽默就只能是说笑话耍贫嘴。围绕石一枫前期作品,类似的批评声音也此起彼伏。李云雷最早发觉,石一枫的写作过于追求语言上的快感,以致忽略了对现实的关注,以及精神上的探索。孟繁华认为,石一枫小说中的小资产阶级情调,遮蔽了生活中更值得揭示和批判的东西。陈福民也看出,他无法构筑起一个与社会结构相关联的有效意义系统。师友的善意提醒,加之阅历的增长,让石一枫渐渐明白"'文学'在这个世道里应该关切什么、负担起怎样的一份责任"。因此,他不再囿于小众生活经验书写,而是考虑把题材放宽,"写和自己不同的人物与社会变化"。2013年以来,石一枫以其中短篇小说创作实绩,实现了自我突破,文风也渐渐发生着转变。在《坐在楼上的清源》《三个男人》(又名《芳华的内心戏》)、《放声大哭》、《世间已无陈金芳》、《地球之眼》等作品中,石一枫不断超越自我,主动拥抱现实主义传统,展现出一名优秀小说家的潜质。当然,所谓的超越或转变,并不是决绝而彻底的,某些熟悉的叙事元素依然还在,但直面社会现实,聚焦当下生活,紧贴时代脉搏,逐步建立起文学与社会的关联,无疑是石一枫近期写作的自觉追求。

二

视野变宽,视点下移,关注大时代里的小人物,是作家最明显的变化。尽管此前也有《县城里的友谊》这样涉及底层生活的作品,但小说中的人物形象却是漫画式的,带着游离生活之外的不真实感。与《坐在楼上的清源》《芳华的内心戏》等中短篇小说不同,石一枫不再满足于即兴的情绪发泄(《不准眨眼》),或类型化的人物形象塑造(《乌龟咬老鼠》),而是试图通过对不同生活横断面的书写,表现大时代中小人物的命运插曲,并试图寻找反抗命运的某种可能。

清源与芳华都是身处社会最底层的平凡小人物,她们的命运转折都源于偶然的强暴事件。清源生活在风光旖旎的边陲小镇,幼年失恃,父亲再婚,让她形同孤女。因为意外致残,只能终日静坐楼上,以卖草糊为生。父亲每月一次的短暂探视,成了清源内心最大的渴盼。她出众的容貌招来恶邻老曹的滋扰,也吸引了外来大学生的注意。后者带有试探意味的示好,在清源的内心泛起涟漪。男学生带给她的亲近感,对她不幸命运的同情,再来看她的允诺,让清源情愫暗生。然而,意愿的美好敌不过命运的残酷。短暂的精神出轨后,男学生不辞而别。清源则在对男孩的隐秘期待中,被老曹强暴并怀孕。无奈之下,父亲公开择婿,在众多鳏夫里,为她挑选到一名老实本分的鞋匠。故事到此戛然而止,但我们可以设想,心如死水般寂然终老,或许是清源难以摆脱的命运。与男学生短暂的接触,让她迸发出生命中唯一的一次电光火石。清源无望的守候是她纯洁本质的表现,她执拗地宣称孩子是男学生的。而后者的软弱、失信,更衬映出清源的知命与坚忍。天然美好的女性惨遭命运播弄,类似书写在现当代作品中并不鲜见。难得的是,清源在面对内心和接受命运时,既不同于萧萧(沈从文《萧萧》)的懵懂,也不同于巧云(汪曾祺《大淖记事》)的茫然。从对感情的希冀(对男学生怦然心动),到对强暴者的反抗(拒绝老曹求婚),以及最终命运的认同(嫁给鞋匠),清源内心的一波三折,通过外部行动自然地展现了出来。如此清澈安宁的女性形象,加上小说语言水雾般的韵致,对看惯了石一枫嬉笑怒骂的读者来说,颇有陌生化效果。

某种意义上,《芳华的内心戏》可以看作清源故事的续集,只不过进了城的芳华是健康的。同样是在芳华般的年纪里被强暴,并生下一个先天残疾的孩子,芳华的命运并不比清源好到哪儿去。但石一枫略过主人公的苦难经历,别出心裁地将重点放在她的内心戏上。芳华的小卖部既是她观察城市的窗口,也是上演内心戏的舞台。过早幻灭的人生,让芳华将秘密地喜欢"看着顺眼的男人"当作一种游戏,这游戏"帮芳华把日子填满"。她一个月先后遇到三个男人,第一个男人是任劳任怨、知冷知热的好丈夫形象;第二个是浪漫的艺术家,完美情人形象;第三个则是霸气的江湖中人,让她耽于侠骨柔情的想象。她在内心里一一意淫了他们,幻想出各式凄美的爱情。通过三个男人,芳华在虚拟的感情世界里,领略都市生活的风花雪月。而真正与三个男人产生情爱纠葛的,是一个不安分的女乐手。在邻人的议论里,芳华最终拼凑出整个故事的来龙去脉。对于别人口中的红颜祸水,芳华却带着羡慕之心。"自己的游戏竟然是人家的生活,而且进城这么长时间,芳华终究是个看戏的,并且只能当一个看戏的。"身在城市,却只能生活在城市之外。这是无数城市务工者的现实处境。不甘心做局外人,便只能沉湎于不切实际的幻想。在欧·亨利式的结尾中,石一枫下笔利落干脆,用寥寥几句对话再现了芳华的真实境遇。她的生活不仅与优雅的浪漫无缘,而且与贫穷、疾病、苦难紧密相连。对女乐手复杂情感生活的向往,其实源于自身命运的沉重不堪。所有的内心戏不过是以他人的生活丰富自己的想象,充其量只能算作一个可怜人的白日梦罢了。

　　有了清源的执拗与芳华对城市生活的憧憬,陈金芳的出现也就顺理成章了。在表现底层人的精神幻象上,《世间已无陈金芳》无疑更进一步。陈金芳是典型的京漂女,这类人物在石一枫小说中并非首次出现。将《恋恋北京》与《世间已无陈金芳》对比就能发现,石一枫删繁就简,将长篇小说的人物框架直接拿来给中篇二次利用。《世间已无陈金芳》中男主人公"我"的社会关系与《恋恋北京》中赵小提几乎一模一样:父母在海南养老,"我"与外企工作的妻子离婚,有个靠不法途径发迹的好友。甚至连茉莉、b哥这些人物的姓名都没换。最大的区别就是,女主人公从姚婕变成陈金芳,不再讲顽主与京漂的北京爱情故事,而是关注底层女子与纷乱世事搏杀的命运悲剧。如果说《恋恋北京》

重心落在男主人公混日子的精神迷惘上,那么《世间已无陈金芳》则突出表现了女主人公浮华背后的尘世沧桑。男主人公的"青春后遗症"与女主人公的坎坷人生双线并置,交汇成悲凉的命运交响曲。两下相较,中篇小说的内在法度明显更加严谨,对人物命运的关照也更具人道情怀。

虽然一定程度上,我们可以将《世间已无陈金芳》当作对《恋恋北京》第17章"她的北京"的创造性改写,但陈金芳明显不是姚睫。同样漂在北京,姚睫至少还有着名校教育背景的优势,她的打拼成功是智慧与机遇耦合的结果。陈金芳几乎一无所有。她被家人从湖南乡下带到北京,安插在部队子弟中学里,生活在同学和家人的歧视、欺凌之下。暗夜躲在杨树下听"我"拉琴,是唯一的精神生活。陈金芳对北京的留恋是否因此而生,我们不得而知。但作为窘困的外来者,京城虽大,却无以为家。在"声光电"的照耀下,本土女孩节节奔跑过的地方,会开出大朵的鲜花;面对狭窄的命运通道,农村女孩陈金芳搏杀过的地方,却必须付出血的代价。为了生存,以及体面地生存,陈金芳不停周旋于顽主、商人与掮客之间,勇敢、果断地站到浪尖儿上,成了镀金时代典型的冒险家。从城市寄居者变身社交名媛,陈金芳改头换面,决绝地割裂了自己生命中的两个阶段。我们看着她起高楼,看着她宴宾客,看着她楼塌了。她一次次铤而走险,骗人也被骗。屡战屡败,终致血本无归,锒铛入狱。"只想活得像个人样儿"是陈金芳最大的梦想,她的奋斗史并不光彩,她的命运却异常沉重。当我们看到赌徒般的女主人公,一次次用鲜血描绘着她所眷恋的城市时,内心无法不涌动出复杂的情感。阅文无数的石一枫深知,一个作家首先要感动的,是他同时代的读者。陈金芳是迄今为止,石一枫塑造的最生动的女性形象。从他对这个人物的命运诠释中,不难看出中西小说大家的艺术滋养。与巴尔扎克等作家一样,石一枫将人物命运纳入时代转折的大背景中,陈金芳的可怜、可爱与可悲、可恨,关联着敏感的社会神经。她的上升困境,无疑也是我们这个时代必须面对的困境。

三

当代作家张炜感叹,文学小时代的一个显著标志就是作家越来越没有义愤,没有好恶之心,石一枫显然不在此列。从上述作品中,我们能明确感受到他对不公正现实的批判,以及对弱者的天然同情。而且,石一枫写底层,笔下的人物并不带穷酸气。无论主人公身陷何种境地,都有自己坚守的东西:尊严、信念,哪怕是幻梦。如果将《世上已无陈金芳》与许春樵的《你不是城里的女人》进行对读,似乎更能见出这种坚守的意义。而到了《地球之眼》,主人公坚守的东西变成了道德。

《地球之眼》是一部关乎道德的小说。石一枫从"移动互联网时代的变与不变"出发,探讨道德的人在不道德的社会里将如何自处。小说前半部分写高校生活,后半部分写职场生态。石一枫对高校学子生态的关注由来已久,早在2007年,就做过《四个男人,一身西装》《走出清华门,冒充聋哑人》等调研专访,对高校学生贫富分化与就业艰难的现实问题均有思考。《地球之眼》中的高校生活也紧贴当下,其面貌既不同于方方《涂自强的个人悲伤》的索然,也不同于孙频《无相》的阴森。石一枫将悲悯融入戏谑的语言中,不仅成功塑造出安小男、庄博益、李牧光三个个性迥异的人物,就连他们的师友、亲人形象也都呼之欲出。高校神人、"脑袋里装着半个硅谷"的安小男迂腐、木讷,明明有着光明的专业前景,却对现代社会的道德缺失与腐化堕落耿耿于怀。为此他求助于历史专业的庄博益,试图与其探讨"我们这个社会的道德体系是不是失效了"。而后者只是个不学无术、骨子里很"怂"的校园混子。与之相对,"官二代"李牧光则是个不用思考的嗜睡者,心安理得地享受着特权兑换的教育资源。对道德的不同态度,决定了三个人不同的命运走向。李牧光在家庭的安排下,出国经商,加入美国籍,变成了精明奸诈的商人。庄博益则在体制内外徘徊,对生活妥协退让,间或适度反抗。安小男则因坚守道德底线,丢掉了待遇优厚的银行饭碗,沦落成替人代考的校园枪手。作为二人共同的朋友,庄博益牵线,使安小男成了李牧光公司的雇员,通过自主研发的监控设备,为其看管大洋彼岸的仓库。安小男无意中发现了李氏家族的洗钱黑幕,而李牧光则打算在安小男的老家投资。为了保住母亲蜗居的下岗工人的生活区,安小男通过互联网公布李家的贪腐内幕,揭露李牧光的丑恶行径,让李氏父子受到了应有的惩罚,并保护了所有的弱者。

不得不说,对安小男孤行侠般反戈一击的快意书写,彰显出石一枫在道德缺失、价值混乱年代对公平正义的殷殷期盼。安小男无疑是现实世界的失败者,他几乎与现代社会格格不入,始终带着堂吉诃德式的倔强,对抗着固若金汤的丛林法则。顽固的道德意识,是安小男所有行动的思想指南。在转系风波中,学校看重的是他在不同专业领域的才华,他关注的却是人文学科对道德重建的作用。工作后,对银行领导秘密任务的拒绝,原因也在于这种做法不合乎道德良知。即便沦为"校漂",成为代考枪手,他也不愿丢掉道德精神。对李家巨额财产的来源,他首先意识到的是道德问题;在能够明哲保身的情况下,他选择维护亲邻的利益,也还是出于道德。无怪乎石一枫自叹,写了个"卫道士"。与方方、孙频小说中真正来自底层的学子不同,安小男沦落底层,基本上是他主动选择的结果。高超的专业才能,原本可以让他活得很"容易",强大的道德意识,却让他自甘一再被逼入死角。那么,支撑这种退守的精神力量究竟在哪里?当我们为主人公的不争叹息,以致心生疑问时,作家亮出了底牌。童年丧父之痛,让安小男走不出道德的天问。安小男原本家境优越,父亲是有才华的建筑工程师,被提拔进管理层后,发现贪腐成风。"假如所有人都在贪的话,不贪的那个就破坏了生态,成了从矢之的。"为了对抗不道德的官僚体制,安父最终付出了生命的代价。这种精神遗传注定让安小男不得安生。然而,个人道德力量纵然再强大,如何与社会通行的各种不道德法则相对抗?按照一般的底层写作套路,安小男穷途末路或嗑血死去都不足为奇。石一枫偏不这样写!他反借人物之口宣称:"在那钢铁洪流一般运转的规则之下,我们都是一些孱弱无力的蝼蚁,但通过某种阴差阳错的方式,蝼蚁也能钻过现实厚重的铠甲缝隙,在最嫩的肉上狠狠咬上一口。"①虽然安小男在现实世界中处处碰壁,在虚拟的网络世界里,他却能凭借天才的头脑,成为全知全能的上帝。对互联网以及监控技术的娴熟掌控,让他将现实世界的法则掀了个底朝天。安小男最终凭借自己的专业才能,伸张了道义,改变了故事的结局,也安慰了大多数善良读者的社会焦虑。

《地球之眼》是篇奇文,既显示了石一枫广博的知识面(举凡 IT 技术、经济管理、文史知识,无所不晓),又彰显了作家对时代之痛与精神之殇的关切。"地球之眼"充满隐喻意味,它不仅指遍及世界各个角落的监控机器,更象征着苍穹之上,笼罩着整个世界的道德理念。虽然对主人公来说,"道德"其实是个面目模糊的概念,他根本无法给出一个确切定义。但是,"从实际情况来看,每一种道德理论,不管是功利主义的道德理论还是直觉主义的道德理论,都主张仁慈、公正、善良和无私"②。而这些,不正是我们这个时代当前缺失的么?《地球之眼》中出现的阶层固化、贫富差距、劳资冲突等社会问题,仿佛都离道德很远,却无一不与道德相关。因为"社会冲突的真正根源在于社会权力

---

① 石一枫:《地球之眼》,《小说选刊》,2015 年第 7 期,第 45 页。
② [美]尼布尔:《道德的人与不道德的社会》,蒋庆等译,贵州人民出版社,1998 年版,第 22 页。

分配不公正和由此而产生的经济分配的不公正。不消除这些不公正，就不可能消除社会不道德"①，政治伦理与经济伦理的缺失均会引发道德失范现象。秦晖指出，中国现在的贫富分化和社会矛盾，并不是完全公正致富的人与比较穷的那部分人的矛盾。何清涟也认为，在追求财富的过程中，中国近年来道德失范现象是非常惊人的。目前这种财富格局的不公，主要是由于资源的分配不公、占有及使用不公引起的。权力介入市场，分配机制已严重扭曲为以权利、人情关系和投机为本位。小说中，李牧光的财富正来自其父的权力寻租、巧取豪夺。与经济学者们的观察不同，石一枫用文学的方式切中时弊，他的小说或许改变不了现实，却能够给人以警醒，尤其在李牧光这个人物身上。他既是不道德权力的受益者，也是其受害者。从官二代到富二代，李牧光光鲜生活背后的堕落证明，如果缺乏了道德，财富最终也只会被用在对社会有害无益的畸形追求上。他的最终溃败，恰恰是道德良知的胜利。

四

石一枫擅长第一人称反讽叙事。这种充满个人色彩的限制性视角，极易拉近与读者的距离，增强其现实代入感。综观石一枫的小说，"我"基本上扮演的都是顽主角色，性格特征前后大致相仿。但叙述者的自我认知，近年却发生了明显变化。从马小军、赵小提到杨麦、庄博益，石一枫笔下的顽主们经历了自我欣赏——自我反思——自我批判三个阶段。从叙述者的思想变化和心理成熟过程中，我们同样可以看到作家的进步与成长。

---

① [美]尼布尔：《道德的人与不道德的社会》，蒋庆等译，贵州人民出版社，1998年版，第8页。

马小军这个从王朔《动物凶猛》以及姜文《阳光灿烂的日子》里走出来的少年,像个幽灵,从《流血事件》到《放声大哭》,在石一枫的中短篇小说中游荡了十几年。如此念念不忘,一方面源于偶像强大的作用力,另一方面或许源于类似的生活经历。马小军代表的少年顽主身上,有着大院子弟的骄傲与荣光,崇尚哥们儿义气和个人英雄主义。他们逃过父母的监管,成天以痞子哄哄的言行为乐。与前辈们相比,石一枫塑造的马小军更有文化,却也更加孩子气。他毫不掩饰作为顽主的自我欣赏,以及对顽主生活的自得其乐。《恋恋北京》中的赵小提,可以看作马小军的成人版。这部明显向王朔致敬的小说,深得顽主文化精髓:"特想干点什么又干不成什么,志大才疏,只好每天穷开玩笑显出一副什么都看穿了的样儿。"明明是无所事事的精神贵族,却嘲讽所有看似崇高的事物,跟生活死磕,以此来证明自己不是个俗人。赵小提与杨重们一样,虽自认庸庸碌碌,却坚称即使当混蛋也要当出点英雄主义的崇高意味来。他幻想的精彩的生活是这样的:"试想我坐于枣红大马之上,奔驰在一望无尽的原野之中,挥舞着军刀,对身后的同志们高呼:为了斯大林!除了斯大林,新中国也行、毛主席也行、自由也行,反正得是一足够大、足够蛊惑人心的字眼儿指引我前进;而同志们必须得众口一词地给我捧哏:乌拉!Freedom!你有我有全都有……"[①]

实际上,作为一个没有音乐天分的小提琴手,赵小提看似狂妄,却对生活缺乏起码的自信。他一事无成,生活中充满了挫败,只能以不合作的姿态,抵御内心的失落与恐惧。顽主老去,果儿却在生长。姚睫对生活的热情和付出,终于让"我"对一味的孟浪、耍嘴感到无聊和疲倦了。赵小提的虚无感与避世举动是不断自我反思的结果。一个人不管多自我,如果始终在社会中找不到自己的位置,总是难免会颓

[①] 石一枫:《恋恋北京》,新世界出版社,2011年版,第73-74页。

唐的吧？叙述者的精神变化从《恋恋北京》持续到了《我妹》，并有了进一步提升。不仅反思内心，"我"在处世态度上，也有了实际转变。依然是处身圈内的媒体人，杨麦比赵小提的进步之处在于，不再逃避现实，敢于直面看穿了之后的世界。"我"清楚地意识到，"眼前的生活皆是幻象，幻象背后存在着一个真实的世界，在那个世界里，有恶在横行，有人在受苦"①。在这里，我们不妨将杨麦所指的幻象，理解为顽主们不接地气的生活。"我"对自身小资产阶级软弱性的反省，对精致的利己主义者的警惕正是成长的标志，可以说，杨麦的出现，是石一枫告别"青春后遗症"，直面现实的重要转折。

随着石一枫对时代发言意识的增进，叙述者的自我批判意识也逐渐增强。《世间已无陈金芳》中的"我"依然是个混迹媒体的失意小提琴手，石一枫关注的焦点却落在人物的灵魂深处。频频插入的叙述者议论，颇有几分老托尔斯泰的做派。某种意义上，这部小说之所以特别打动人心，很大程度上在于"我"与陈金芳之间的惺惺相惜。从一开始，"我"就不只单纯是陈金芳命运的旁观者。"演奏者"与"听众"的关系，让他们建立起隐秘的内心关联。"同是天涯沦落人"，艺术之途中的失意，是困扰"我"的最大精神障碍，而对高雅艺术背后高雅生活的向往，则令陈金芳飞蛾扑火亦在所不惜。在下坠与上升之际，"我"与陈金芳产生了说不清道不明的情愫，在相互怜悯中绽放人性的光亮。二人矛盾爆发后看清现实的悲哀，反倒让"我"找回了精神安顿，拥有了淡然处世的勇气。

这种勇气延续到《地球之眼》中，"我"的变化或者说成长是跃进式的。"我"周旋在安小男与李牧光之间，试图调停道德理想与残酷现实。像赵小提、杨麦一样，庄博益放弃体制内的安稳生活，不断折腾，既想超凡脱俗又不得不同流合污。比小米对杨麦的影响更直接的是，

---

① 石一枫：《我妹》，外文出版社，2013年版，第44页。

安小男是庄博益的精神之镜,每每可以用他照见"我"精神世界的晦暗。"每当看到什么有关于我们母校的新闻,甚或在夜阑人静无法入睡之时,安小男那张老丝瓜般的脸总会无声无息地浮现出来,不动声色地搓着我心里的某个污痕累累的部位,搓得我的灵魂都疼了。安小男如芒在背,安小男如鲠在喉。"①正是安小男的出现,让"我"由自我反思走向自我批判。亚里士多德说过,人自身不完善,所以作为人,幸福就需要外在的善。而在所有的外在善中,朋友就是最大的善。作为顽主,"我"的朋友一度是 b 哥、李无耻、马流氓这样的同类,他们与"我"处于同一精神平面,甚至更低。而在《地球之眼》中,"我"的朋友是正直的安小男。后者以坚韧的道德感助推"我"走向成熟。这成熟体现在对一种有道德的、有意义的生活的追求,让"我"在面对李牧光们的利益诱惑时,自觉坚守最后的底线。不同于此前的混迹终日,《地球之眼》中的"我"脱胎换骨,不仅结婚生子,而且有自己的职业理想,自觉承担起家庭责任和社会责任。这一点,无疑是对此前沉溺于矫情顽主生活的叙述者们的最大超越。

从沾沾自喜的顽主出发,到告别"青春后遗症",石一枫被王朔牵上路,又与其分道扬镳,返身到中外经典小说家的作品中汲取养分,最终在现实主义的土壤上生根结果。石一枫的创作转变印证着,惟有眼光向外,小说才不会越做越小;惟有眼光向下,小说才能越做越深。在点评余华的《第七天》时,石一枫敏锐地指出,对于当代作家而言,最大的问题就是如何面对中国的现实。他坦承:"过去我一直困扰于这个问题,就是如何既写自己能写的、擅长写的东西,又写身处于这个时代应该写、必须写的东西。"②近年来的中短篇创

---

① 石一枫:《地球之眼》,《小说选刊》2015 年第 7 期,第 32 页。
② 李云雷、石一枫:《"文学的总结"应是千人千面的——石一枫访谈录》,《创作与评论》,2015 年第 5 期。

作无疑都包含着他对这个问题的解答。《世间已无陈金芳》《地球之眼》等作品预示着,石一枫完全有能力开拓出一个更加广阔的小说世界。在这些小说中,石一枫将个人叙述风格与作家的社会责任统一,为我们提供了一个时代本质的生动剖面。尽管还不足够完美,却明显已不容忽视。

《心灵外史》:"信"与"思"的盘桓[①]

在这样一个文学泡沫四起,花样翻新不穷的时代,如果一位小说家怀着"穷年忧黎元,叹息肠内热"的古道热肠,反复灌输"朝闻道,夕死可矣"的高蹈思想,多半是要惹恼读者的吧?然而,作为始终身处文学现场的新锐作家兼资深编辑,石一枫竟凭着"对价值观的探讨和书写"受到圈内外的一致青睐,这不能不说是个奇迹。在接连以《世间已无陈金芳》《地球之眼》斩获鲁迅文学奖、百花文学奖、十月文学奖之后,新近推出的长篇小说《心灵外史》同样品质不俗。梳理作家的创作要目,不难发现它与另一部青春小说《我妹》的内在关联。前作聚焦的是少女小米对"终极意义"追寻不舍的天性,新作则以信仰之名探寻主人公乃至国人近半个世纪的心灵变迁史。

《心灵外史》延续了石一枫惯有的戏谑和精准。在这部作品中,作家着力塑造了"大姨妈"的形象,并让她自觉"载道",艰难前行。如明眼的读者所见,石一枫非常偏爱具有执拗性格的主人公,塑造了一众很"轴"的人物形象。此番登场的大姨妈,无疑与陈金芳(《世间已无陈金芳》)、安小男(《地球之眼》)以及颜小莉(《营救麦克黄》)等有着共通的精神渊源。与前述人物一样,大姨妈也"特别能吃苦特别能战斗"。从《我妹》"穿越"而来的"我"(杨麦),祖上是"曾经阔过"的大家族,大姨妈则是家中厨娘的女儿。她生性温良,带着逆来顺受的气质,与"我"的母亲情同姐妹。然而,突如其来的"文革"浩劫改变了一切。面

[①] 本文系与王达敏教授合作完成。

对革命小将循循善诱的启蒙,大姨妈懵懵懂懂地选择了模糊的信仰。带着革命是"为所有人好"的朴素信念,她检举了母亲私藏学术手稿的罪状。检举的初衷"正如她自己所说的是因为'相信革命'并且'为了革命'"[1]。但"革命"导致的现实后果,她却无法承受。在对母亲的内疚和忏悔中,大姨妈选择了颠沛流离的生活,不断皈依于各种盲目的信仰。从革命女同志到伪气功大师,从传销理念到基督教义,大姨妈一生都在苦苦追寻,试图找到一个可以安放灵魂的神龛。"我必须得相信什么东西才能把心填满","信了就能越过越好","信什么都无所谓了,关键是得先找个东西信了,别让心一直空着"。对"信"的执念,让大姨妈成了阴沟里仰望星空的理想主义者。即便主人公的心灵史就是一部盲信史,但在作者看来,"无信仰者绝对没有资格嘲笑、怜悯小说中'大姨妈'的精神状态,因为谁更可悲还说不定呢"[2]。

"精神的力量真是无穷的,而精神病的力量则更加无穷"。大姨妈盲目的执念所产生的巨大精神能量,深深影响了孱弱的"我"。大姨妈追寻着她变动不居的信仰,"我"追寻着大姨妈。某种意义上,《心灵外史》可以看作《我妹》的前传。因为男主人公杨麦思想上的虚无主义根源,必须在《心灵外史》中才能找到答案。作为后革命时代的产品,"我"是家庭中一个异常尴尬的存在。童年的创伤、亲情的缺失,让"我"将曾悉心照顾自己的大姨妈当作精神依赖。二人互为心理补偿。无法生育的大姨妈对"我"视如己出,为了让"我"好起来,拥有同龄人的强健身体,大姨妈不惜倾囊而出,带"我"接受"师父"的"发功"。而"我"幼稚的"亵神"行为让大姨妈心生惶恐,为乞求宽宥,她长年追随着伪气功大师。疯狂的举动让父母意识到了危险,为防御有害思想的

---

[1] 童娣:《信仰的迷途与归路——论石一枫的长篇新作〈心灵外史〉》,《扬子江评论》,2018年第3期。
[2] 石一枫:《关于一部"盲信史"》,《当代长篇小说选刊》,2017年第5期,第90页。

侵蚀,父母隔离了"我"与大姨妈。离开大姨妈,"我"的情感缺失始终存在。成年后未遇的探访,让"我"更加坚信,自己与大姨妈之间存在着神秘的精神共振。大姨妈与"我"分享信仰,"我"与大姨妈分享艰难。当无意得知她误入传销组织后,"我"远赴海角天涯,展开新一轮追寻。小说用了近四分之一的篇幅叙写"我"卧底传销组织的故事。这场充满传奇色彩的营救,比"营救麦克黄"更加惊心动魄。"我"历经生死大劫,却带不走沉陷执念的大姨妈。收容所里的畅谈,母亲对往事的补叙,终于让"我"彻底理解了大姨妈的"信"。在所有人即将和解之际,大姨妈却再次选择了新的信仰,在基督福音中了却残生,永远地离开了这个现实的世界。

梁漱溟先生说,"中国式的人生,最大特点莫过于他总是向里用力"[1]。意即一个人在自我完成的过程中,总会不断实践他看到的"理",就像老舍笔下的骆驼祥子。年轻的祥子曾对生活充满热望。拥有一辆自己的车,就是他最大的念想。然而,从买车到丢车,再从买车到卖车,三起三落之间,祥子的精神世界还是崩塌了。同样,作为凡夫俗子的"我"和大姨妈在世道人心的沉浮中,都想紧紧抓住些什么,以抵挡现实的残酷和虚妄。革命、气功、庙宇、传销、福音……这些原本风马牛不相及的能指,被石一枫以信仰之名整合、拼接,试图勾兑出希望的所指。然而,"许诺平等的'革命',许诺生育的'气功',许诺成功的'传销',在现实的试炼下先后丧失光环"[2],盲信的终点宗教,也无法提供足够的救赎力量。原因在于中国是个伦理本位的社会,自孔子以来,走的便是以道德代宗教之路。所以,舶来的基督教义、盗版的《圣经》,于大姨妈长期以来的精神困顿,根本无济于事。作为底层小民,

---

[1] 梁漱溟:《中国文化要义》,商务印书馆 2021 年版,第 205 页。
[2] 何力:《在精神史与社会史之间——读石一枫的〈心灵外史〉》,《小说评论》,2018 年第 5 期。

焉能以一己之力,改变社会转型期普遍的道德滑坡与伦理失范的局面?

《论语·述而》有云:"子不语怪力乱神。"而中国却盛产人造的神,且能屡屡颠倒众生。对于造神的荒诞不经的场面,尤其是闹剧场面的描写,正是石一枫所擅长的。"经典现实主义长篇小说都有精彩的场面描写作为支柱,但越到后来,这门文字描写的艺术似乎就越有式微的趋势"①,甚至"行将失传",评论家的杞人忧天反衬出小说家的实力不凡。在石一枫浓墨重彩的书写中,一方面,种种滑稽图景连缀成市场经济繁荣景观下的浮世绘;另一方面,种种真假信仰也完整呈现了数十年国人的心灵变迁史。世道变了,世道又变了,世道一直在变,然而,这个世界在变好吗?当社会生活主题从文化革命切换到思想解放,再从思想解放切换到经济发展,"古今中外的怪力乱神在这片土地上大开筵宴,每个敢于信口开河的江湖术士都能分一杯羹"。各种造神运动层出不穷,大姨妈这样的"盲信者"也并不少见。如前文所言,作家的人道主义精神体现在,无论对现实的关照还是对信仰的高远遥望,都没有简单粗暴地否定。相反,他无比同情造神运动中蝼蚁一样的信徒。这同情不仅表现在大姨妈身上,对于其他的信徒也是如此。在城市的边缘,一群被社会抛出正常生活轨道的赤贫者,与陈金芳一样,自认为正站在时代的风口浪尖上。虽为乌合之众,却有着统一的信念,甚至自觉担负着让世界变得更美好的责任。他们煞有介事地将对"传销事业"的认识上升到灵魂的高度,认为它"关系到情怀,愿景,还有价值观"。带着善意的理解和悲悯之心,"我"揭穿了骗局,却又肩住黑暗的闸门,主动保护局中人。无论是对李无耻这样的"小龙虾",还是对城市边缘的"虫虫"们,石一枫都没有停留在社会病理的解剖上。他们的存在恰恰表明,在浑茫的华夏大地上,芸芸众生"不问苍生

---

① 郜元宝:《小说说小》,上海文艺出版社,2019年版,第171页。

问鬼神",这背后,是未完成的现代性,以及未完成的思想启蒙。

  众所周知,石一枫私淑王朔多年,出道即以顽主式书写引人侧目。阿城认为,王朔的作品影响了一个民族的语言,他开创了一种颠覆性的语言形式。这种颠覆性在石一枫早期作品中表现得异常明显,京味的幽默与戏谑的反讽也日臻出神入化。然而学院派出身的石一枫的创作资源绝不可能单一,他毕竟受过专业的学术训练,对中国小说传统以及19世纪以降的西方小说技法毫不隔膜。可资借鉴的精神导师在施耐庵、冯梦龙、曹雪芹之外,尚有福楼拜、巴尔扎克、托尔斯泰,更不用说鲁迅、老舍、沈从文。石一枫近年一系列"社会问题小说"显示出的迹象是,现代小说家尤其是鲁迅的忧愤深广和冷峻笔调,渐成其文字底色。且不说《世间已无陈金芳》对《孔乙己》的氛围戏仿,《地球之眼》对《故乡》的对话模拟,单是《心灵外史》大姨妈外貌变化的描写,便深得《祝福》之神韵。祥林嫂与大姨妈之间关于灵魂问题的追问以及最终的命运,何尝不是念兹在兹、殊途同归?"她们留下的精神重建的难题,将持续拷问着《祝福》与《心灵外史》中的两个'我',也拷问着故事外的看客们。"①

  因此,我们有理由认为,石一枫在《心灵外史》中有关信仰或者信念的追寻,与此前系列中篇对"道德""良知"的固执垂问,接续了五四文学"为人生"的传统,并试图发展鲁迅国民劣根性批判的新时代主题。仅以此论,石一枫也是有大格局、大气象的。《心灵外史》与之前的几部长篇相比,在观照世道人心的广度与深度上,都有了质的飞跃与提升。如作家所言,这部社会问题小说再次牵涉到人的精神领域。信仰与道德、良知等终极问题一样,是我们无法回避的精神困境。作家坚称,小说是一门关于价值观的艺术,它应当且必须面对终极意义

---

① 何力:《在精神史与社会史之间——读石一枫的〈心灵外史〉》,《小说评论》,2018年第5期。

的焦虑。《心灵外史》无处不在警醒我们,要关注正义幻象中的人类心灵图景。说到底,希望这个世界好起来,希望"我"越过越好的,是大姨妈,更是作家本人。在重新理解"思"与"信"的关系时,石一枫曾深情告白,"惟有深思才能真信,心里有信才不至于空思,我愿意对当下的中国,当下的时代同时保持着思与信的精神"[①]。盘桓在"信"与"思"之间,精神重建任重道远。但大姨妈止步之处,或将再次成为石一枫的创作出发点。

---

① 石一枫:《写作新时代的新史诗》,https://www.sohu.com/a/214886126_182884。

第五辑 徽派批评

曲终人不散,江上数峰青
——解读许辉短篇小说《碑》

小说读者通常在看完一部作品后会产生不同的印象:或对生动曲折的情节流连不已,或对呼之欲出的人物形象念念不忘,或对逼真的场面描写击节赞赏。而短篇小说,因受篇幅所限(多在几千字到两万字之间),大多情节简洁,人物集中,只选取具典型意义的生活片断进行描绘,传达一定容量的思想内涵。所以,一般而言,短篇小说是好读而易解的,像世界著名短篇《项链》《套中人》《麦琪的礼物》等,会心的读者其实不难领会作者的用意,辨认出主要人物的形象特征。然而,还有一些短篇小说,让你在轻松阅读之后,并不能顷刻得出清晰的印象和明确的判断。虽然它们同样情节简单,人物寥寥,却因作者用笔谨严,寄寓深刻,一时间你无法打量出作品的内在深度。恰如一曲听罢,感言万千,却不知从何说起,只觉余音绕梁,久久不散。许辉的短篇小说《碑》正属于这种易读而难解的作品。

一

《碑》是许辉 20 世纪 90 年代的作品,也是一部颇受评论界看好的佳作:小说发表后很快被选进陈思和主编的《逼近世纪末小说选》,接着被收入北大版《二十世纪中国小说读本》,并曾入围鲁迅文学奖。

作为一部只有六千来字的短篇小说,《碑》的故事性并不强,但小说构思精巧、自然,行文方式也很独特。作者以主人公罗永才午夜梦回,忆及一年前从县城到山里洗碑的经历构建全文。小说中二条时间线索并置,将春夜凌晨作为横轴,去年春天作为纵轴,纵横交错,脉络清晰。小说以主人公在春夜里被惊醒开篇:

> 罗永才被第一声鸡叫叫醒。他知道时间还早,春天的鸡都叫得早。翻身靠起来,他看见了手腕上的表——春夜总是半昏半明的,窗外总有些微散光——才凌晨两点半钟。

接下来的段落都是回忆一年前的情状。作者使用倒叙手法安排了主人公洗碑的前后过程,事件顺序上包括洗碑的起因、寻找洗碑人、定碑、取碑、栽碑几个部分。回忆部分是小说的主体,直到最后二段又返回到春夜,以罗永才现时的心绪收拢。这样,春夜被设置成序幕和尾声,首尾相合,严谨而自然。

许辉的小说向来以沉着的叙事著称,《碑》也不例外。由始至终,小说都严格以罗永才这个第三人称叙述者为中心讲述,采用限知的内在式聚焦视角,而不越过叙述者提供任何额外信息。这种冷静、节制的叙述方式一方面较好地控制了叙述距离,另一方面无疑也增加了读者的解读难度。

《碑》的故事是从一年前的清明前夕说起的,张立光、林秀芳夫妇来看望罗永才——对二人的身份作者并未交代,从下文推测可能是罗的姐夫、姐姐——提议让他去山王村找一个叫王麻子的匠人去洗碑。为谁洗碑,缘何洗碑,作者同样没有作任何交代。我们只能得知作者即将讲述的是一个生死两茫茫的故事。依照常理,小说的行文基调应是阴郁而哀伤的,但与一般小说家不同的是,从一开始,作者就未让沉默讷言的主人公流露丝毫悲痛的情感,而始终以盎然的春意,以走在春气里的自然界包围着主人公。写景与写人并重,使整部小说的情与景(境)相悖却又紧密相融。比如,小说写罗永才第一次进山王村时春气已盛,艳阳高照。罗永才的心情不提,却写道"人在这时候,满眼望出去,都觉舒坦"。对于一个刚刚失去亲人的人来说,这样的感受无疑显得不合情理。然而,作者的用心之处却正在于此。王夫之《姜斋诗话》云:"以乐景写哀,以哀景写乐,一倍增其哀乐。"罗永才三进三王山,春意一次浓盛一次,第一日是"只觉得春阳渐暖,寒气消散,万物都在顶撞、爬升"。第二日,"春阳更暖,鸟雀啾啾"。第三回又是个好天,"响响晴"。小说的主人公始终处在暖暖的春阳下,没有一字一句正面提到他的哀痛,我们只看到一个寂然走在洗碑路上的男人。许辉就是这样以其个人化的叙事,将平凡人的生死大痛,淡然地在文字中无声地凸显了出来。

二

如上文所述,《碑》叙写了罗永才三进三王山寻访洗碑匠。正是这十余天所见的人、所闻的事、所产生的感念,让他对生命有了新的体悟。

洗碑匠人王麻子是小说中的重要人物。这一人物虽不是"千呼万唤始出来",作者亦作了不少铺垫:张立光向罗永才推荐王麻子时的简单几句话,点明了匠人在当地的名气和手艺;罗永才第一次去山王寻王麻子不遇时,路边的村民又向他透露了石匠的手艺和性情,说他手艺好,挣的是名气钱,而且"你觉得他值多少,他就值多少,上这块来洗碑的,都是讲个心情,不讲究钱多钱少的"。接着罗永才又看到了王麻子家破破烂烂的房子。显然,这些内容暗示读者的是,王麻子并不是个倚名谋利反是个轻利重情的石匠。其人到底如何呢?通过罗永才的第二次寻访,我们看到了这样一位民间匠人:

……王麻子家破院框子里,盘腿坐了一个人,五十来岁,浑身精瘦,半脸麻子坑,两个烂桃眼,头上戴一顶又破又脏的蓝布帽,帽檐都折了,上身只穿了件蓝布的单小褂,下身却捆着个灰黑的大棉裤,裤腰间绑了一盘黑布带子,相貌打扮都很是不起眼。……他洗的时候,左手是錾子,右手是锤,也不急,也不躁,也不热,也不冷,也不快,也不慢,一锤一锤,如泣如诉,叫罗永才看得呆了,立在墙外进不去,心里只是有一种感觉:春阳日暖,万象更新,雀鸟苏醒、飞翔、游戏、鸣叫、盘绕,像是一刻都止不住,人在此时此刻能想些什么,该想些什么,各人都是不一样的,各人也都是只按着自个的路子走的,惟有这破院里的这一个麻脸匠人,像是不知,也像是不觉,木呆呆地坐在亘古的石头旁边,一锤一錾,洗了几十年,也还是不急不躁,不去赶那些过场,真叫人觉得不容易!

这是一段相当传神的文字,人物的品貌、性情、神韵跃然纸上。"于无声处听惊雷",这个其貌不扬、专注洗碑的民间石匠瞬间击中了罗永才,以他不急不躁、不热不冷、不快不慢、淡定自若的神态感染了主人公,"叫罗永才看得呆了,立在墙外进不去"。的确,洗碑是个需要静下心、耐得住寂寞才能做下来进而做出名气的手艺活,麻脸匠人洗了几十年的碑,手艺精熟了,名气也响了,却难得还是不急不躁,不去赶那些名利虚浮的场,依然"木呆呆"地执守着单纯不变的生活,世事变迁,浑然不觉。透过匠人素朴而自然的生活方式,主人公感悟到了一种淡定而博大的生命操守。

小说写到这里,我们才得知主人公是为其妻女洗碑,死者长已矣,二人为何离世,不得而知。洗碑人与石匠简单交谈后,定下了碑。且看匠人接了押钱后的动作,"也不装起来,也不掖起来,只往地上一放,随手拾块碎石压住",而接过罗永才写下的碑字纸条时,"匠人接了,也一字一顿看了一遍,然后折叠成一个小块,装进兜里"。一系列细腻的动作描写，让麻脸石匠的形象立体地鲜活了起来。

那么，为何王麻子的洗碑态度如此地让罗永才感触良多？虽然作者未作任何说明，我们依然可以细加揣测主人公内心的隐痛。通过一次次的侧面描写——林秀芳的眼泪、罗永才一笔一画写下的碑字、村口中年汉子让他上山望奶奶庙的建议……我们不难想象，主人公一直以来的心情无疑是异常沉重的，不然他不会"不放心地"第三次进山找王麻子。

每一块碑对于洗碑人的意义，石匠自然最清楚不过。这个洗了几十年碑的匠人，眼底阅过多少回生生死死、喜喜悲悲？岁去年来，你无从得知他曾洗出过多少块字碑，又曾洗去了多少人心中的悲。他就那样不惊不乍、静默地端坐着。而在他一锤一錾的打石声中，罗永才终于回归乡土，作了一次精神返乡：在恍惚中想起了曾与一个人回乡为母亲上坟的事，想起坟头下那缕活泛的烟，那缕代表心间活气的烟，"要年年日日不灭、不干、不尽"。——碑，既已洗出了个大概，罗永才心内的悲伤也洗出了个大概。因此他才能在去奶奶庙的山坡上，发现枯草已冒新芽时，感觉到"生命的趣味浓厚，又鲜活不尽"。可以想见，他的心一定也与枯草一般在渐渐恢复生机吧。之后与挑柴下山的耄耋老者随心的一席交谈，更让罗永才感受到了山民坚韧的生命力与健康纯朴的生活态度，让他的心绪一点点地平静下来。

小说中，奶奶庙是个承载着山民的祈愿与哀痛的神址，虽然早已坍塌，依然断断续续地有人来敬香许愿。这里曾来过无数与罗永才命运相似的失意人，他们留下的字条、点残的香火，让罗永才未曾言明的沉痛和孤寂再次得以排遣，所以在下山时，他感觉到身上轻松多了，因为"人到底是人，怎么也离不开有人的地方"。这种感念似乎表明，主人公已自觉从悲痛中走出，坦然直面现实的人生。

三上三王山之后，作者的叙述节奏明显加快，从取碑到栽碑只用了几十个字便完成了，整个故事也悄然而止。无形的悲已刻成有字的碑,至于生死的轻与重、命运的变与常、生命的坚忍与无奈,主人公都有了新的理解。再隔了一年的时间往回看时,罗永才的心绪在扰动之后终于彻底归复平静:

> 春夜就是春夜,春夜总会起一些小骚动、小摩擦、小动乱的。罗永才在院里站了一会儿,看着天上的星星。天气真好,很晴朗,空气却很有凉意。罗永才在院里站了一会儿,看见星星变成一些裙子飞走了,他才转过身,慢慢回到屋里去。

三

《碑》初看起来与小说中的山民一样,平淡而质朴,实际上却包蕴深刻,与匠人所洗的碑一般,无限厚重。这篇小说有着很好的审美价值,看似随心处,都有作者的苦心经营,无论人物的设置、氛围的营造还是语言的运用均达到了相当高的水准。回过头来看作者对山王村的地域描写:

> 山王在青谷镇东北的山脚下边,再往右手走,走不到三十里地,就是高滩。罗永才早上出门,先坐车到青谷镇——这也就二十来华里——再搭小三轮,走四五里地就到山王了。但真正的山王那个村,是在山脚下边,离了公路,还得步行一两里地,才得到。

这样的文字不禁让人想起沈从文的《边城》,以及汪曾祺的《受戒》。事实上,在许辉的这篇小说里,无论人物、意境、语言皆似与沈、汪一脉。小说中,山王村的山民朴实、真诚、重情、守信,无论是村边的中年汉子、王麻子、挑担老者、送碑人,或是那没出场的失意人俱是如此,仿佛与生活在边城的摆渡人和馒头庵的小英子一家出自一处。在麻脸匠人和挑担老者等人身上,同样寄寓着作家的审美理想和对生命形态的思考:他们都忠实于自己的生活,自觉分摊了生活予以自己的那一份哀与乐,坚韧而淡定,一如进山处的那些树木:

> 山路两边的一些大树,都叫不出名字来,但那些树恐怕是适合在山土里生,山地里长的,都拔地而起,枝干粗壮,有一种强悍奔放的气势,各个踞守一方。

另外,贯穿小说始终的融融春意,也与汪曾祺所强调的氛围有着异曲同工之妙。洗碑的故事其实很简单,没有任何曲折离奇。小说精彩之处在于将春意的温暖与人性的健康谐和起来,景与人始终毫不分离。作者仿佛在用文字作画,景物随意点染,东一笔西一笔,松树、乱石、枯草、春阳,似信手拈来,却笔笔不落空。景与境与人恰到好处的结合,使小说读来韵味无穷,并有效升华了作品的思想。

同样值得称道的是这篇小说的语言,严密流畅,简默徐缓。许辉的文字极富张力,波澜不惊的字句底下蕴藏着浓烈的情感。叙述部分文白间杂,省俭有力;对话部分使用的全都是地道的皖北口语,含有丰富的潜台词。小说叙写的无非是世间凡俗的人生境况,字里行间却又透着一股远离人间烟火的冷清气息。作者用笔雅致老道,首尾处写春夜里的小动静,笔调近似散文诗,中间部分倒叙一年前的洗碑经历,恰如一幅人情风物图。整部小说情、景、人、境俱佳却又皆不动声色,给人留下无限广阔的回味空间。

论《新安家族》的雅与俗

　　作为第一部全景式再现徽商族群艰难奋斗史、传奇创业史的史诗性作品,《新安家族》自问世以来,受到多方关注。在如潮的好评声中,集中引发了国人对徽商以及徽文化的关注。如果将《新安家族》视作系列文艺作品,那么,它分别有剧本、电视剧、长篇小说等数种文艺形式。从剧本到小说,整个创作过程历时五六年之久,虽在情节上有不同程度的出入,但以传统笔法塑造具有现代商业意识的徽商精英,传达主流价值观念的创作精神始终如一。围绕电视剧展开的文艺研讨已为数不少,且收获颇丰,但相关文本研究还有待深入。在此,本文拟对这部百万言长篇"影视同期书"俗雅交织、雅俗共赏的艺术特质进行初步探讨。

一

　　如果说电视剧《新安家族》收视长虹是集体智慧共同努力获得的成功,那么长篇小说《新安家族》对作家来说,无疑是一场漫长而孤独的马拉松。毋庸讳言,在文化工业兴盛的时代背景下,影像技术制造的令人叹为观止的真实感,足以动摇人们阅读纸本小说的耐心。许多时候,文学必须搭乘影视的马车才能产生足够的社会轰动效应,某种意义上,小说《新安家族》亦可作如是观。然而,如果它仅仅只是一部附属于电视剧的影视小说,也就失去了研究的必要。小说虽难以摆脱剧本的影响,却依然具有独立的品格和鲜明的特色。之所以能够在剧作之外赢得广大读者的青睐,恰恰源于其以俗为表,以雅为里,雅俗互融、摇曳多姿的艺术风貌。

毫无疑问,这是一部"主题先行"的小说。与当年山西作家朱秀海凭借《乔家大院》弘扬晋商的商业精神和文化内涵相似,皖籍作家季宇也试图以《新安家庭》为徽商立传,有效扩大对徽商以及徽文化的宣传。相比晋商,尽管徽商留在历史上的符号和印记更加清晰和浓重(明清之际,徽商曾独步天下,称雄商界三百余年),然而真正了解徽商的人并不多。因此,作家立志通过《新安家族》淋漓尽致地抒写徽商的前世今生。小说以古徽州汪、许、鲍三大家族的恩怨情仇为线索,以硝烟弥漫、高潮迭起的商战为核心,成功演绎了清末民初几代新安商人对内求发展,对外争商权的艰苦卓绝的奋斗历程。透过徽商坎坷而辉煌的悲壮人生,既展示了古老徽州经商济世文化的深厚底蕴和独特魅力,弘扬了徽商亦贾亦儒、诚信天下的高尚品格,又让读者在主旋律式的叙述中,对中华民族主流价值观产生坚定的信念。《新安家族》中处处渗透着正确的价值观、历史观、艺术观,作品的主基调无比雅正,字里行间也自然散发着徽风皖韵的清雅气息。

徽商作为儒商的杰出代表,其思想脱胎于儒家传统道德。儒家以"仁"作为个体人格修养的最高准则,"仁"乃人之本,"不仁者,不可以久处约,不可以长处乐。仁者安仁,知者利仁",提倡用仁德来约束自我,以达到修身、齐家、治国、平天下的大目标。以程天送为代表的徽商,勤劳、智慧、勇敢、坚毅,为了"鸿泰庄"的发展自强不息,锐意进取,百折不挠,敢为天下先,这些优秀品质和积极作为都较好地统一在了"仁"德这根主线上,非如此,主人公的艺术形象不能达到足够的高度。尤其难能可贵的是,儒家思想不仅是程天送的为人之道,亦是其经商之道。在他身上,"人之道"与"商之道"合而为一。如同《光明日报》文艺评论主编李春利指出的那样,商道的精彩源于人道所崇尚的正义与低劣的人性较量时迸发的光芒。当你看到程天送被小人陷害身处险境,依然坚持仁义精神,力挽狂澜于既倒,重新赢得汪家的尊重和信任时,你会由衷为他赞叹;当你看到程天送不计前嫌,在"恒祥庄票案"庭辩中据理力争,团结武汉整个钱业罢市,为处处刁难他的钱业公会会长谢秉魁讨公道时,你会对他肃然起敬。"人之道"与"商之道"相互作用,使儒商程天送认识到"万物并育而不相害,道并行而不相悖"。这种同舟共济、和谐共生的理念拓宽了主人公的精神疆域,让他逐渐由关注家族的生存发展上升到关注民族的前途命运,并自觉将家族的命运与民族的命运紧紧联系在一起。同样,也正是这种仁者的大胸怀,让徽商的形象真正立了起来。

  小说突出了一个古老而正统的主题:善恶终有报,邪不能胜正。为演绎好这个主题,在主要人物设置上,作家基本采用了二元对立的阵营划分模式:汪仁福、汪仁康、郑怀如、程天送、余松年等,都是人格高尚、品行端正的正面形象;许善夔、许晴川、猫眼、董小辫、大金牙等,属于老奸巨滑、作恶多端的反面形象;汪文南、何元根、何贵全是心术不正、拨乱生事的小人形象;至于英商桑普森、日商小西荣久等人则直接是侵略者的化身。然而这种二元划分,并未损害人物性格内涵的丰富性,因为作家细腻的心理描写足以夯实人性的地基。有论者认为,新安家族之间的恩怨情仇,与其说是商业冲突、利益争夺,不如说是人性冲突、道德争锋。"先义而后利者荣,先利而后义者辱",对"义""利"的不同取舍,不可避免地带来人性的激烈碰撞。小说鲜明传达出这样的观点:仁者无敌,善恶斗法中,邪不压正。所以,即便是在与洋商的几次重大交锋中,正义的新安商人也能占尽先机,步步为赢。当然,小说不能脱离半殖民地半封建社会的历史背景,在民族危亡的关头,为了不让侵略者的阴谋得逞,程天送与汪家一起殊死抗争,不惜毁家纾难、从容赴死,演绎出一曲殒身报国的慷慨悲歌。至此,单纯的善恶对决升华出浓郁的爱国主义激情,儒家杀身成仁、舍生取义的道德理想主义生命价值观也得到了完美体现。

《新安家族》的时间跨度较大,从晚清的洋务运动直到抗战爆发前夕。诚如作者所言,这种框架结构设计既便于展现近现代中国政治、经济波澜壮阔、风云变幻的时代大背景,又有利于塑造人物,使人物的命运得到更好的表现,并通过跌宕起伏的情节和辉煌悲壮的历史进程来展示一代中国人的民族精神。小说鲜明的历史感体现在洋务运动中,富于责任感的民族资本家为发展实业披荆斩棘的勇气;体现在华商与洋商争夺公平商权的博弈中,半殖民地半封建社会固有的种种掣肘;体现在中华民族反抗外来战争侵略之际,新安家族同仇敌忾的凛然大义……扎实的史料储备,真实的历史造境,让《新安家族》具有了同样雅正的历史观。历史发展的洪流是不可阻挡的,而推动历史前进的真正动力则是以汪仁康、程天送为代表的民族脊梁。

二

　　真正优秀的小说,能够做到将较大的思想深度和意识到的历史内容,与莎士比亚剧作情节的生动性和丰富性完美融合。长篇小说《新安家族》大体实现了这个要求。不可否认,这是一部很"抓人"的好看小说:汪、鲍、许三大家族恩怨情仇轮番上演、华商洋商民族纷争不断,人物关系盘根错节,矛盾冲突此起彼伏,情节环环相扣,曲折跌宕,悬念丛生,让人欲罢不能。在唤起读者阅读兴趣、引发读者共鸣的诸多因素中,类似传奇小说的通俗写作路数占据了重要原因。读《新安家族》让人不时产生错觉,仿佛当代小说不曾受到过西方所谓现代、后现代各种主义的冲击,没有意识流,没有虚无,没有颠覆,这部一百多万字的小说写得踏实又好读。

　　《新安家族》从鲍家落难开始写起,引出鲍、汪、许三家复杂而胶着的俗世纠葛。在惊心动魄的家族斗争中,主人公程天送徐徐出场。他是鲍家二少爷鲍清源与汪家二奶奶沈碧云的私生子,一出生便为汪家所不容。幸得义仆小翠拼死相护，才草草保全性命。襁褓中他被教书先生程德水收养，不料又少年遇难被卖到南洋，死里逃生被鲍清源搭救，后巧进"鸿泰庄"做学徒，刻苦练就钱庄绝技，年纪轻轻就主掌屯溪庄，开辟武汉钱庄分号，带领鸿泰打入洋茶行，终成徽商集大成者……这一系列的传奇经历简直令人目不暇接。若细细咂摸，你会发现，程天送与金庸小说中的某些主人公，比如张无忌，有着惊人的相似性：他们都有着不同寻常的身世和大起大落的命运；每经历一次磨难，便有一次奇遇，随之而来又是一次新的成就。而且，危难之际，总有贵人或高人相助，帮助他们完成正义的目标。即便陷入绝境，也能凭借高超的武艺（技艺）或高洁的人格化险为夷，转危为安……英雄情结，侠义精神，是中国小说尤其是通俗小说延续千年的不变主题，作家以英雄传奇式的通俗笔法塑造主要人物，在暗合了传统阅读心理预期的同时，也易于展开和丰富故事内容，不断给读者带来新奇的阅读快感。

《新安家族》充满了"奇"和"巧"。不止程天送，其他一些人物身上也富于浓郁的传奇色彩。比如程天送的精神导师胡东阳，他医技高超，学识渊博，才智过人，属于孔明式的智囊人物，多次在关键时刻为天送出谋划策，帮其渡过难关。正是他教会了后者凡事皆有道，经商有术，无道不立，道乃根本，道术合璧，方能通天达地。还有程天送的生母沈碧云，时代造就了她悲剧又传奇的命运。她年轻时与鲍清源相恋，却在鲍家祸从天降时被迫嫁入汪家。私生子事件差点让她被送进祠堂，儿子下落不明后她遁入空门，本想伴着青灯古佛聊度终生，但命运却并未宽宥她。鲍清源的出现，打破了原有的宁静，她再次成为许、汪两家争夺的关键对象。在暴力面前，她原本已从容赴死，不曾想当鲍清源在复仇的歧路上越陷越深时，竟又出人意料地死而复生，现身拯救天送与汪家。俗话说，无巧不成书，《新安家族》就是在一系列惊心动魄的巧合中再现了徽商的俗世传奇。

在处理感情这条线索时，作家使用的依然是通俗的多角恋套路：

罗丝与程天送、程天送与汪文静、汪文静与余松年、余松年与汪文雅,甚至许晴川、董小辫与小婵娟之间,都有着剪不断理还乱的情感关联。虽然这些痴男怨女的爱恨情仇,不过是故事的表象和外壳,但这些"象"与"壳"对小说的可读性却功不可没。再以程天送为例,无论在事业上,还是感情上,他都是小说的焦点和中心,身边自然不乏追随者和爱慕者,汪文静、程天叶、罗丝都对他一往情深。他与汪文静的相识,是典型的"佳人遇难,公子搭救";与天叶,是养母之命,恩师之允,基本属于封建包办;与罗丝,则是落花有意,流水无心。然而,在错综复杂的情感纷争面前,程天送的选择似乎并没有太大的独立性。与事业上的不断追求、不断抗争不同,在感情上他仿佛更趋于"无为"。虽深爱汪文静,却因顾念仁义道德,君子操守,屡屡选择逃避,甚至为了遵从养母的遗愿,差点牺牲与文静来之不易的感情。矛盾的最终解决均来自外部的戏剧性变化:汪文雅打动了余松年,余松年放弃了与之有婚约的汪文静;天叶为了阻止罗丝的过激行为中弹而亡,罗丝愧走异国……如此这般,才有了程天送与汪文静的终成眷属。需要指出的是,这些大费周折的情节安排或许正由于儒家正统道德观念对主人公浸淫过深,以至成为他感情上的沉重枷锁,所以作者才不惜笔墨,重重设计,帮他实现仿佛命定的姻缘。

然而,《新安家族》并未留下大团圆式的结局。小说的尾声,程天送在上海工商会成立大会上慷慨陈词,激发商界同仁团结一心,释放爱国热忱,之后便在归途中惨遭特务暗杀。这段情节的设计体现了作家严谨的史学态度和鲜明的悲剧意识,与电视剧中"英雄不死"的结尾相比,小说中程天送之死更符合人物自身发展的逻辑,也更符合艺术真实,凸显出了强烈的悲剧精神。主人公弥留之际的心理活动,让人联想起《红高粱》中"我奶奶"高洁的死,一样的感天动地,又诗意无限。

写到这里,笔者才发现,《新安家族》要传达的明明是严肃而崇高的思想内容,外表却朴实亲切、生动可感。这清楚地显示,《新安家族》

在艺术上的成功,首先是让小说回到了故事。它要讲好一个关于徽州商人的故事,让徽商和徽文化通俗浅近地面对大众读者,进而产生现实关照意义。与电视剧一样,小说也着力突出家族、商战、励志三重看点,通过书写一代徽商艰苦创业喋血前行的奋斗历程和传奇史诗,高扬起中华传统商业文明的高迈商业智慧和儒家思想高尚的道德情怀。以程天送为代表的徽商精英以家族为起点,又超出家族的局限,以家报国,以商报国,致力于振兴民族工商业,并将个人命运沉浮和民族命运紧密相连,谱就了传奇不凡的生命华章。整部小说内在主题的雅正与叙事手法的通俗较好地结合在一起,俗为其表,雅为其里,深入浅出,张弛有度,在雅与俗的交汇融合中形象传达出了徽商和徽文化的深刻内涵。

淮军兴衰启示录
——读季宇纪实小说《淮军四十年》[①]

作为第一部全面表现淮军的纪实作品,《淮军四十年》以"中兴名臣"李鸿章及其麾下淮军的兴衰、浮沉为主线,重溯了淮军神话缔造与破灭的全过程,并自然勾勒出中国近代史概貌。在宽阔的历史视野和敏锐的历史眼光统摄下,《淮军四十年》的质地无疑是瓷实而考究的。季宇先生从汗牛充栋的历史文献与学术专著中打捞出淮军的相关信息,将盘根错节的历史事件艺术地分解与聚合,再一一回放到风云诡谲的历史现场。作品以庞大的历史信息和鲜活生动的人物形象启示读者:无论是近代历史,还是淮军的历史,其实我们都还知之甚少。

诚如梁启超所言:"四十年来,中国大事,几无一不与李鸿章有关系。"从1862年到1901年,李鸿章与淮军先后经历了从镇压太平军到清剿捻军、从洋务运动到中法战争、从甲午海战到庚子事变等一系列重大事件,中国也从一个独立的主权国家逐步沦为半殖民地半封建社会。历史的复杂际遇成就了"权倾一时,谤满天下"的李鸿章,由其仓促组建的淮军,在拯救大清的保卫战中,镇压内乱,抵御外侮,力挽狂澜于既倒,一步步走向历史舞台的中央。然而,在"数千年未有之变局"中,面对"数千年未有之强敌",曾无往而不利的淮军最终进退维谷,溃不成军。李氏的政治生涯与淮军紧密相关,其仕途亨通源于淮

[①] 本文系与姚月萍合作完成。

军的日渐强大,落魄官场同样因为淮军的一败涂地。淮军是李氏的政治资本,同时也是国力强弱的晴雨表。在淮军的崛起中,我们不难想象它所承载的期望与荣耀,以及一个民族求强求富的夙愿;而在淮军的衰亡中,亦不难体味近代中国的苦难与屈辱,以及近代化历程的苦涩与沉重。

  与余英时先生治史的态度相似,季宇对历史和历史人物同样能做到"同情地了解"。对某些历史细节的把握,严谨到近乎苛刻。尤其难能可贵的是,他能够跳脱出普遍的思维定式,穿透层峦叠嶂的表象,探寻历史的客观面目。如对李秀成末路决策的分析,就摆脱了"成王败寇"的俗见;从"天津教案"对李鸿章政治命运的影响,看到历史的偶然性同样不容忽视;而对《中法天津条约》签订的利弊权衡,则向盲目的民族义愤敲了一记警钟。同样,对李鸿章以及淮军的发迹史,不溢美,不掩恶,而是以翔实可靠的史料说话,努力避免将历史人物脸谱化。季宇塑造的李鸿章,既有治平之志,又热衷名利;既知人善任,又腹黑奸诈;既能得风气之先,又深谙妥协周旋之道。李氏一生,半为军事,半为外交。前期组建淮军、血溅姑苏、曾李瓜代,意气风发。后期虽老于官场,善于斡旋,终究还是与曾国藩殊途同归,因《辛丑条约》的签订而落下"卖国贼"的骂名。由爱国、报国到卖国,作家成功地还原了一个复杂多元的政治家的形象。至于淮军诸将,在齐备的人物档案之外,多通过其政治军事作为,辅以趣闻轶事烘托主要性格。诸如"淮军第一悍将"程学启、台湾首任巡抚刘铭传、"清朝赵子龙"郭松林、"鬼奴"丁日昌,以及刘秉章、潘鼎新、吴长庆、丁汝昌、聂士成等,重点刻画的十数名淮军将领,无不个性鲜明。他们或在战场浴血奋战,或在政坛运筹帷幄,谱写了一曲曲动人的爱国篇章。至于他们未尽的理想,不仅是个人的遗憾,更是时代的悲哀。

  为全方位地展现历史,季宇将同一时间不同空间发生的事件和同一空间不同时间发生的事件连缀起来,尽可能传达多种声音和信息。

在此过程中,作者多次现身,或直接讲述亲历历史现场的感受,或间接表达自己的历史观点、现实态度。试看,"历史进程中常常会出现一些意外,这些意外不仅使枯燥的历史变得富有戏剧性,而且也常常导致历史的脚步发生意想不到的改变"。"千万别小看了这些聒噪,这里同样是战场,虽然没有刀光剑影,但却险象环生,暗藏杀机,稍有不慎,便会落入陷阱,葬送前程,甚至被置于死地,身败名裂。"这样文学性的语言,不仅让《淮军四十年》气韵灵动,更透露出作者的坦诚、宽厚与睿智。至于文学修辞,作品则大量运用了对比手法。首先是主要人物对比。曾国藩与李鸿章都是晚清历史上举足轻重的人物,虽为师生,然为人为官之道迥异。曾氏恪守儒家要义,属传统保守派,李氏则重实用原则,代表现代过渡派。二者的人格差异深刻影响了湘军与淮军。其次是军事力量代际对比。八旗、绿营军腐化堕落,卫道救世的湘军取而代之。淮军出于湘军,通过"尽改旧制"而超越湘军,完成了中国军事的现代化转型。后期淮军又重走八旗与绿营军的旧路,陷入可悲的历史循环。再次是中日改革对比。清政府三十余年的自强新政,仅止于器物层面,思想上仍抱残守缺,体制上陈腐不堪。反观日本的明治维新,全方位的改革使其迅速崛起。日本当局励精图治,中国当权者却贪图享受,两国对海防建设的殊异态度,从一开始便决定了胜败归属。此外,还有朝中帝后两党、主战派与主和派的势力对比,等等。通过诸多对比分析,我们清楚地看到,个人的前途命运与国家和民族的前途命运紧密相连,寄生在世界历史舞台上行将谢幕的腐朽王朝里,纵有王佐之才,也无法避免悲剧的命运。而淮军神话的破灭,同样无可幸免。

"以史为鉴,可以知兴替;以人为鉴,可以明得失。"回溯淮军从中兴到末路的历程,我们知道,如果没有制度与思想层面的革故鼎新,装备再强大的队伍也会被腐化堕落的毒瘤侵蚀殆尽。淮军治军与海防战略得失,对今日中国仍具有一定的启示意义。而李鸿章的治军思想与外交策略,不仅对现代政治家(小说中不止一处提到毛泽东从李氏的政治经验中汲取智慧),对当代政治家同样有所教益。外谋和平,内求发展,依然是最切合中国实际的发展道路。弱国无外交,全方位改革才能强国富民。温故淮军四十年兴衰史,或许我们更能够深刻理解,为什么说实现民族复兴,"是中华民族近代以来最伟大的梦想"。

叙述的智慧
——评刘鹏艳小说《合欢》①

读完刘鹏艳的《合欢》,突生何欢之有的感叹!这部容量介乎中篇与短篇之间的小说,延续着作者机智灵动而又细腻精准的文风。它以戏谑的口吻导入,一路插科打诨,随意撒豆成兵,自成蔚然气象。文字行云流水,故事却非一马平川,冷不防就把你推入荒凉旷寞之境。"我"与罗家平的伟大友谊是多么诱人的幌子,刚刚唤起读者对少年往事的共鸣,精于叙事的作者就迫不及待地狠下杀手,向你展示无可逃遁的童年创伤与庸常鄙俗的成人世界。叙述的酣畅,表达的快意,最终聚拢在彻骨的疼与痛之中。《合欢》人物层次设置异常清晰,整部小说的聚光灯都打在罗家平与"我"以及"我们"身上,其他人或事几近于符号或道具。作者关心的是,凡尘浮世中两个小女子瘦弱绝望的爱与痛。合欢花烘托出的悲怆感,肆意弥漫在九分之五的篇幅里。你不用丈量,即能感知她们的心理阴影面积。

或许,明智的论者更应该从文本鲜明而密集的意象"合欢"落笔。的确,20世纪以来的现代小说象征品格尤其突出。西方的"城堡""鼠疫""军规",本土的"月牙儿""围城""白鹿原",不胜枚举。但我们真能像写答卷一样,把它们一一从文本中剥离出来,罗列其涵义么?我们真能解释在鲁迅的笔下,天空影射着什么,一棵枣树与另一棵枣树分别指示着什么,可怜的小粉花又代表什么吗?仿佛不能吧。一切理解

---

① 本文系与王达敏教授合作完成。

都是生产性的,都需要特定的语境。施莱尔马赫甚至怂恿我们,阐释学的任务就是,首先得理解得跟作者一样,然后理解得甚至比作者更好——这话估计得让不少学院派评论家如坐针毡。幸而伽达默尔吸收前辈精华,提供了"视野之融合"的折中手段,对理想读者循循善诱:当我们假定的"视域"与作品置身于其中的"视域"相融合时,理解这一事件就发生了。视野的交融,得以让作品、作家、读者共同在大千世界的背景之下,进行对话与交流,从而建构起新的话语。然而,高山流水子期伯牙毕竟是典故,心有灵犀还得一点才能通。再怎么说,作为阐释产物的话语,多少都有虚妄的成分在里头。因此,放弃索隐、求证与侧击旁敲,以普通读者的身份贴近作品,与作者一起体察人性的幽微,探讨生活的况味,反倒不失平和理性。

《合欢》的故事并不复杂,两个女孩子,从中学到中年,相知相惜相伴,成为彼此的"心坎"。这伟大的友谊超越普通友情,但又不致走向"拉拉"式的情爱。乍读下来,颇有几分《七月与安生》或《二三事》的意思。可安妮宝贝笔下的人物向往的是盛大而缥缈的繁华,哪里容得下凡俗庸常的人间烟火。早在十年前,王安忆在谈及小说的当下处境时,就曾警告过当代作家,如果不能合理解释小说中人物的生计问题,那么,作家笔下所有的精神追求,"无论是落后的也好,现代的也好,都不能说服我,我无法相信你告诉我的"。在这一点上,刘鹏艳处理得令人信服。无论是职场白骨精孟小菲(《桃花债》),还是怀揣神符的刘某人(《辰州符》),以及本文中行走天下的罗家平,都得自谋营生,都能接得着地气。他们的困惑与挣扎,有因袭的重担,但更多的是时代的负荷。作家注视和思索着生活的多棱镜,努力捕捉不同的画面与情愫,随物赋形,点铁成金。不得不承认,在刘鹏艳的笔下,平凡世界的酸甜苦辣、悲欢离合都有一种打动人心的魅力。她的小说中,自始至终都有一个清醒、冷静的叙述者,精准地控制着叙事节奏。品味《合欢》,你能再次感受《日月长》式的冷眼热肠。而在将父女之爱与纠葛写到极致之后,闺蜜之情又试图带给读者怎样的震撼?

小说主人公罗家平,相貌平平,成绩平平,处在妖精似的姐姐和宝贝般的弟弟的夹缝中,自顾自地野蛮生长。这样一棵无人知道的小草,与各方面都优异 N 倍的"我"居然擦出了火花。为了让她完成对"我"的启蒙,生活早早启蒙了她。她抽烟喝酒,身携利器,勇闯天涯,又老于世故,敢于担当,每每一出言便能勘破世情真相。"我"不敢做的事,做不了的事,都由她包圆了。一句话,"我"是 A 面,负责光鲜生活,她是 B 面,负责粗粝灵魂。"我"与罗家平终究是一而二,二而一的。只有她们合体,才能完整地建构起这部小说的整个世界。这样理解,似乎就不难明白,为何作家的落点不稳,在罗家平与"我"之间频频位移了。她们本就是一体两面,是彼此的镜像,彼此的守望。丑与美,恶与善,粗俗与崇高,交织在生活表面与人性深处。就像合欢,它既是让"我"痒到撕心裂肺的"坎拐棒子花",又是凄婉爱情传说中的"粉扇"。西谚亦有云,你的美食,即是他人的毒药。

"我"与罗家平没有中毒,却都病了。A 面与 B 面轮番上演着生活的悲喜剧。爱情、家庭,传统意义上,女性深以为意的福祉都未眷顾她们,两人惟有在相互罗织的理想里抱团取暖。罗家平的爱情经历与她的咒语一样惊心动魄,她的先知能力与毛姆笔下的思特里克兰德的绘画天赋那样,带着不证自明的意味。"我"呢,仿佛应有尽有,一切在正轨上,却也情路艰辛。婚姻上兜兜转转,不管是家资匹配的,还是一碰倾心的,终究意难平。说来说去,唯一靠得住的,只有罗家平经年累月的情谊和不求回报的陪伴。尽管或许对弗洛伊德或波伏娃那些神奇理论烂熟于心,但作者似乎真的无意对抗菲勒斯中心。两个女人之间的肝胆相照、情比金坚,足以轻松解构俗世的男权神话。小说的高潮部分——最后的晚餐,用足了小资的佐料,不然哪有"醉笑陪君三万场,不诉离伤"的氛围,让她们好好地致青春？然而，可供她们回味的青春又有多少欢乐可言？残酷青春才是当代文艺青眼有加的不衰主题。余华、毕飞宇不论，张悦然、笛安也不说，单是李樯编剧的《孔雀》《致我们终将逝去的青春》《黄金时代》就有上佳表现。《合欢》不满足，它要为残酷青春加码，合亦不欢，谁都不愿与生活和解。女主人告别世界的时候，怕也带不走浅浅一吻。茫茫大地，只余满眼合欢。

值得称道的是作家的语言。最初的戏谑、自嘲终于没绷到最后，现实世界永远都按照它的坚固法则行事，戏谑与嘲讽并不能撼动一分一毫，横冲直撞只能换来遍体鳞伤。小说没有明写罗家平的创痛，可透过"我"，不难揣测命运对她的恶意。然而，叙述者毕竟是良善的，写到后半部分，笔触变得深邃而温情。"我等不到了"云云，几乎是《山楂树之恋》的腔调了。别急，落幕时分，合欢的意象适时出现，警示记忆的不可靠。这神来之笔，既阻碍了小说从温情走向滥情，又给了小说一个开放式的开头。大多数作品都把结尾弄成开放式，作者偏偏反其道而行之。这种出其不意，得有多少灵气才能妙手偶得？

王蒙先生感叹，女性似乎与文学有天生的缘分。她们的感情、触角更细腻更敏锐，人情味相对也更浓。凡此种种，是优势，亦是局限。多数女作家的小说格局不够开阔，选材相对集中，文势变化较少，老让人物尤其是女性人物一步步走向没有光的所在。具体到《合欢》，亦非白璧无瑕。意象明则明矣，未必能让读者瞬间了然。人物被叙述者控制得过于精准，性格便不能按自身逻辑发展。个别情节线索设置得稍嫌突兀，过渡不够自然。这般言辞，是苛责，也是期望。因为就作者的"阅"与"历"而言，她完全能够更好地处理"文"与"质"、"虚"与"实"的关系。《合欢》不缺才情、不缺机锋、不缺技巧，明显带着上升期作家的自信与焦虑，这也是文字的AB面吧。冷嘲的另一面必定包含焦灼的追寻，残酷的背后有对真情的呼唤、对温暖的眷恋。这些,《合欢》里的主人公不是不渴望,但为什么非要以否定之否定的方式呈现呢?尽管当代女作家,从张洁、徐小斌、方方到陈坤、林白、陈染,都有过类似阴郁的调子,但从来如此,便经得住推敲吗?同样是老先生所说,作家就是作家,用不着特意强调那个"女"字。或许放松笔触,调整好调门,加大社会容量与思想容量,在广阔天地里更容易大有作为呢!

代后记

寒冬夜行人

你即将开始阅读的,当然不是卡尔维诺那部关于小说的小说。坦白讲,《寒冬夜行人》给人的体验并不美妙。与博尔赫斯一样,他们的文字都是写给智力过剩的人看的。阅读之初,卡尔维诺便明确要求,读者首先必须化身夜行人。在后现代作家那里,故事早已流离失所,情节也不知所踪。不可靠叙述让文本成了断线的风筝,以至于放弃阅读成为及时止损的唯一方式。幸亏还有《分成两半的子爵》,收集过无数意大利童话的作家当然熟悉"从前……"的开篇。只要他愿意,立马就可以写下稳定的句式。比如,作家这样打量刚成年的主人公:"这种年岁的人还不懂得区别善恶是非,一切感情全都处于模糊的冲动状态;这种年岁的人热爱生活,对于每一次新的经验,哪怕是残酷的死亡经验,也急不可耐。"

毋庸置疑,新时期的沈从文一定会同意这样的判断。在与凌宇的对话中,老人坦承,选择做"北漂"之前的"乡下人",也曾自忖:"好坏我总有一天得死去,多见几个新鲜日头,多过几个新鲜的桥……比较在这儿(注:湖南保靖)病死或无意中为流弹打死,似乎应当有意思些。"彼时,新文化运动的大幕已然落下,北京的冬夜彻骨的寒。初来乍到的年轻人,生计无着。苦捱一年后,银闸胡同公寓"窄而霉小斋"里,裹着棉被写作的沈从文濒临绝境。求助信是有用的,一个大雪天,郁达夫只身来访。造访者推门而入之际,衣着单薄的乡下人尚未搁下手中的笔。是怎样一种倔强震动了郁达夫,让他摘下毛围巾,直接披到了沈从文身上?乐莫乐兮新相知,雪中送炭的情谊无异于一管强心剂。

3个月后,22岁的沈从文在《晨报副刊》发表散文《遥夜》,终于撬开了文坛的门缝。

  凡墙皆是门,选择破门而入的毕竟是少数。同样是寒冬,在小煐的姑姑张茂渊眼中便不是障碍。这位清高智慧、洒脱通透的名门贵族,可以一边与侄女各自独立地共同生活,一边呢喃着"冬之夜,视睡如归"的俏皮话。如果说,张爱玲以旷世之才写尽了滚滚红尘痴男怨女的假意,那么,张茂渊则以"英伦之恋"演绎了恒久忍耐又有恩慈的真情。到头来,很难说谁的人生更传奇。沪上曾经有份报刊叫做《上海壹周》,壹周有位心理专栏作家取名Kevin。较之隔壁版块孙甘露、葛红兵等学院派,Kevin更接地气,有期标题便是"选择走夜路的人,记得自己带电筒"。你看,终究是上海人更懂上海人。

  爱情是文学永恒的母题,然冬天过于凛冽,很多时候,发生的时间都被调整到浪漫的春天。"原来姹紫嫣红开遍,似这般都付与断井颓垣。"12年前,青春版《牡丹亭》在这座城市最顶尖的高校绚丽登场。经过白先勇先生的改编,舞台上的杜丽娘青春奔放,旖旎无限而不自知,惊艳了台上的柳梦梅,更惊艳了台下的你我。月夜中,临川还魂之梦不散,一群书生,高谈阔论,臧否人物,口无遮拦。其实哪里晓得,你们在谈论文艺的时候,究竟在谈论些什么。良辰美景奈何天,为谁辛苦为谁甜?不过是,一半海水,一半火焰;一半现实,一半梦幻。

  冬夜漫长,苍穹之下,万物与大地沉默着。失眠的人无所依傍,只能顺着记忆的河逆流而上。在写给朋友的信里,你说,冬天的树自有一种遒劲风骨,随意铺排,便是一幅水墨图。时间回到新世纪的门槛之外,尚且只能依赖鸿雁传书。为了见笔友,和同桌坐上了开往异乡的长途汽车。18岁出门远行?不,那时你们尚未成年。折好了挂满星子的风铃,郑重地放进背包,你们满怀诗意地走向远方。可惜,完美的约定注定无法完成,车子半道抛锚。冬天的夜路是黢黑的,树也是黑森森一片。两个被丢在半道的少年,窘迫不安。随行的还有一个庞大

代后记　寒冬夜行人

的考察团,他们安顿了你们,用两碗堆砌着煎蛋的什锦面换取了可贵的信任。那个冬夜,在陌生的村庄里,一个貌似翠翠的少女让出了她的闺房。遥望她深邃明亮的眼睛,你百感交集。清早离开的时候,心照不宣地留下了那串蓝色风铃。

谈及村庄,记忆的闸门被冲决了。无边的广阔,无边的想象。然而,只选择关于冬夜的就好。1980年代的寒冬常常被厚厚的积雪覆盖着。白天,和小伙伴一起在雪地上肆意撒欢,或者在结冰的小河里蹒跚而行。黑夜却是极其无趣的。没有电灯,更没有电话,黑暗让人惧怕。外出的父亲还没有回来,母亲在灶台边忙碌着。煤油灯倒映着大衣的影子,让房间里多出一个可怖的闯入者。一瞬间,恐惧山呼海啸般袭来。那个夺门而出奔向旷野的孩子,像极了受惊的小兽。

要逃,干脆就逃到安稳的母腹里去。若不能够,至少要逃到时代的尽头,复归如婴儿。让一切在冬天蛰伏,让一切喧嚣终归于无。当夜幕再次低垂,让我们睁开最纯粹的双眼,谛视这阡陌纵横的人间。然后,转过头,跟着醉酒的父亲一起朗声念出:怅寥廓,问苍茫大地,谁主沉浮?

➤作者简介

夏楚群,安徽淮南人,2017年于安徽大学文学院获中国现当代文学博士学位。

现任教于合肥师范学院文学院,主要从事中国现当代文学及海外华文文学研究。

兼任合肥作协评论创作委员会委员、安徽文艺评论家协会会员。

图书在版编目(CIP)数据

嘹亮的批评 / 夏楚群著. — 南京：东南大学出版社，2022.8
 ISBN 978-7-5766-0234-0

Ⅰ.①嘹… Ⅱ.①夏… Ⅲ.①中国文学-现代文学-文学评论-文集②中国文学-当代文学-文学评论-文集 Ⅳ.①I206.6-53

中国版本图书馆CIP数据核字(2022)第170699号

责任编辑：陈　淑　责任校对：子雪莲　封面设计：王　玥　责任印制：周荣虎

嘹亮的批评
Liaoliang de Piping

著　　者	夏楚群
出版发行	东南大学出版社
社　　址	南京市四牌楼2号　邮编：210096　电话：025-83793330
网　　址	http://www.seupress.com
电子邮件	press@seupress.com
经　　销	全国各地新华书店
印　　刷	江苏凤凰数码印务有限公司
开　　本	880mm×1230mm　1/32
印　　张	7.125
字　　数	202千字
版　　次	2022年8月第1版
印　　次	2022年8月第1次印刷
书　　号	ISBN 978-7-5766-0234-0
定　　价	78.00元

(本社图书若有印装质量问题，请直接与营销部联系。电话：025-83791830)